novum ◢ pro

AF185573

Elisabeth Vinera

Vereint als Rabenbrüder

novum pro

Dieses Buch ist auch als
e-book
erhältlich.

w w w . n o v u m v e r l a g . c o m

Bibliografische Information
der Deutschen Nationalbibliothek:

Die Deutsche Nationalbibliothek
verzeichnet diese Publikation in
der Deutschen Nationalbibliografie.
Detaillierte bibliografische Daten
sind im Internet über
http://www.d-nb.de abrufbar.

© 2015 novum Verlag

ISBN 978-3-99048-010-6
Lektorat: Katja Kulin
Umschlagfotos: Michal Bednare,
Christian Draghicik, Robson-
photo2011Bizoon | Dreamstime.com
Umschlaggestaltung, Layout & Satz:
novum Verlag
Innenabbildungen: Elisabeth Vinera (1)

Gedruckt in der Europäischen Union
auf umweltfreundlichem, chlor- und
säurefrei gebleichtem Papier.

www.novumverlag.com

Für Raise, Thaisen und Rupert

Inhaltsverzeichnis

$\mathfrak{P}$rolog

Ich war der jüngste von vier Brüdern. Wir wohnten am Rande der Handelsstadt Estropus, die berühmt war für ihre üppigen Märkte, auf denen unzählige Waren aus fernen Kontinenten verkauft oder für hohe Preise versteigert wurden.

Meine Mutter wäre gerne in eines der neu gebauten, kunstvollen Häuser der Stadtmitte eingezogen, aber das konnten wir uns nie leisten – dafür hätten wir vermutlich drei Leben lang arbeiten müssen. Somit hausten wir in einem verwahrlosten Hüttchen, welches wir bei Kräften versuchten, instand zu halten. Jeder gab sein Bestes, um wenigstens ein wenig Geld nach Hause zu bringen. Na ja, fast jeder. Mein Bruder Rupert, der drei Jahre älter war als ich, liebte das Spiel mit dem Feuer. Oft setzte er die Tegs im Glücksspiel ein, die er selten selbst erwirtschaftete oder Mutter aus ihrem Depot für den Notgroschen stahl. Er verlor viele, viele Male und verstand einfach nicht, wie sehr er damit seiner Familie schadete. Rupert war jähzornig, verbissen und wütend. Fast täglich begann er den Tag mit schlechter Laune. Häufig wussten wir nicht, wogegen sich sein Zorn richtete. Nein, das ist falsch. Wir wussten es. Ich wusste es. Der Groll galt dem Zweitgeborenen, Raise. Rupert gab Raise für alles die Schuld – dass wir arm waren, in solch einem *Loch* lebten und dass Vater uns verlassen hatte.

Rupert begriff nicht, dass er im Unrecht war. Was konnte Raise dafür, dass er gezeugt wurde – und das *nicht* von unserem Vater? Doch als dieser von der schändlichen Tat durch Zufall erfuhr, entschloss er sich kurzerhand, uns den Rücken zu kehren. Dies geschah unmittelbar nach meinem fünften Geburtstag. Raise hat seinen leiblichen Vater nie kennengelernt und das ist wohl schlimmer, als nicht zu wissen, wohin mein Vater entschwunden war.

Raise hatte ich lieb gewonnen, von Anfang an. Und auch wenn er *nur* mein Halbbruder war, änderte das nichts. Für Rupert allerdings hatte diese Offenbarung schwerwiegende Folgen. In dieser Stunde entwickelte er seinen Hass auf Raise, der Jahr um Jahr mehr geschürt wurde.

Dann gab es noch Thaisen. Er war der Älteste von uns vieren, fünfundzwanzig, um genau zu sein. Ich glaube, er bemühte sich, eine Art Vaterersatz für Rupert und vor allem für mich zu sein. Rupert war leider unbelehrbar.

Raise war stark genug, dass er ohne ein Vorbild fähig war, seinen Weg zu gehen. Wenn ich ehrlich bin, war er mir sogar der Liebste von allen. Das ist jetzt auch noch so. Denn Raises Zuwendung ist kostbar. Er ist aufrichtig, zielstrebig und wie ein Fels in der Brandung, dem die schneidenden Wellen nichts anhaben können. Es gab Augenblicke, da waren seine Worte sanft wie eine Feder, als wüsste er genau, wie er die Seele eines anderen besänftigen könnte, und im nächsten Moment prügelte er sich mit den Nachbarsjungen, um einen streunenden Hund zu schützen, den diese aus Lust und Laune erschlagen wollten.

Es gab so viele Menschen in der Ortschaft, die Raise ablehnten und nicht akzeptierten, weil er ein *Bastard* war — spätestens seitdem Rupert es im hiesigen Pub bewusst ausplauderte, wussten nahezu alle um unser Familiengeheimnis.

Ich bin übrigens Fin. Eigentlich heiße ich Fini. Mutter hängte das *i* an meinen Namen, weil sie fest davon überzeugt war, ich würde ein Mädchen werden. Wann immer ich mich mit Fini vorstellte, wurde ich ausgelacht. Demzufolge unterließ ich es, dass *i* zu betonen und verschluckte es. Mittlerweile nannten mich bloß noch meine Mutter und Rupert Fini, wenn er sauer auf mich war und mich kränken wollte.

Wozu erzähle ich euch dies überhaupt? Vielleicht weil es meine letzte Chance ist … Als ich vierzehn war, bin ich gestorben. Ich wagte zusammen mit meinen Brüdern einen heiklen Wettstreit um unser Schicksal. Wir hofften, dadurch einen friedlichen, gemeinsamen Neubeginn zu erfahren, aber wir wurden verdammt. Wir wurden bestraft — zur Durchführung eines bei Weitem grausameren Spiels. Und im Grunde ist *das* unsere Geschichte.

Seht ihr einen Raben, dann seid gewahr, dass es in Wirklichkeit ein Todbringer sein könnte.

Kapitel 1

Feuerschwall

Dreizehnter der Wikim im Jahre des Jägers 54.
Das Klima des Kontinents Zeder teilte sich in zwei Zonen.
Der Norden gedieh bei angenehmen Temperaturen und der kahle
Süden trocknete stetig aus.

Es war der vermutlich wärmste Tag, den die nördlichen Länder
seit etwa zwanzig Jahren erlebt hatten. Wie eine erdrückende Last
weilte die Hitze über Cark Ta Mon. Die Menschen stöhnten über
die unerträglich erscheinende Welle.

Die Jahre des Jägers waren seit jeher mit Argwohn zu genießen. Diese mit Vorsicht zu betrachtenden Monate kehrten im
zwölfjährigen Rhythmus wieder. Sie brachten meistens plötz-
lichen Umschwung mit sich. Häufig geschah es, dass die Könige
der Länder in dieser Zeit gestürzt wurden oder verstarben. Vor
allem schürten die Jahre des Jägers die Angst vor der prophezeiten
Rückkehr des größten Feindes der Welt. Sein Name lautete Tadur.
Aus der alten Sprache übersetzt bedeutete er *Teufel*.

Fin saß mit seinen Mitschülern in der kleinen Kapelle von Estropus.
Die Kinder der armen Familien durften hier unterrichtet werden,
fernab der opulenten Stadtmitte und der prunkvollen Kirche.
Niemand würde hier an ihrem Aussehen, der verschmutzten
Kleidung oder gar an ihrem Geruch, da das Geld in Brot und
nicht in Seife investiert wurde, Anstoß nehmen. Der Pfarrer hatte
sich für sie eingesetzt, und dank ihm war die Kapelle für zwei
Stunden täglich eine Schule.

Fin hatte sich bewusst einen Platz am Fenster ausgesucht.
Während sein elf Jahre älterer Bruder Thaisen ihn und die anderen
in den verschiedensten Themen unterwies, zog es die Aufmerksamkeit des ruhigen, blassen Jungen in die Ferne. Des Öfteren
schweifte sein Blick gedankenversunken zu den Schmetterlingen,

die ihre Bahnen behutsam zwischen den Gräsern und den blühenden Blumen zogen. Hin und wieder entdeckte er einen Hasen, der den Löwenzahn hungrig verputzte.

„Fin?"

Der blonde Fin stellte sich vor, wie er dort draußen sein könnte – wie er über die Wiese rennen und sich an der Natur erfreuen würde. Er versuchte das Rauschen der Blätter im Wind einzufangen. Er fühlte die Grashalme unter seinen nackten Füßen. Er atmete die frische Luft, angereichert von einem Meer aus Düften, tief in seine Lungen ein.

„Fin!"

Er zuckte zusammen. Das war Thaisens Stimme. Sein Bruder stand neben ihm. Ein schweres Buch lag in seinen Händen. Er starrte Fin erwartungsvoll an. Seine Mitschüler begannen zu kichern.

Fin sah beschämt in die Runde. Es war ihm sehr unangenehm, wenn jemand über ihn lachte, erst recht, wenn es mehrere waren.

„Bruder, was, was ist denn?", wisperte Fin stockend.

Thaisen schnaufte genervt und flüsterte ihm mit hartem Unterton zu: „Wie willst du etwas lernen, wenn du stets in Träume versunken bist?!"

Thaisen lief zwei Bänke weiter und fragte ein Mädchen nach der richtigen Antwort auf seine Frage. Fin hätte es gewusst, wenn er aufgepasst hätte. Doch er verspürte, aus welchem Grund auch immer, seltsamerweise überhaupt keinen eigenen Antrieb, unendlich viel Wissen in sich aufzusaugen. Fin galt als seltsam. Deshalb hatte er nicht viele Freunde – bei näherer Betrachtung gar keine, außer seinen drei Brüdern.

Thaisen hatte recht. Fin war ein Tagträumer. Aber einzig in diesen *Welten* fühlte er sich wirklich wohl. Raise war es, der ihn fortdauernd in die Realität zurückholte. Mutter meinte einmal, dass, wenn Raise ihn nicht zum Weiterleben angespornt hätte, Fin bereits aufgrund einer schlimmen Krankheit und seiner dazu ohnehin beständigen Bereitschaft, sich in fremde Gefilde, gleich dem Elysium, zu begeben, längst im Reich der Toten wandeln würde.

Er nahm seine Schreibfeder, tunkte die Spitze in ein Tintenfass und folgte dem Vortrag seines ältesten Bruders. Ein paar Zeilen schrieb Fin sich zur Geschichte ihres Heimatkontinents Zeder auf. Die Überlieferung von dem Teufel Tadur war nun wirklich nicht neu. Es gab höchstwahrscheinlich niemanden, der sie *nicht* kannte. Die wahrheitsgetreue Sage berichtete von Tadur, dem größten Herrscher Zeders, der das Volk einst knechtete, die Weltherrschaft anstrebte und letztlich von einer Göttin versiegelt wurde. Laut einer Legende würde er irgendwann erwachen, um sein Ziel zu vollenden. Drei Auserwählte gäbe es, dies zu verhindern. Drei junge Menschen, die den Teufel vernichten könnten und damit in der Lage wären, das zu tun, was, laut der Prophezeiung, einer gewaltigen Armee nicht gelingen würde.

Während Thaisen aus der Chronik vorlas, fuhr er sich mit den Fingerspitzen durch sein aschblondes Haar, das ihm geschmeidig bis auf die Schultern fiel. Das hereinfallende Sonnenlicht ließ seine Haarpracht fast golden schimmern. Durch Thaisens Anwesenheit verlor der spärlich ausgeschmückte Altar hinter ihm an Glanz und Präsenz.

Dabei war Thaisen ebenso bedürftig wie seine Schüler. Selbstverständlich war es ihm wichtig, ihnen ein Vorbild zu sein, und somit achtete er darauf, dass der schlichte, abgetragene Anzug seines Vaters sauber und einigermaßen ausgebessert war. Er hätte jedoch vermutlich sogar einen Sack um seinen Leib tragen können, ohne etwas von seiner faszinierenden Anziehungskraft einbüßen zu müssen.

Die Mädchen, die sich in die vordersten Bankreihen gedrängt hatten, um Thaisen besonders nah zu sein, schmachteten ihn von Satz zu Satz, den seine geschwungenen Lippen preisgaben, mit mehr Intensität an. Bei der derzeitigen Hitze brodelte das eine oder andere Gemüt auf. Einige der jungen Damen fächerten sich übertrieben Luft zu, um im gleichen Atemzug, natürlich fast unbeabsichtigt, stolz ihre Oberweiten zu präsentieren, in der Hoffnung, sie würden Thaisen gefallen.

Fin besaß die gleichen eisblauen Augen wie Thaisen, welche sein bezauberndes Antlitz betonten, das durch eine schwarze Lesebrille abgerundet wurde. Die Ausstrahlung gleich einem Märchenprinzen öffnete ihm die Türen zu den reicheren Familien. Die verwöhnten Töchter bettelten ihre vermögenden Eltern an, bis diese Thaisen als Lehrer einstellten. Trotzdem sie im Überfluss lebten, waren sie geizig und zahlten ihm einen Hungerlohn. Er konnte gerade seine eigene Familie von Monat zu Monat durchbringen. Thaisen war seit Vaters Verschwinden der Mann im Hause, der sich dessen pflichtbewusst annahm. Der neunzehnjährige Raise unterstützte das Vorhaben, indem er sich zig Nebentätigkeiten auflud. An manchen Abenden schaffte er es nicht einmal heimzukommen, weil die nächste Arbeit schon nach ihm rief.

Obwohl Raise als Bastard verschrien war, wusste man, dass er sein Handwerk hervorragend verstand, weshalb er diesbezüglich wiederum gern gesehen war und rücksichtslos ausgenutzt wurde. Man zahlte ihm weniger Geld als einem angesehenen *normalen* Bürger. Raise verabscheute diese Ansicht, aber für seine Familie erduldete er die abscheuliche Geringschätzung seiner Person.

Rupert, mit seinen siebzehn Jahren, war flatterhaft. Er fing etwas an, ohne es zu beenden. Er hatte kein Interesse an harter Arbeit – auch nicht an einfacher. Rupert war faul und plante, auf schnellem Pfade ein Vermögen zu ergattern. Sei es auf eine unbescholtene Art und Weise wie mit dem großen Gewinn bei einem der Spiele oder auf unehrlicher Basis, wenn er einen Betrunkenen um seine Geldbörse erleichterte.

Die Glocke der kostbaren Kirche im Mittelpunkt von Estropus schlug fünf Uhr am Nachmittag. Thaisen klappte das Buch zu und beendete die Lehrstunde. „Morgen sind bitte alle pünktlich! Ich möchte mit euch in die Wälder gehen", entließ er seine Schüler. Mit einem sauberen Tuch tupfte er die Schweißperlen von seiner Stirn. An solch eine starke Hitze konnte er sich kaum erinnern. Die Jungs trotteten heute träge aus dem kirchlichen Gebäude statt, wie sonst, überstürzt und vergnügt, den Kopf voll mit Schabernack sowie Unfug.

„Ich will an einem See wohnen und mich hineinwerfen", ächzte einer der Jungs. „Ich hab zu gar nichts Lust. So schlimm ging es mir nie!"

„Hitze ist keine Krankheit", erwiderte sein Kumpel. „Trink einfach was und du wirst dich rasch erholen. Danach besuchen wir Onkel Levin und erschrecken seine Hühner."

Fin beschäftigte sich nachdenklich mit der Feder seines Gänsekiels. Die Buben liefen an seinem Fenster vorbei und schauten zu ihm.

„Was macht der eigentlich die ganze Zeit?", fragte der eine verwundert.

„Meine Mutter sagt, der hat zu viele Schwämme in seinem Schädel."

„Hä? Wie meint sie das?"

„Na, dass er ungewöhnlich ist. Hast du ihn jemals mit irgendwem spielen sehen? Der ist immer allein unterwegs, und außerdem spricht er kaum. Man könnte denken, er wäre stumm, wenn sein Bruder ihn nicht hin und wieder zum Reden ermutigen würde."

„Warum starrt der uns an?"

Der eine zog Fin eine Grimasse. Fins Blick blieb unverändert.

Der andere Junge sprach beunruhigt: „Ich habe den Eindruck, dass er gar nicht *uns* anschaut. Er sieht durch uns hindurch, als wären wir Luft. Ich kriege eine Gänsehaut. Lass uns gehen. Der ist gruselig!"

Die Jungs schritten hurtig davon. Fin sah ihnen schweigend nach, packte seine Sachen und ging nach draußen.

Währenddessen hatten sich die jungen Damen um Thaisen gesammelt. Sie wetteiferten um seine hoch geschätzte Beachtung.

„Der Unterricht war sehr interessant. Ihr seid ein Gott, Herr Cautlet", schmachtete das Mädchen, welches sich mit dem stärksten Ellenbogeneinsatz zu ihm durchgekämpft hatte und dadurch direkt vor ihm stand.

„Danke, Emma", entgegnete Thaisen knapp und sortierte seine Materialien am Pult.

„Ich wünsche euch einen schönen Tag. Kühlt euch ab! Die Hitze steigt einem leicht zu Kopf."

So flott ließen sich die Mädchen nicht abschütteln. Emma ergriff das Wort: „Würdet ihr mich nach Hause begleiten, Herr Cautlet? Am Ende kriege ich vielleicht einen Hitzschlag und dann liege ich irgendwo einsam herum." Sie benutzte ihren umwerfenden, klimpernden Augenaufschlag. Mit ihrem Wunsch brachte sie eine Euphorie in Gang. Zig Stimmchen ertönten: „Nein! Bringt bitte mich nach Hause!"

„Mich bitte!"

„Ich will auch eskortiert werden."

Emma konterte schroff zu ihrer Nachbarin: „Du olle Zicke wohnst bloß ein paar Häuser weiter. Scher dich zum Kuckuck!"

„Ruhig Blut, Mädchen", versuchte Thaisen zu schlichten. „Ich fühle mich geehrt, aber meine Familie erwartet mich. Emma, Betty hat dieselbe Strecke wie du zu bewältigen. Leistet euch einander Gesellschaft!"

Thaisen verstaute seine Bücher trotz Eile mit einer gewissen Vorsicht in einer braunen Ledertasche. Die Mädchen waren ihm zu aufdringlich, weshalb die Ungeduld, mehr ein Drang zur Flucht, an ihm nagte.

Er stülpte den Henkel über den Arm. An seiner Ellenbeuge baumelte die schwere Tasche. Die übrigen Bücher, die keinen Platz mehr in der Aufbewahrung gefunden hatten, stapelte er zwischen seinen Händen und hielt den Bücherberg dicht an den Brustkorb gepresst, um einigermaßen Herr über diesen zu werden.

Emma warf ihr üppiges schwarzes Lockenhaar zurück. Breitbeinig und die Hände in die Hüften gestemmt, ermahnte sie ihn beleidigt: „Und wenn mir wegen der Hitze etwas passiert? Wer soll mich dann erretten? Betty ist viel zu hilflos!"

Thaisen schlängelte sich zwischen der weiblichen Meute Richtung Tür durch und scherzte: „Du hast letzte Woche Willy umgehauen. Ich glaube, dass wir mehr um das Wohlbefinden der anderen bangen müssen."

Die Mädchen quietschten amüsiert und Emma stampfte zornig mit ihrem Fuß auf. Willy hatte es zu dem erwähnten Zeitpunkt riskiert, sie als Schnepfe zu bezeichnen. Er war etwa zwei Köpfe größer als sie und recht rundlich. Dennoch setzte sie ihn mit einem einzigen gezielten Tritt in seine Weichteile außer Gefecht.

Fin wartete ein gutes Stück entfernt auf seinen Bruder. Im Schneidersitz hatte er sich auf der prachtvollen Wiese abseits der kleinen Kirche niedergelassen. Er lauschte dem sanften Säuseln des Windes und glaubte des Öfteren, das zarte Stimmchen einer Elfe darin zu hören. Die Bö liebkoste sein Gesicht, indem sie voller Sanftheit über seine Wange strich oder sein Haar mit der Liebe einer Mutter kämmte.

Fin konnte sehen, was andere Menschen verlernt hatten wahrzunehmen. Kleine Blumenfeen hüpften über die Blüten und bewarfen sich kichernd mit deren Staub. Gelegentlich sprang eine daumengroße Fee auf Fins Schulter und kitzelte ihn mit einem Grashalm am Hals. Normalerweise waren diese Wesen scheu, jedoch nicht bei Fin, dessen Herz rein war.

Ein Marienkäfer krabbelte an seinem Zeigefinger hinauf. „Du bist wunderschön", wisperte Fin ihm zu und genoss es, die winzigen Füßlein auf seiner Haut zu spüren.

Ein Geräusch brach diese Idylle allmählich auf. Die Feen verschwanden wie von Geisterhand und der Wind wurde stärker.

Thaisen näherte sich mit zügigen, lauten Schritten. „Zack, zack!", trieb er Fin zur Hast an, bevor die Mädchen die Verfolgung aufnehmen würden. Müsste Thaisen nicht die Bücher balancieren, hätte er Fin längst hochgezogen.

Stattdessen setzte Fin den Käfer in Seelenruhe im Gras ab. „Du bist behütet. Gehe deinen Weg, kleiner Freund."

„Fin, los jetzt!"

„Sein Name ist Pantheon", betrachtete Fin den Marienkäfer zufrieden. „Wir haben Freundschaft geschlossen."

„So wird das nichts …!", brabbelte Thaisen verstimmt und klemmte sich den Stapel unter das Kinn, um den einen Arm freizubekommen. Nun schnappte er Fin mit einem unwirschen Griff am Kragen und zog ihn mit sich.

Erst als die Kapelle weit außer Sichtweite lag, verminderte sich Thaisens Schrittgeschwindigkeit. Fin schlenderte ohnehin bereits seit ein paar Minuten gemütlich hinterher. Thaisen war es leid, ihn kontinuierlich zu ziehen und gab ihm gegenwärtig die Möglichkeit, zum ältesten Bruder in Ruhe aufzuschließen.

„Die anderen haben über mich gelacht, Bruder."

Thaisen entnahm dem Satz, dass diese Tatsache Fin verletzt hatte.

„Sie kennen dich nicht. Sie erleben dich nur in der Kapelle und schlussfolgern."

„Sind Menschen so? Dass sie sich von kurzen Momenten ein Urteil erlauben?"

„*Ein* Moment genügt und das Urteil ist gefällt."

Fin lief mit Thaisen durch eine wundervolle, prächtige Birkenallee.

„Dann will ich kein Mensch sein", entschied Fin.

„Sondern?"

„Ich möchte ein Vogel sein. Mich in die Unendlichkeiten hinaufbegeben und sehen, welche Wunder diese Welt bereithält. Oder ein Marienkäfer. Ich glaube, das gefällt mir besser. Selbst der kleinste Grashalm besitzt für ihn größten Wert. Auf solch einem Halm würde ich wippen, bis ich mich vom Wind weitertragen lasse."

Thaisen entdeckte auf Fins Antlitz einen Gesichtsausdruck, den er einzig dann preisgab, wenn er vollends glücklich war.

Mit einem Mal riss Fin die Augen auf und sah Thaisen aufgeregt an. „Aber das wäre alles bedeutungslos", sprach er kurzatmig, „wenn ihr nicht bei mir wäret. Ein Leben ohne euch will ich nicht, Bruder."

Thaisen stierte ihn wortlos an. *Ach lieber Fin, was soll ich dir dazu sagen? Jeder wird erwachsen. Jeder tritt eines Tages seinen eigenen Weg an. Bei dir bin ich mir nicht sicher, ob du dafür geschaffen bist. Denn du hast zu Recht erkannt, dass du allein zugrunde gehen würdest und das vor allem seelisch. Aber, lieber Bruder, du bist der Jüngste. Du wirst uns überleben. Was ist dann?*

„Bruder?"

Thaisen bemerkte, dass er in Gedanken versunken war. Er suchte nach geeigneten Antworten und teilte, um die Zeit zu überbrücken, seinen Bücherstapel in zwei Hälften. Den einen davon gab er Fin zum Tragen.

„Nicht jeder Mensch urteilt sofort. Du gehörst zu der seltenen Sorte, die sich Zeit nimmt, Hintergründe zu erkennen und zu verstehen. Du schaust nicht oberflächlich, sondern in die Tiefe der Herzen."

Thaisen stupste Fin sanft mit dem Zeigefinger auf Herzhöhe an. Fin lächelte.

Sie überquerten eine Brücke, unter der ein rauschendes Bächlein floss. Thaisen berichtete pflichtbewusst: „Ich muss heute zur Familie Grass. Ich darf der Tochter Nachhilfe in Geschichte geben. Die Grass' sind eine reiche Familie in Estropus. Wir werden also voraussichtlich diesen Monat genug zu essen haben. Heute Abend wird es bei mir spät werden. Hörst du? Fin?!" Er drehte sich nach Fin um, erwartete ihn maximal ein paar Schritte hinter sich, stellte allerdings fest, dass Fin in etwa dreißig Metern Abstand wieder einmal zum Stehen gekommen war und der Schönheit des Bächleins erlag.

„Fin, trödel nicht! Komm!"

Fin seufzte schwermütig. Er beobachtete, wie ein Birkenblatt auf dem klaren Wasser segelte und sich bemühte, seine Balance zu wahren. Dann tauchte es gezwungenermaßen an einer Stelle unter, kam nass an die Oberfläche zurück und es schien, als wollte etwas dieses Blatt wieder nach unten ziehen, gleich einem Sog, doch es hielt sich eisern über Wasser − eine Kämpfernatur wie sein Bruder Raise. Raise.

„Fin, leg mal einen Zahn zu!"

Unerwartet rief dieser mit energischer Stimme: „Bruder, ich möchte bei Raise vorbeischauen. Ich habe ihn seit Tagen nicht gesehen." Prompt legte Fin die literarischen Werke, die ihm vorhin übergeben worden waren, an Ort und Stelle nieder. Thaisen holte Atem, um zu protestieren, da rannte Fin schon davon.

Raise schuftete zu dieser Zeit in der Schmiede von Herrn Broka. Sie lag in einem der drei verdreckten Viertel von Estropus. Der vierte Bereich repräsentierte den Stadtkern und hob sich mit seinem Reichtum von den anderen gravierend ab. Eine separate Straße führte in Estropus' begehrten Stadtteil, damit die Anreisenden und vermögenden Bürger den angrenzenden *Abschaum* meiden konnten.

Vor dem Schlachthof, an dem Fin vorbeispurtete, wälzten sich pralle Schweine in einer Suhle. Er übersprang eine gelbliche Pfütze, die eines der quiekenden Tiere soeben hinterlassen hatte.

Das Hämmern des Plattners vernahm er bereits aus einiger Entfernung. Fin war kurz davor die Schmiede zu erreichen und verlangsamte sein Tempo. Herr Broka mochte es nicht, er wurde regelrecht garstig, wenn seine Gesellen, Lehrlinge oder eben Raise, der nur als Tagelöhner anerkannt wurde, Besuch bekamen. Schließlich hielt sie dies von der Arbeit ab und einzig dafür bezahlte sie Herr Broka.

Die immense Wärme von drinnen strömte durch das offene Tor nach draußen. Da es ohnehin ein stickig warmer Tag war, musste im Hause, welches früher ein Steinschuppen gewesen war, womöglich das Feuer der Unterwelt herrschen. Die Luft stank nach Rauch und Schwefel.

Fin spähte durch eine der Glasscheiben und konnte sich nicht vorstellen, wie man diese noch bei Weitem größere Hitze innerhalb der Schmiede überhaupt ertragen konnte. Ihm war hier draußen schon warm genug. Eines Abends hatte er geträumt, dass Raise bei lebendigem Leibe Feuer fing und qualvoll verbrannte, seine Haut dahinschmolz wie ein Stück Butter in der Pfanne. Fin war schreiend erwacht und mit wenigen Sprüngen war Raise sofort an seiner Seite.

Ein Lehrling kehrte mit einem Besen den Boden. Ein weiterer polierte die fertiggestellten Rüstungen.

Drei Gesellen hämmerten Eisenstangen platt, um sie als Bleche verwenden zu können. Der Waffenschmied Herr Broka hatte auf einer Stahlfolie die Umrisse für die neuen Rüstungen, die entstehen sollten, markiert. Nach dieser Zeichnung schnitten die Gesellen mit großen Scherenzangen die entsprechenden Formen aus dem Blech heraus. Ein Lehrling sammelte die Teile ein und brachte sie zu Raise, der am Holzkohle-Schmelzofen stand. Raise erledigte Tätigkeiten, die streng genommen dem Meister oblagen und das sogar, empörenderweise, auf ausdrücklichen Befehl Herrn Brokas, wenn dieser mal wieder ein längeres Päuschen machen wollte und dabei nicht selten im Bett einer Dirne landete.

Die Gesellen verachteten Raise dafür, dass dieser *Taugenichts* höherwertigere Arbeiten als sie selbst ausüben durfte. Ihm war es im Grunde egal, welche Aufgabe ihm zuteilwurde, solange er das bisschen Lohn am Ende des Tages erhielt.

Raise legte eines der ausgeschnittenen Blechstücke mittels einer Zange in den Ofen. Die Hitze erweichte den Stahl und machte ihn dadurch formbar. Um die hohe Temperatur zu halten, nutzte Raise den großen Blasebalg, der das Feuer anfachte.

Der Schweiß rann ihm unentwegt den Oberkörper herunter und tropfte ihm regelmäßig vom Kinn.

Eine abgetragene Lederschürze bewahrte ihn halbwegs vor Verbrennungen, die sonst besonders durch den Funkenflug entstehen konnten. Dennoch fand Fin in unterschiedlichen Abständen neue Wunden und Narben an Raises muskelbepackten Armen.

Sobald der Stahl heiß genug war, holte Raise ihn mit der Zange aus dem Feuer, um ihn auf dem Amboss zu bearbeiten. Er holte mit dem Hammer in seiner rechten Hand aus und klopfte das Blech gekonnt zurecht.

Raises Muskeln tanzten bei seinen kraftvollen Bewegungen. Sein Bruder Rupert, der eher schmächtig war, beneidete ihn häufig insgeheim um seine Stärke.

Fin, der immer noch durch die Scheibe lugte, hörte ein Pfeifen und entschwand schleunigst um die Ecke des Gebäudes. Der Schmied kam gemächlich angeschlendert. Die fast unbenutzte Schürze führte er, im wahrsten Sinne des Wortes, wie bei einem Kirchgang als frommes Gewand aus. Ein Bierbauch zierte seine füllige Statur. Normalerweise hätte er mindestens genauso körperlich trainiert sein müssen wie Raise. Aber wenn der Meister stets nur seine emsigen Gesellen und vor allem Raise agieren ließ, konnte er selbstverständlich seiner Freizeit frönen und sich einen Wanst anfressen. Er kam vorbei, um zu überprüfen, ob alles nach seinem Sinne lief.

Herr Broka spazierte in die Schmiede. Er pulte sich mit den wulstigen Fingern eine Fleischfaser aus den vergilbten Zähnen und schmierte den Überrest seiner Zwischenmahlzeit an dem Handtuch eines Lehrlings ab.

Wie ein Aufseher stolzierte Herr Broka durch die Reihen seiner Arbeiter und hatte fast an jedem Platz etwas zu bemängeln. Bloß bei Raise fand er keine Angriffsfläche, um zu nörgeln. Dieser hatte seine Aufgabe bestmöglich erfüllt. Herr Broka würdigte ihn nicht eines Blickes, sondern starrte bewertend auf den beschlagenen Stahl, welchen Raise in einen Eimer kalten Wassers tauchte, um ihn abzukühlen. Der Schmied rang innerlich mit sich nach Worten der Anerkennung, die er niemals aussprechen würde. Einen Gesellen hätte er loben dürfen, nicht den Bastard. Er entschied sich, wie gewohnt, durch seine aufgeblähten Nasenlöcher betont schwer zu schnaufen, als würde die Last des Volkes auf ihm liegen. Dieser Laut, oder gar diese Geste, galt als einzige Aufmerksamkeit für die Tat des jungen Mannes, die er ihm zukommen ließ – sollte Raise sich gesegnet schätzen, überhaupt einer Beachtung würdig zu sein, wenn auch einer erbärmlichen.

„Geh dich abkühlen!", forderte Herr Broka ihn auf und übernahm das Handwerk. Raise nickte und trat vom Amboss zurück. Er entledigte sich der Schürze und hängte sie an den Haken. Sein schweißgetränktes schwarzes Muskelshirt kam ebenso zum Vorschein wie seine nass geschwitzte, knielange Bundhose. Das Shirt zog er aus und gab seinen muskulösen Brustkorb preis. Er legte es in ein Regal und schnappte sich ein Leinentuch, um sein Antlitz vom Schweiß zu befreien.

Barbrüstig lief Raise an die frische Luft, welche er tatsächlich als angenehm empfand, da sie nicht annähernd so heiß war wie im Inneren des Gebäudes, und steuerte direkt den Brunnen nahe der Schmiede an. Er griff sich gleich den gefüllten Eimer und übergoss sich mit der lauwarmen Flüssigkeit.

Raise atmete tief ein und strich sich durch die triefnassen haselnussbraunen Haare, die ihm stets ein wildes, unbezähmbares Äußeres verliehen.

„Bruder", vernahm er plötzlich hinter sich und wandte sich halb erschrocken zu Fin um. „Was machst du denn hier?", sah Raise ihn erstaunt an.

„Ich weiß, dass ich nicht hierher kommen soll …", stammelte Fin.

Raise erwiderte ehrlich: „Wenn Broka uns erwischt, bezahlt er mich für heute nicht."

Fin stierte schuldbewusst auf seine verstaubten Schuhe. Diese Gegebenheit war ihm bekannt. „Ich habe große Sehnsucht nach dir, Bruder. Du warst nächtelang nicht daheim, von Tagen ganz zu schweigen. Ich weiß, du hast viel zu tun und tust alles nur für uns. Ich bin dir dankbar, Raise. Aber ich vermisse dich. Ich vermisse dich von Herzen. Wenn du nicht zu Hause bist, ist es leer. Ich bin leer. So fühle ich mich. Habe ich dich enttäuscht?"

„Nein. Keine Sorge, ich bin auch nicht wütend auf dich, kleiner Bruder. Ich habe dich mindestens genauso sehr vermisst."

Fins betrübte Miene hellte sich augenblicklich auf. Raise lächelte ihn liebevoll an. „Du erleuchtest mein Leben, kleiner Fin. *Ich* danke *dir.* Eine größere Freude, als dass du mich besuchst, kann man mir nicht bescheren. Oh, duck dich!", zischte Raise und schaute unauffällig zur Schmiede, wo es geklappert hatte. Ob Herr Broka die beiden entdeckt hatte und wetternd herausstürmen würde? Es blieb ruhig. Fin kauerte sich im Schatten des Brunnens zusammen. „Wann kommst du wieder nach Hause, Raise?"

„Momentan gibt es viel zu tun. Das muss ich ausnutzen. Ich will Geld für uns verdienen."

Das war nicht die Antwort, die sich Fin erhofft hatte. Er winkelte die Beine an und schloss die Arme darum. „Mutter macht sich Sorgen, dass du dich übernimmst."

Raise grinste, zeigte auf seine Oberarmmuskeln und feixte: „Ich bin ein zweiter Herkules, kleiner Bruder. Ich schaffe das. Mir geht es gut. Richte ihr das aus!" Fin schmunzelte. Raise wusste, wie er ihn aufheitern konnte.

Herr Broka brüllte vom Tor aus: „Schlag keine Wurzeln, Raise! Hurtig!" Raise hob seine Hand, um ihm zu verdeutlichen, dass er ihn verstanden hatte und der Anweisung unverzüglich folgen würde.

Mit seinen schokoladenfarbenen Augen blickte er auf Fin hinab, der ihm wie ein Welpe auf der Suche nach seinem geliebten Rudel erschien, welches ihm Schutz und Liebe gewähren würde. Raise überdachte schleunigst seine Planung und versprach spontan: „Ich bin heute Abend da." Raise wusste, wie wichtig es war, Prioritäten zu setzen. Und Fin war solch eine.

„Wirklich?", versicherte sich der Jüngste glückselig.

Raise zwinkerte ihm zu und entgegnete: „So wahr, wie ich wie ein Löwe um dein Leben kämpfen würde."

Auf dem Heimweg kam Fin an der Spelunke Teutos vorbei. Dutzendfach hatte sein drei Jahre älterer Bruder Rupert das mühselig erwirtschaftete Geld seiner Familie hier verzockt. Das Spiel sei sein Leben, hatte er einmal gesagt. Leider gewann er recht selten. In diesen wenigen Fällen betrog er, um überhaupt einen Sieg zu erringen. Rupert führte seine Familie Stück für Stück in den Ruin, was er selbst als solches nicht wahrhaben wollte. Er hatte keinerlei Geschick oder Glück im Spiel, aber war dieser Sache einfach verfallen. Er war süchtig danach.

Es hatte eine Ewigkeit gedauert, bis Rupert, endlich, vor zwei Wochen Mutter schwor, der Spielerei zu entsagen. Für Fin stand außer Frage, dass er sein Wort halten würde, denn ein Versprechen war ein Versprechen und ein Schwur sogar gewichtiger, jedoch wurde er eines Besseren belehrt.

Fin schritt am Teutos entlang und warf einen flüchtigen Blick in die Kneipe – vermutlich aus einem Instinkt heraus. Dieser Moment genügte, um Rupert zu sichten, der tüchtig beim Würfeln war. Seine rote Mähne stach förmlich hervor. Diese markante Haarfarbe hatte er vom Vater vererbt bekommen. Fin wandte sich bestürzt ab, holte Luft und wollte klare Gedanken fassen. Sein Herzschlag pochte ungestüm. Rupert hatte es Mutter versprochen. Er hatte es *geschworen*. Er durfte sie nicht täuschen!

Fin nahm all seinen Mut zusammen und marschierte aufgewühlt in das Bierhaus, vorbei an den fast doppelt so großen und zwielichtigen Männern, vor denen er sich fürchtete. Geschickt bahnte er sich einen Weg zum Rotschopf, dessen besessene giftgrüne Augen vom Würfelspiel gefesselt waren. Fin stellte Rupert zur Rede: „Was soll das? Du hast Mutter einen Eid geleistet, dich von dem Elend fernzuhalten! Sie verlässt sich auf dich. Ich habe dir vertraut. Komm mit mir, dann können wir das Schlimmste verhindern."

Rupert guckte ihn nicht einmal an, sondern blaffte: „Hau ab! Ich hab keine Zeit. Ich bin am Gewinnen." Er fühlte sich in keinster Weise ertappt. Rupert schüttelte den Becher übertrieben kräftig und donnerte ihn auf den Tisch. Langsam, nahezu lauernd, hob er ihn hoch und johlte: „Ja! Zwei Sechsen!" Seine Mitspieler verzogen angewidert ihre Mienen. Rupert schien heute seine erste Glückssträhne zu haben.

Strahlend drückte er Fin an sich und zerwuselte dessen blondes glattes Haar: „Ich habe gewonnen! Gewonnen! Gewonnen!!!" Fin konnte Ruperts Euphorie nicht teilen, befreite sich aus seinem Griff und erahnte, dass enormes Unglück bevorstand.

„Lass es! Das bringt nur Unmut! Lass uns nach Hause gehen!", versuchte Fin Rupert ernsthaft abzubringen und zog richtungsweisend an seinem Arm. Rupert schüttelte ihn derb ab und triumphierte, dass man meinen könnte, er hätte den Sieg in einer Arena errungen. Fin wollte ein Zeichen setzen und schubste daraufhin den Becher samt den Würfeln lieblos um. Ein Würfel kullerte vom Tisch.

Die angetrunkenen Mitspieler waren nicht im Geringsten über die derartige Unterbrechung des Spiels entzückt. Sie erhoben sich, um sich Fin vorzuknöpfen. Da kam Rupert ihnen zuvor. Er stieß Fin gewaltsam zurück und brüllte ihn zornig an, seine Sommersprossen wurden von den aufgeplusterten roten Wangen überdeckt: „Mach dich davon, FINI! Hörst du?! Verschwinde! Memme! FINI!"

Fin bemühte sich, die Tränen zurückzuhalten, es misslang ihm. Es tat weh, mit welcher Heftigkeit Rupert ihn nach draußen drängte, und ebenso schmerzte es, dass er diesen Namen verlauten ließ. Fini.

Wie sollte er jetzt rechtschaffen nach Hause gehen? Wie sollte er seinen Brüdern und der Mutter ins Antlitz schauen – mit dem Wissen, über welches er nun ungewollt verfügte? Sie alle hatten sich auf Rupert verlassen. Sein geleisteter Eid, er würde sich endlich von dem verruchten Pack fernhalten, hatte ernst gemeinte Hoffnung gegeben. Besonders Mutter würde es unendlich Kummer und Leiden bereiten, wenn sie hören würde, dass Rupert sein Versprechen gebrochen hatte. Nein, Fin würde sich unter keinen Umständen etwas anmerken lassen. Sie war zu schwach, zu krank, als dass sie die Nachricht über Ruperts Vergehen einfach wegstecken könnte.

Er müsste dafür sorgen, dass das Geld wieder aufgefüllt werden würde, bevor sie feststellen konnte, dass es fehlte. Doch woher sollte er es nehmen? Er selbst verdiente keines. Sollte er Thaisen und Raise einweihen? Sie würden es gewiss nicht gutheißen. Welche Möglichkeit blieb sonst? Es ging schließlich nicht um Rupert, sondern um Mutter!

Fin nahm einige Umwege, um sich in Ruhe zu überlegen, wie er die Sache am geschicktesten lenken könnte. Als er daheim eintrudelte, hielt der Abend Einzug. Für die Strecke von der Stadt bis nach Hause brauchte er normalerweise eine knappe halbe Stunde. Durch die bewusste Trödelei war daraus fast die dreifache Zeit geworden.

Das Hüttchen, teilweise mit Moos bewachsen, stand einsam vor einer Gruppe Blautannen. Begann der Wind zu pfeifen, erschien es Fin viele Male, als würden die Nadelbäume auf den Ruf der Brise antworten. Unzählige Stunden hatte er bereits auf dem Findling verbracht, der etwa zwanzig Meter vor dem Haus sinnlos verweilte. Sinnlos für die anderen. Fin erkannte in allem eine Bedeutung und dieser große Stein diente dazu, die Schönheit der Natur zu beobachten – den Zug der Wolken oder die Bäume, die sich von einer Bö schaukeln ließen und mit ihr ein Lied anstimmten, dessen Melodie nur Fin verstand.

Die Hütte befand sich in einem sehr schlechten Zustand. Raise und Thaisen gaben ihr Bestmögliches zur Instandhaltung der Behausung.

„Ich bin wieder da", betrat Fin das abgelegene Hüttchen und gab sich Mühe, unbescholten zu klingen wie sonst auch. Das Haus verfügte über keinen Flur. Man stand sofort im Essbereich mit angeschlossener spärlicher Küche oder zumindest dem, was davon übrig war – ein kleiner, fast immer leerer Vorratsschrank, ein wackliger Tisch und fünf knarrende Stühle.

Mutter war über die Jahre abgemagert. Ein Großteil der Kleider war ihr inzwischen zu weit. Eines, das recht annehmbar aussah, zerschnitt sie zur Anfertigung von Fenstervorhängen. Fin schätzte dies sehr. Es trug zu einer wohnlichen Atmosphäre bei. Rupert fand das Blümchenmuster einfach hässlich und nutzte jede Gelegenheit, um seine abwertende Meinung kundzutun.

„Du bist spät, Fin. Wo warst du?", erkundigte sich Mutter mit sanfter, erschöpfter Stimme.

„Ich wurde aufgehalten."

Sie hatte einen Strauß frisch gepflückter Gänseblümchen in einem kleinen Krug arrangiert, den sie auf den Tisch gestellt hatte, und lief mit ihren dürren Beinen zu Fin. In ihrem sandfarbenen, teilweise von Motten angefressenem Kleid wirkte sie noch blasser. Sie streckte ihre mageren Arme nach ihrem Sohn aus und nahm sein Gesicht liebevoll in ihre schwachen Hände.

„Du siehst traurig aus. Worum sorgst du dich?", flüsterte Mutter, als könnte sie kaum lauter sprechen. Er blickte in ihre tief in den Höhlen liegenden Augen, die von dunklen Ringen untermalt waren.

„Es ist nichts", blockte er die Geste ab und trat ein wenig zurück.

„Deiner Mutter kannst du nichts vormachen. Hat dich jemand gekränkt? Die Kinder aus der Schule? Thaisen hatte es vorhin erwähnt. Mach dir nichts daraus, Fini! Wir lieben dich. Lass die anderen denken, was sie wollen. Du bist einzigartig. Du bist besonders. Halte dich an jene, die deinen Wert erkennen und ihn schätzen können!"

Fin versuchte das Thema durch ein neues zu ersetzen: „Raise kommt heute heim." Sein Ton hellte sich vor Freude auf.

Mutter stierte ihn immer noch forschend an, überging seinen Satz und antwortete: „Da ist noch etwas ... Es ging gar nicht um die Schule, oder? Ich lese es aus deinem Blick. Du hast Angst, es mir zu verraten? Könnte es mir wehtun?"

Die Farbe schoss aus seinem Gesicht. Er konnte sich noch nie gut verstellen. Mutter und Raise, manchmal auch Thaisen, waren es, die sofort bemerkten, wenn ihn etwas bedrückte.

Da öffnete sich überraschend die Tür und der älteste Bruder kam herein. „Guten Abend!", verkündete Thaisen mit seinem wundervollsten Lächeln, mit dem er sämtliche Frauenherzen im Sturm eroberte. „Frau Grass hat mir heute zwanzig Teg mehr gezahlt. Zwanzig! Das Fünffache mehr!", berichtete er stolz und breitete die Taler wie einen Schatz auf dem Tisch aus. Fin atmete erleichtert auf, als Mutter ihre Aufmerksamkeit lobend Thaisen schenkte.

Der große Bruder erzählte begeistert: „Sie möchte, dass ich ihre Tochter Gilinde ab sofort täglich unterrichte. Das bedeutet, ich würde ein festes Einkommen haben." Die Mutter umarmte Thaisen stürmisch und küsste ihn eifrig. Diese frohe Nachricht beinhaltete, dass es in Bälde jeden Tag wenigstens eine Mahlzeit für alle geben würde. Sie war glücklich und Fin dankbar dafür, dass Thaisen ihr einen Moment der Heiterkeit bescherte.

„Hier Fin, sieh dir die Tegs an!", forderte er ihn gut gelaunt auf. Fin konnte leider keine überwältigende Freude aufbringen. Rupert spukte wie ein Poltergeist in seinem Kopf und warf einen Schatten auf das ersehnte Ereignis.

„Verzeih mir, Thaisen, ich bin müde und möchte zu Bett gehen", drehte sich Fin von den beiden fort. Er lief zügig an dem winzigen Nebenzimmer vorbei, in dem Thaisen und Rupert ihre Betten hatten.

Eine Treppe, die bei jedem Schritt bedrohlich knarzte, führte ihn in eine Diele, in der Mutter nächtigte. Links nebenan wohnten Fin und Raise in einem Kämmerchen. Rechts befand sich die Abstellkammer.

Er steuerte sein Zimmer an, schloss die Tür hinter sich und warf sich auf das quietschende Bett.

„Was ist mit ihm?", fragte Thaisen besorgt. Mutter löste ihr Augenmerk von der Treppe. „Das wollte er mir nicht verraten, trotzdem es ihm schwer auf dem Herzen lastet. Wüsste ich es nicht besser, würde ich meinen, er wollte mich vor einer Botschaft schützen."

„Am späten Nachmittag war noch alles in Ordnung, glaube ich. Er wollte Raise besuchen, vielleicht hat es damit zu tun. Raise kommt ja leider kaum nach Hause …"

Thaisen ließ die rechte Hand über den Tisch gleiten und die Taler an der Kante in ein Beutelchen fallen. „Für dich, Mutter", lächelte er sie warmherzig an und überreichte ihr den verdienten Lohn. Noch einmal küsste sie ihn dankend. „Raise bereitet Fin keine Betrübnis. Da bin ich mir sicher."

Thaisen setzte sich und bemerkte mit düsterem Unterton: „Dann bleibt ja bloß einer übrig."

„Nein, nein", wehrte Mutter die aufkeimende Überlegung strikt ab. Ihr schwante, worauf Thaisen hinauswollte. „Er hat es versprochen. Er hat es *geschworen*. Rupert hat sich verändert. Er tut uns das nicht mehr an."

Thaisen nickte wenig beeindruckt und verzichtete auf eine Erwiderung. Mutter holte das bemalte Honigglas vom Vorratsschrank herunter. Honig hatten sie seit Jahren nicht mehr gegessen. Er war zu teuer, als dass sie in seinen Genuss kommen könnten.

Das Glas stammte aus den Zeiten, in denen Vater noch hier wohnte. Eine reiche Familie schenkte es ihm als Erkenntlichkeit dafür, dass er ihr verwöhntes Hündchen aus einem See errettete. In Wahrheit war es Raise gewesen, der das winselnde Knäuel an Land gezogen hatte.

Mutter bewahrte in dem Glas das bisherige bisschen Geld auf. Der angenehm süßliche Honigduft, den man hoffte, willkommen zu heißen, war längst bloße Fantasie.

Sie drehte den Deckel auf und erstarrte. Nur zwei Taler lagen in dem Behältnis. Das ohnehin wenige Ersparte, welches für den morgigen Wochenendmarkt kostbar aufbewahrt wurde, wenn die Waren der Vortage preiswert verkauft wurden, hatte sich in Luft aufgelöst.

Fin schoss ihr in den Sinn. Er sorgte sich darum, ihr Kummer zu bereiten. Wer bereitete Kummer? Rupert.

Das Honigglas fiel scheppernd zu Boden und zerbrach in zig Scherben. Mutter sackte kraftlos zusammen.

Es würde zu lange dauern, bis man zum Arzt in die Stadt gelaufen wäre, ihm Bescheid gegeben hätte und er dann auf seinem klapprigen Pferd den unebenen Weg zur Hütte zurücklegte.

Thaisen beschloss kurzerhand, die bewusstlose Mutter zum Mediziner zu tragen. Fin schickte er voraus. Dieser sollte dem fachkundigen Heiler die bevorstehende Patientin ankündigen.

Es war zu später Stunde, als Raise heimkam und die Hütte verlassen vorfand. Er entzündete die Kerzen, um Licht in die Dunkelheit zu bringen. Der junge Mann trat auf einen knirschenden Gegenstand, der unter seinem Fuß nochmals brach.

Scherben? So viele?, wunderte er sich und leuchtete über die Fläche vor dem Schrank. Raise hockte sich nieder und entdeckte zwischen den Glassplittern zwei Teg, die er aufsammelte. Im Rückwärtsgehen wäre er beinahe über ein braunes Säckchen gestolpert, dessen Inhalt klimperte. Raise linste neugierig hinein und bemerkte höchst erstaunt eine beachtliche Geldsumme.

Was ist geschehen?, erhob er sich verwundert.

„Ach nö, was machst du'n zu Haus?", stand Rupert plötzlich nörgelnd an der Schwelle. „Mann, verzieh dich, Bastard! Du hast kein Recht hier zu wohnen", blaffte er Raise an. „Penn unter einer Brücke oder lass dich von einer Kutsche überfahren! Verdammt, zisch ab! Nicht Vater hätte gehen sollen, sondern du! Du hättest niemals geboren werden sollen! Du Bastard! Schuldiger Bastard!"

Raise versuchte seinen Zorn zu unterdrücken und fragte stattdessen gefasst: „Weißt du, wo die anderen sind? Mutter, Fin und Thaisen?"

„Ich bin grad erst gekomm'n. Haste doch gesehen! Du bist dümmer als dieser Fettkloß Brandi, den alle für einen Idioten halten." Das Sprechen war für Rupert eine Herausforderung. Er war stark angetrunken, hickste gelegentlich oder kicherte unerklärlicherweise vor sich hin. Seine Alkoholfahne war abstoßend penetrant.

„Spielst du wieder?", rümpfte Raise angeekelt die Nase.

Rupert torkelte auf ihn zu. „Ich spiele nicht!", hauchte er ihm entgegen. „Ich gewinne!" Der Rotschopf zupfte einen prallen Geldbeutel aus seiner Hosentasche hervor und schmiss diesen angeberisch auf den Tisch. „Da guckste, was?" Rupert hatte Schwierigkeiten, sein Gleichgewicht zu halten. Raise wollte ihm, trotz des widerwärtigen Geruchs, helfend unter die Arme greifen.

Rupert sträubte sich hartnäckig. „Fass mich nicht an! Du bist eine Krankheit! Ein Fluch! Du bist das Dunkelste, was diese Welt hervorbringen konnte. Vielleicht machst du ja gemeinsame Sache mit Tadur. Das muss es sein. Er hat dich geschickt. Du bist eine Ausgeburt der Unterwelt."

Raises Miene verhärtete sich, dennoch schwieg er unter größter Selbstbeherrschung. Rupert begann unerwartet schallend zu lachen. Er amüsierte sich: „Du müsstest dein Gesicht sehen! So eine Fresse sieht man selten."

Raise stellte wortlos den Kerzenständer mit dem flackernden Licht ab. Rupert stürzte sich schlagartig auf seinen Geldbeutel und fauchte: „Nimm mir bloß nichts weg, du Taugenichts! Keinen Taler wirst du abkriegen."

„Ich kam nicht einmal in die Nähe deines verdammten Geldes!", konnte Raise sich nicht mehr zurückhalten.

Rupert richtete sich mit durchgestrecktem Rücken auf und fixierte ihn wie ein Raubtier seine Beute. „Wie wagst du es, Bastard, mit mir zu reden?"

„So wie es dir zusteht. Nichts anderes verdienst du, Rupert, für das, was du mit Worten und Taten anrichtest."

Rupert holte mit der Faust aus und schlug unkontrolliert an Raise vorbei, der minimal auswich. Der Rotschopf fiel in dieser Bewegung krachend um und schlief prompt seinen Rausch aus.

Raise starrte auf ihn hinab. Er könnte ein Gefühl der Überlegenheit in dieser Situation entwickeln. Das, was er wirklich empfand, war Mitleid für Rupert. Er hatte es auch nicht einfach im Leben. Rupert hatte Vater vergöttert. Er war ihm auf Schritt und Tritt gefolgt. Als Vater ging, brach Ruperts Welt wie ein Kartenhaus zusammen. Rupert war im Grunde kein schlechter Mensch. Vielmehr schrie er sein Leid in einer Art und Weise heraus, die gefährlich war. Er hatte Raise zum schwarzen Schaf der Familie gemacht, wohl wissend, dass dieser Rang eigentlich ihm selbst gebührte. Die tiefe Verbindung, welche Thaisen, Fin und Raise zueinander hatten, erschien Rupert unantastbar. Er fühlte sich nicht dazugehörig, trotzdem er sich aus eigenem Antrieb ausgrenzte. Nach Ruperts Ansicht waren natürlich alle anderen schuld — er selbst nie.

Raise fegte die Scherben auf einen Haufen und entsorgte sie anschließend. Rupert hatte Glück gehabt. Er war nicht in die Richtung der Splitter gefallen.

Raise ließ ihn an Ort und Stelle liegen. Er wollte es nicht riskieren, seinen Bruder durch eine Umbettung zu wecken. Auf Ruperts betrunkenen Zustand verzichtete er gern. Stattdessen deckte er ihn zu.

Dann setzte Raise sich an den Tisch und wartete. Sollte er Mutter und seine Brüder suchen gehen? Wo sollte er anfangen?

Muskeln und Glieder schmerzten ihm. Die Arbeit in der Schmiede war hart. Er beobachtete das Zucken der Kerzenflamme.

„Sie braucht Ruhe, Fin. Du hast gehört, was der Arzt gesagt hat. Du kannst nicht über Nacht bei ihr bleiben. Besuche sie morgen!", schob Thaisen den traurigen Fin vor sich ins Haus.

„Mutter ist beim Arzt?", kam Raise beunruhigt auf die Beine. Thaisens Blick erfasste ihn unverzüglich. Er sichtete zudem den schnarchenden Rupert und ignorierte die Tatsache, dass dieser auf den unbequemen Brettern lag.

„Ja. Sie ist bewusstlos umgefallen." Für den Bruchteil einer Sekunde schwenkte Thaisens Blick wütend auf Rupert. Und Raise wusste sofort, dass sein spielsüchtiger Bruder dafür verantwortlich war.

„Ich hack ihn in Stücke!", verlor Raise die Beherrschung und wollte Rupert wahrlich erschlagen.

Thaisen stellte sich auf Anhieb vor den Zweitgeborenen. „Das tust du nicht!", reagierte dieser bestimmend.

„Er macht alles zunichte!", brüllte Raise. „Alles, wofür wir arbeiten, wir schuften! Jeder Taler, den ich mit Blut und Schweiß für uns erbringe, ist verloren. Das muss ein Ende haben!"

Thaisen bewahrte eine selbstsichere Ruhe, die sonst Raise besaß. „Wir sind eine *Familie*. Wir halten zusammen."

Ein Schluchzen brach die eintretende Stille. Fin weinte. Das Feuer in Raises Pupillen wurde gebannt. Wie aus einem Albtraum erwachend, sah er zu seinem jüngsten Bruder, der sich in einer Ecke heulend niederbeugte.

Raise lief besonnen zu ihm und drückte den Jungen an sich.

Zur Mittagsstunde des nächsten Tages öffnete Rupert träge seine schweren Augenlider. Dröhnende Kopfschmerzen und das grelle Sonnenlicht, das durch das Fenster hereinschien, hatten ihn geweckt.

„Scheiße, was für eine Nacht!", murmelte er vor sich hin und wollte aufstehen. Sein Körper schmerzte durch und durch. Schnell glitt er entlastend in die Position zurück, in der er auf dem Boden geschlafen hatte. „Oh Mann, ich fühl mich wie ein Wrack." Ihm war schlecht. Er drehte sich auf den Rücken und stierte die Decke an. War er zu Hause? Ach richtig, bis hierhin hatte er es geschafft. Was war dann? Vage formten sich die Bilder in seiner schleierhaften Erinnerung. Ein Bildnis stach hervor – Raise. „Dieser Sauhund ...", setzte er sich auf und trommelte mit der flachen Hand an sein Haupt, in der Hoffnung, die Kopfschmerzen zu vertreiben.

Sein Gewinn beim Spiel fiel ihm gleich nach Raise ein. Mit einem Ruck sprang er hoch und hielt sich am Tisch fest, um wegen dem aufkommenden Schwanken nicht zu fallen. Gierig spähte er nach dem Geldbeutel. Was er fand, war allerlei Essbares. Obst und Gemüse tummelten sich auf dem Tisch. Der Geruch von frischem Brot mischte sich mit dem von stinkendem Käse. Sogar Brezeln und Butter waren aufgetafelt. Rupert schlussfolgerte, dass diese Kostbarkeiten nur mit seinem Geld hatten gekauft werden können. Man hatte *seinen* Gewinn ausgegeben! Seine eigenen Brüder hatten ihn betrogen! Das Geld hatte *ihm* gehört und sonst keinem!

„Wo seid ihr?!", wetterte er. „Raise, schieb deinen dreckigen Wanst hierher! Thaisen? Fin? WO SEID IHR?!" Niemand war da. Rupert stürmte fuchsteufelswild aus dem Hüttchen. Er lief so rasch, wie seine Beine fähig waren, die Schritte zu koordinieren. Wenn er jetzt nicht – mehr vor sich selbst – geflohen wäre, hätte er aus tiefstem Hass das gesamte Mobiliar zertrümmert.

In den Abendstunden kehrte er heim. Fin saß gerade am Tisch und aß genüsslich eine Scheibe Brot mit dick bestrichener Butter. Als Rupert an der Türschwelle aufkreuzte, hielt Fin inne, obwohl er soeben abbeißen wollte. Der Jüngste konnte sich denken, dass

Rupert gewiss nicht in bester Laune war. Fin hatte davon abgeraten, dessen Geld einfach zu nehmen. Thaisen rechtfertigte die Handlung, da sie letztlich zum Wohl der Familie war. Und Rupert hatte sich schließlich schon viele, viele Male ungefragt bedient.

„Schmeckt's?", fragte Rupert mit einem vorwurfsvollen Ton. Fin nickte stumm. Er bemühte sich einzuschätzen, wie sauer der Rotschopf war. Rupert spazierte auf ihn zu. Seine Augen, seine ganze Erscheinung wirkten absolut wach – er war eindeutig bei klarem Verstand. Was war gefährlicher? Ihn nun betrunken oder nüchtern anzutreffen?

„Möchtest du?", langte Fin eingeschüchtert zum Brotkorb und verbrannte sich dabei an einer Kerzenflamme. Der Junge zuckte kurz zusammen.

„Mein Fini", sagte Rupert betont fürsorglich, „weißt du immer noch nicht, dass man Kerzen an die Seite stellt?" Er platzierte den Kerzenständer vor dem offenen Fenster.

Kleinlaut gab Fin von sich: „Mutter riet uns, die Kerze nicht dorthin zu stellen. Wenn der streunende Kater ..." Rupert schlug beide Hände auf den Tisch und beugte sich ermahnend dicht an ihn heran. Fin verstummte und senkte seinen Blick. Ja, er hatte Angst vor Rupert. Immerhin würde er seinen Zorn nicht zum ersten Mal am eigenen Leib spüren. Wer fürchtete sich nicht davor? Vielleicht Thaisen und Raise.

Ein Klappern von oben ertönte. Rupert schaute mit einem hinterhältigen Grinsen hinauf und wandte sich an Fin: „Ist das Raise?" Fin stierte weiterhin konsequent auf den Fußboden und bereitete sich darauf vor, eine Ohrfeige zu empfangen, die ihn vom Stuhl fegen würde. Sein Schweigen war für Rupert eine unverkennbare Antwort.

Der Rothaarige befahl: „Iss dein Brot!" Er schlich die Treppe hinauf und sichtete die geöffnete Tür zur Abstellkammer. Raise wühlte darin. Er suchte anscheinend etwas. Ein Brett knarrte unter Ruperts Füßen. Raise drehte sich prompt um und klang zynisch: „Beehrst du uns mit deiner Anwesenheit?"

Rupert erwiderte auffällig entspannt: „Nachdem ihr euch auf meine Kosten durchfresst ..."

Raise fühlte, wie sein Blut bei diesem Satz in Wallung geriet. Am liebsten hätte er Rupert entgegengeworfen, wie oft er bei teilweise unmenschlicher Arbeit seinen Lohn verdiente, um alle – auch Rupert – ernähren zu können.

Bevor Raise eine respektable Antwort wählen konnte, verwünschte Rupert ihn hasserfüllt: „Verflucht seist du ewiglich!" Daraufhin donnerte er die Tür zur Kammer zu und schloss in Windeseile ab.

Raise pochte: „Rupert! Mach gefälligst auf!" Dieser schenkte ihm ein höhnisches Lachen und ließ den Schlüssel in seiner Hosentasche verschwinden.

„Raise?", kam Fin besorgt und scheu nach oben. Rupert rempelte ihn an und rief im Vorbeigehen: „Der kann warten, bis er schwarz wird!"

Die Eingangstür unten krachte. Rupert war gegangen. Fin stand aufgeregt vor der verschlossenen Tür, hinter der Raise nun im Dunkeln ausharren musste. „Wo ist der Schlüssel?", murmelte Fin und suchte den Boden ab.

Raise reagierte beklommen: „Den hat sicherlich Rupert."

„Dann renne ich ihm nach!"

Fin lief bereits zur Treppe, als Raise ihn stoppte: „Nein! Er wird dir den Schlüssel niemals geben. Hier bei mir muss irgendwo ein Werkzeugkasten sein. Echt stockfinster … Ich finde eine Lösung. Geduld."

„Es tut mir so leid, Raise", sank Fin vor der Tür hilflos auf die Knie. „Ich hätte unverzüglich hochkommen sollen. So seltsam, wie Rupert sich benahm … Ich hätte es wissen sollen. Ich bin ein Feigling. Du beschützt mich stets und ich lasse dich im Stich. Was bin ich für ein Bruder?"

Raise munterte sein Brüderchen auf: „Gib dir keine Schuld, Fin. Wir wissen, dass Rupert gern über die Stränge schlägt. In ein paar Minuten bin ich wieder draußen. Ach und Fin, sag so was nie wieder über dich! Du hast schon Mut bewiesen. Denke an den Tag, an dem du in einem Eimer mit Würmern und Maden gewühlt hast, um eine Nachricht von mir zu finden."

„Sie lag eigentlich auf meinem Bett und Rupert nahm sie mir weg, bevor ich sie lesen konnte. Da war ich acht. Die Würmer waren mir egal, solange der Preis dafür deine Worte auf dem Stück Papier waren."

„Du bist der wundervollste Bruder und Freund, den man sich wünschen kann. Alles Gute zum Geburtstag! Das hatte ich dir geschrieben. Und am Abend sagte ich dir, du solltest es nie vergessen. Hast du es vergessen?"

„Nein." Dem Jüngsten rollte eine Träne hinab.

Der Käse in der Küche verbreitete seinen Duft und lockte einen hungrigen Kater an. Gelegentlich besuchte er die Familie Cautlet. Fin stellte ihm an manchen Tagen eine Schüssel mit Milch neben den Eingang. Das Wollknäuel bedankte sich, indem es sich von dem verträumten Jungen streicheln ließ. Fin hatte sich immer ein eigenes Tier ersehnt. Doch das hätten sie sich unter keinen Umständen leisten können.

Er gab dem Kater den Namen *Fleck*, weil sein graues, zerwuseltes Fell weiß gesprenkelt war.

Fleck sprang auf das Fensterbrett und drängelte sich zwischen dem Fensterspalt hindurch. Das Fenster wurde ein Stückchen mehr nach innen aufgeschoben und der Kerzenständer mit lodernder Flamme umgeworfen.

Rupert marschierte mit gutem, erhabenen Gefühl gen Stadt. Er pfiff ein Liedchen und war froh gelaunt. Die gute Stimmung verflog, als er Thaisen begegnete.

„Wo willst du hin?", erkundigte sich der Ältere ohne Umschweife und fuhr fort: „Du hast Mutter genug Sorgen bereitet. Besuche sie wenigstens am Krankenbett!" Rupert war es nicht gewohnt, stehen gelassen zu werden. Thaisen, der sonst immer ausgiebig diskutierte und maßregelte, lief einfach weiter.

Mutter war beim Arzt? Das wusste er gar nicht. Rupert wollte Thaisen etwas nachrufen. Er biss sich tadelnd auf die Unterlippe. Diesen Satz würde er garantiert *nicht* aussprechen! Rupert fühlte eine aufsteigende Leere in sich.

Fin hockte vor der Kammer und hörte, wie Raise in der Düsternis nach dem Werkzeug kramte.

Ein brenzliger Geruch kroch ihm plötzlich in die Nase. Einbildung? Fin roch noch einmal ganz bewusst. Tatsächlich. Es roch nach Feuer, oder? Fin erhob sich verwundert. Er teilte Raise mit: „Ich bin gleich wieder da." Fin eilte die Hälfte der Stufen hinab. Rauch lag in der Luft. Er erstarrte mit weit aufgerissenen Augen. Die Küche stand in Flammen! „Oh mein Gott!", brachte er entsetzt hervor. „Raise! RAISE! Du musst da raus! Sofort!", hastete er zurück zur Kammer. Fin schlug und trat mit aller Wucht gegen die Tür. „Komm da raus!", schrie er immer wieder.

Raise stand für einen kurzen Moment steif vor der verschlossenen Tür. Fin war nicht nur hektisch, er war panisch!

„Was ist los?", ertönte Raises beunruhigte Frage. Fin guckte fieberhaft zur Treppe. Der bedrohliche Qualm zog nach oben. Der stickige Geruch verteilte sich und fraß sich durch die Ritzen zu Raise.

„Fin! Rede! Wo kommt der Geruch her?"

Sein Bruder jammerte: „Es brennt, Raise! Mach, dass du da rauskommst!" Fin trat und trat gegen die Tür. Sie hielt eisern stand.

Raise ertastete endlich einen Hammer. „Weg von der Tür!", brüllte er und holte wie mit einer Axt aus, um das Schloss zu zerschlagen. Stattdessen brach der Griff des Hammers bei dem Aufprall ab.

Fin hustete. Er rang nach Atem. Raise fixierte schockiert das abgebrochene Werkzeug, das er vage zu erkennen glaubte. Er schmiegte sich an die Tür.

„Fin, hörst du mich?" Seine Stimme war anders. „Ich möchte, dass du etwas für mich tust."

Fin kratzte verzweifelt mit seinen Fingernägeln an den Brettern. Er weinte erbärmlich. Dieser Tonfall … Raise hatte aufgegeben. Abgeschlossen. Er bemühte sich zu retten, was zu retten war.

„Geh, Bruder! Flieh! Rette dein Leben!"

Fin kauerte sich an die Tür. Nach einem Hustenanfall keuchte er: „Nein, Raise! Ich bleibe bei dir!"

Thaisen erreichte fassungslos das fast gänzlich in Flammen stehende Haus. Fiebrig forschten seine Augen nach dem Verbleib seiner zwei Brüder − kein Anhaltspunkt, bis auf einen inneren Instinkt, der ihn in die Hütte trieb.

„Fin? Raise?", schrie er hinein und zog rasch sein Hemd höher, um damit die Nase zu bedecken. Eine unendliche Wärme strömte ihm entgegen.

„THAISEN!", erklang Raises heiserer Ruf. „Du musst Fin holen! Er ist hier oben!"

Mut spielte keine Rolle. Verstand spielte keine Rolle. Es ging einzig um Leben und Tod. Thaisen bahnte sich den letzten Weg durch das Feuer, preschte die Treppe hinauf und entdeckte den bewusstlosen Fin. „Bring ihn raus!", kreischte Raise hinter der Tür. Thaisen betätigte die Klinke und ruckelte mehrfach an ihr. Raise reagierte: „Gib dir keine Mühe! Die Tür kriegt jetzt keiner mehr auf. Haut ab! LOS!"

Thaisen war für drei Sekunden wie gelähmt – mehr Zeit wurde ihm nicht zuteil. Er müsste sich entscheiden. Fins Leben gegen das von Raise.

„Geh, Bruder!", flüsterte Raise. Thaisen strömten die Tränen von den Wangen. Er konnte nichts zu Raise sagen – kein Sterbenswörtchen. Er brachte es nicht fertig.

Thaisen nahm Fin auf seine Arme. Doch es war zu spät. Das Haus ging vollends in Flammen auf.

Kapitel 2

Die Würfel rollen

Fin spürte einen harten, glatten Untergrund. Mühsam öffnete er seine Augen und stierte regungslos in eine Finsternis. Etwas Schlimmes war passiert, das wusste er.

Fin roch noch den Qualm, der ihn längst nicht mehr umgab. Er bewegte seine Hände. Sie fühlten sich an wie eingerostet. Der Junge drehte sich auf die Seite, winkelte die Beine an und umschloss sie mit seinen Armen. Fin weinte.

Das war nicht sein Zuhause. Er war woanders. In einer Dunkelheit gefangen. Allein.

„Ich bin tot", wisperte er schluchzend. Fin kannte diesen Ort, dieses Nichts. Einen kurzen Blick hatte er vor Jahren in diese Zwischenwelt erhaschen können. Damals befand er sich an der Schwelle eines eindrucksvollen, uralten Tores. Ein Mann in schwarzer Kleidung hatte sich daneben postiert. Es war Raises Stimme, die Fin einst ins Leben zurückrief. Heute war es still. Heute würde er den geheimen Pfad nach Estropus nicht finden und beschreiten.

Ein Lichtstrahl trat unerwartet hervor und erhellte ein Fleckchen drei Meter vor ihm. Er hob seinen Kopf und wischte sich über das tränenfeuchte Gesicht. Im Schein des Lichtes begannen sich Menschen zu bewegen. Sie redeten miteinander. Sie traten aus der Düsternis in das Licht und verschwanden wieder in der Finsternis.

Fin richtete sich behutsam auf. Er schluckte den Kloß in seinem Hals hinunter. Bedächtig näherte er sich dem Licht. Er sah seine Mutter darin. Schweißgebadet lag sie schreiend mit rundem Bauch auf einem Acker. Eine Frau kniete vor deren angewinkelten, gespreizten Beinen und ließ nervös verlauten: „Es kommt viel zu früh! Das kann nicht gut gehen! Nicht pressen!" Die Frau wirkte verloren.

Mutters Finger bohrten sich verkrampft in die Oberschenkel, als eine Wehe von ihr Besitz ergriff.

„Nicht pressen, bitte! Die Hebamme wird gleich ankommen. Bitte gedulde dich! Ich kann kein Blut sehen! Ich kann das nicht!"

„Du wirst es … lernen", schnaufte die Gebärende.

Der Muttermund hatte sich stark geweitet. Es gab kein Zurück mehr. Entweder wurde dieses Kind nun geboren oder es starb zusammen mit seiner Mutter.

Das Köpfchen schaute heraus. Die Frau überwand unter enormer Selbstbeherrschung gezwungenermaßen ihren Ekel vor Blut, stützte es mit verzerrter Miene und holte den Jungen in die kalte, lichte Welt.

„Ist es ein Mädchen?", hechelte die Mutter beschwerlich. Die Frau wickelte das Kind in ein Kopftuch und übergab es ihr: „Dein vierter Sohn. So winzig, wie er ist, wird er den Abend wohl nicht überleben."

Mutter wog das Baby in den Armen. Sie schmuste mit ihm. „Meine Fini", hauchte sie ihm einen Kuss auf die Stirn, „ich habe dich ersehnt, Tochter."

Fin streckte gebannt seine Hand aus, um Mutter zu berühren, aber sie war nur ein Geist. Eine Erinnerung. Er fasste durch sie hindurch.

Stets formten sich neue Bilder in dem Lichtstrahl. Fin verweilte in dessen Mitte und beobachtete fasziniert sowie zugleich melancholisch, wie sein Leben in Szenen an ihm vorbeirauschte.

„Warum weinst du?", hockte sich Raise zum kleinen Fin, der damals vier Jahre jung war. „Die Kinder haben mich gehauen", heulte er. Am selben Tag verdrosch Raise die drei Jungs mit einem dicken Ast, die seinen Bruder fortwährend verhöhnt und schikaniert hatten.

Thaisen saß abends an Fins Bett und erzählte ihm Geschichten. Wenn sein großer Bruder lernen musste, las er ihm aus den jeweiligen Büchern vor. Die Texte, in der Regel waren sie interessant, erachtete Fin eher als unbedeutend. Viel wichtiger waren ihm Thaisens Anwesenheit und dessen wohlwollender Ton, welche Fin angenehme Träume bereiteten.

Das Letzte, an das er sich erinnerte, war das Feuer. Flammen schossen empor und hüllten ihn ein. Fin schrie aus Leibeskräften und sprang aus dem Lichtschein. Sofort löste sich die rote Bedrohung auf und alles um den Jungen herum wurde hell.

Er betrachtete ängstlich seinen Körper. Seine Haut brannte, als würde er wie eine Hexe auf dem Scheiterhaufen in Flammen aufgehen. Doch da war nichts. Seine Haut war rein und völlig unversehrt.

Fin atmete schwer. Scheu verschaffte er sich einen groben Überblick über die Umgebung. Er war vermutlich in einem riesigen Raum. Er konnte nicht einmal die Wände zur Begrenzung dieser Halle erkennen. Der Boden war mit schwarzem polierten Marmor ausgelegt, der von goldfarbenen Adern durchzogen war. Tageslicht strömte von oben herab. Dabei gab es keine Decke, keinen Himmel, kein Fenster. Ein Ort ohne Türen. Ein Ort ohne Entkommen.

„Erbarmst du dich, mir Gesellschaft zu leisten? Du hast eine Weile auf dich warten lassen", sagte jemand. Fin schaute nach vorn. Ein bescheidener Holztisch mit zwei Stühlen stand dort.

Der Mann, den er bereits einmal kennenlernte, kam mit schwebenden Schritten auf ihn zu. Er trug eine schwarze Kutte. Um die Hüfte war eine gräuliche Kordel gebunden. Der Mann schob die Kapuze nach hinten und starrte Fin mit schmalen, rotbraunen Augen ins Angesicht. Sein Alter würde man, mit dem gepflegten Bart, der von einem Ohr zum anderen entlang der Wangenknochen verlief und seinen Mund umspielte, auf etwa fünfzig Jahre schätzen. Das war natürlich falsch, blanke Ironie. Er war mindestens so alt wie die Wandelsterne Kryon und Zazarek. Viele Jahrtausende konnten diese ihre Existenz wahren. Der Mann hatte den Anbeginn Zirons von seiner besonderen Position aus miterlebt und wachte seitdem an der Pforte über jene Welt.

Sein Mienenspiel, welches er exzellent einzusetzen wusste, zeugte von Ernsthaftigkeit und Freundlichkeit. Fin entdeckte in seinem Ausdruck noch etwas Ungewöhnliches. Etwas, das anderen womöglich verborgen blieb. Fin kannte es von Rupert. Verschlagenheit.

„Du bist …"

„Der Tod", vollendete der Mann.

Ein Schauder fuhr Fin über den Rücken. Die feinen Härchen an seinen Armen richteten sich auf. Er bekam eine Gänsehaut.

„Du bist Fin. Fin Cautlet." Der Junge nickte eingeschüchtert. Der Tod lief musternd um ihn herum und äußerte: „Wir haben uns schon einmal gesehen." Er strich sich dabei durch seinen Bart.

„Ganz kurz", gestand Fin.

„Es war nicht geplant, dass du umdrehst."

Fins Worte wurden leiser: „Meine Zeit war nicht gekommen. Man brauchte mich."

Der Mann blieb vor ihm stehen. Mit Schlitzaugen reagierte er vorwurfsvoll: „Nicht *du* hast zu entscheiden, wann du in welchen Gefilden wanderst. Das wird heute nicht ein weiteres Mal passieren."

„Ich weiß", wisperte Fin ohne Hoffnung und senkte seinen Blick.

„Folge mir, Fin! Deine Brüder warten", stiefelte der Tod voraus. Fin horchte auf. Ungestüm heftete er sich an dessen Fersen und fragte: „Meine Brüder? Sind sie hier? Raise? Thaisen oder Rupert? Alle drei?"

„Ruhig Blut, Nesthäkchen. Du wirst sie gleich sehen", beschwichtigte der Mann mit einer nervenaufreibenden Gelassenheit.

Als die beiden unmittelbar bei dem Tisch waren, klatschte der Tod zweimal. Daraufhin tauchten Raise und Thaisen, hinter einem unsichtbaren Schleier hervorkommend, an seiner Seite auf.

Ungläubig blickten sie einander an, da fiel Fin ihnen bereits vor Freude herzhaft weinend in die Arme. Er presste sich an sie, hielt sie ganz nah bei sich. Raise schlang seine starken Arme um den Jüngsten und drückte den Kopf an seinen Brustkorb.

„Bruder, du bist wohlauf", rührte es selbst Raise bald zu Tränen.

Thaisen stierte den Fremden an: „Was hat das zu bedeuten? Wo sind wir?"

„Fragt euren Bruder! Er kennt sich bestens aus, war früher schon mein Gast", erwiderte der Tod schlicht und nahm auf dem einen Holzstuhl Platz.

Fin klammerte sich an Raise und berichtete betroffen: „Du warst eingesperrt. Es hatte gebrannt. Ich blieb bei dir."

„Wir sind tot", kam die Erkenntnis dem Zweitgeborenen erschüttert über die Lippen.

„Warum bist du hier, Thaisen?" Fin war bewusstlos gewesen, als sein ältester Bruder ihm zur Rettung eilte.

„Ich wollte euch helfen."

„Und wem haben wir das zu verdanken?", ballte Raise wütend seine Faust. Jeder kannte die Antwort. Keiner sprach sie aus.

„So", holte der Tod Atem und beugte sich über den Tisch. Die Aufmerksamkeit galt ihm. „Wir verfahren mit euch standardmäßig weiter." Ein Tintenfass erschien wie von Geisterhand herbeigeschafft. Dazu ein Pergament und eine Schreibfeder.

Der Mann tauchte die Feder in das Fässchen und kritzelte auf dem Papier herum. Er brabbelte vor sich hin: „Cautlet Brüder. Raise. Thaisen. Fin. Gestorben am Vierzehnten der Wikim im Jahre des Jägers 54."

Fin versteckte sich hinter Raise. Er hatte Angst vor dem, was geschehen würde – die Offenbarung des Tores. „Wir bleiben zusammen?", piepste Fin. Raise wollte ihm gerade Zuversicht verleihen, da beteuerte der Tod sachlich: „Das kann ich euch nicht versprechen. Ich weiß, dass wenigstens einer von euch in seinem Leben nicht sehr unbescholten war."

Für eine Sekunde linste der Tod bewusst zu Raise. Fin zuckte erschrocken. „Nein!", protestierte er und stellte sich schnurstracks vor seinen Bruder. „Da wo meine Brüder sind, da will auch ich sein!"

Thaisen beobachtete das Szenario schweigend. Der Tod blickte von seinem Schreiben auf und starrte Fin an. Der Mann stampfte kräftig mit seinem rechten Fuß und eine Tür fiel wahrlich von oben herab.

Es handelte sich um ein massives, dunkles Tor aus Ebenholz, welches aufwendige Verzierungen in sich barg – Efeuranken, Blüten, prächtige Bäume, Ornamente und Menschenköpfe, deren Münder geöffnet waren, als wollten sie eine Botschaft preisgeben. Es wirkte auf seine Betrachter anziehend und Ehrfurcht gebietend. Fin empfand es abschreckend. Er nahm rasch Thaisen bei der Hand und zog seine Brüder flüchtend mit sich.

„Ihr könnt nicht fliehen", machte es sich der Tod überlegen auf seinem Stuhl bequem.

Umso weiter sie sich zu entfernen versuchten, desto näher kamen sie dem Tisch. Oder war es gar der Tisch, der sie einholte? Bis die drei Brüder direkt vor dem Mann standen und keinen Zentimeter vor oder zurück gehen konnten.

Er erklärte: „Hinter dieser imposanten Tür empfängt euch das Gericht. Die Aufgaben eurer Seelenstufe werden, habt ihr sie erfüllt, ausgetragen. Eure guten und schlechten Taten werden aufgewogen, sodass ihr entweder Zutritt zum unendlichen Reich oder zur Unterwelt verdient – Letzteres, solltet ihr grobe Fehler begangen haben. Dies ist eine Maßnahme zur Eingliederung, und um zu begreifen, wie wertvoll es ist, barmherzig zu sein. Dort hat man viel Zeit, über sein gelebtes Leben nachzudenken. Manch einer kommt da nie wieder raus."

Erneut warf der Tod einen absichtlichen Seitenblick zu Raise. Dieser erahnte dank dem deutlichen Hinweis, welches der beiden Gebiete ihm blühte. Thaisen und Fin hatten die Nachricht ebenso erfasst.

Fin wetterte: „Wie könnt ihr dermaßen ruhig bleiben? Wollt ihr etwa, dass wir getrennt werden? Ich will das nicht! Niemals! Und mir ist vollkommen gleichgültig, wo wir landen, Hauptsache wir sind zusammen!"

Raise wandte sich besonnen an den Tod: „Welche weiteren Möglichkeiten gibt es?" Knappe Entgegnung: „Keine." Der Mann legte die Feder ab und pustete die Tinte auf dem Schriftstück trocken.

Raise platzierte seine Hand provozierend auf dem Pergament, um seiner Bitte mehr Ausdruck zu verleihen: „Wie können wir zusammenbleiben? Die Priester lehren, dass es immer einen Weg geben würde!" Thaisen fügte hinzu: „Sei es bei den rechtschaffenen Seelen oder bei jenen, die es einmal werden wollen."

Der Tod raunte geringschätzig vor sich hin: „Die Priester ... reden viel, wenn der Tag lang ist. Selten vermitteln sie das, was wahrlich bedeutsam ist. Sie hinterfragen zu wenig, sind engstirnig. Scheuklappenblick nennt man das. Sie ignorieren die Zeichen, die ihnen gesandt werden. Die Priester sind seit Jahrhunderten erblindet. Es gab seit etlicher Dauer keinen Sehenden mehr unter ihnen." Nach einer kurzen Pause warf er eine gewichtige Frage ein: „Wollt ihr euren zarten Bruder wirklich dem Schlund der Unterwelt überlassen?"

Raise stierte mit angehaltenem Atem zum Jüngsten. Fin wäre ein Platz im Elysium sicher. Diesen wollte, durfte er ihm nicht nehmen! Unabhängig davon, was mit ihm passierte.

„Fin, vielleicht ...", suchte Raise stammelnd nach einer geeigneten Erläuterung. Das Argument müsste überzeugend sein. Gab es ein solches überhaupt? „Ich denke ... Wir sollten ... Also, es ist besser, wenn du und Thaisen ..."

„Nein! Wir gehören zusammen. An der Seite der guten Seelen oder neben Tadur. Du kennst mich und weißt, dass du mich niemals von diesem Standpunkt abbringen kannst. Und wenn du mich liebst, Bruder, was du tust, dann akzeptiere meine Entscheidung!"

Raises Hochachtung für Fin stieg in ungeahnte Höhen. Der Zweitgeborene wusste, er hätte dasselbe für ihn getan, aber konnte er das wirklich verantworten?

Der Tod grinste schelmisch: „Eine Idee fällt mir ein. Ich könnte womöglich doch etwas für euch tun."

„Inwiefern?", erkundigte sich Raise misstrauisch. Der Mann zog das Papier unter der Hand des Zweitgeborenen vor.

„Geht ihr durch die Tür, kann ich euch nicht versprechen, dass ihr beisammen in der vorläufigen Ewigkeit verweilt. Aber ich garantiere euch die Nähe zueinander, seid ihr bereit, euer Schicksal auf die Probe zu stellen. Gewinnt ihr, ist euch dreien der Platz im Himmelsgefüge sicher. Verliert ihr, dient ihr mir. Drei Jahre lang sollt ihr meinem Wort gehorchen und in der Welt wandeln, die euch nun versagt ist."

Das Tintenfass verwandelte sich in einen wuchtigen Becher. Die Feder teilte sich, schrumpfte und es entstanden zwei Würfel.

Ein verlockendes Angebot – immerhin schloss es die Unterwelt gänzlich aus. Raise und der Tod starrten sich einander herausfordernd und abschätzend an. Der Preis stand fest. Fin und Thaisen gaben ihre Zustimmung. Ihnen war bewusst, dass dies die einzige Alternative war, die sich ihnen bot. Raise zögerte, willigte aber auf Drängen seiner Brüder ein. Auf Gedeih und Verderb.

Der Tod und Raise schüttelten sich einvernehmlich die Hände.

„Es gibt bloß eine Runde. Wer die höchste Zahl wirft, hat gewonnen. Einer spielt um das Schicksal von euch dreien."

Raise sah seine Brüder an. Beide nickten ihm bestätigend zu. Er setzte sich auf den Stuhl. Er tat die Würfel in den Becher und schüttelte. Wer hätte gedacht, dass gerade *er* um sein Leben und das seiner Brüder *spielen* würde?

Mit einem Ruck landete der Becher verkehrt herum auf dem Tisch. Raise hob ihn zitternd hoch. Drei. Sechs.

„Neun", jubelte Fin. Das konnte der Tod gewiss nicht überbieten. Dieser nahm gelassen den Becher und die Würfel zu sich. Er fixierte Raise, während er die Würfel im Behältnis klappern ließ. Dann drehte er den Becher über der Platte um und die Würfel fielen heraus. Eine Sechs landete auf dem Tisch. Der zweite Würfel kullerte über den Boden. Fin hielt den Atem an. Die Zwei kippelte, letztlich siegte die Sechs.

„Zwölf", triumphierte der Tod, *ohne* die Zahl des zweiten Würfels überhaupt gesichtet zu haben. Raise stutzte, verstand und packte ihn erbost am Halsausschnitt der Kutte: „Ihr habt uns betrogen!" Ein Windstoß ergriff Besitz von dem Aufbrausenden und fegte ihn fort.

„Ich gewinne immer", offenbarte der Mann erhaben. „Ein Pakt ist ein Pakt. Vom jetzigen Zeitpunkt an seid ihr meine Diener." Er erhob sich und vergrub seine Hände in den Trompetenärmeln. Raise rappelte sich in einiger Entfernung wieder auf.

„Seid zufrieden. Ihr dürft trotz allem zusammenbleiben. Das habt ihr euch gewünscht." Der Tod stampfte mit seinem linken Fuß. Das Tor verpuffte.

„Was stelle ich mit euch an? Was sollt ihr werden?", begutachtete er die Brüder skeptisch. Sein Augenmerk lag zuerst auf Raise: „Ein Pulverfass. Jederzeit bereit, alles zu geben. Angriff und Verteidigung." Sein Blick schweifte nachdenklich zu Fin: „Durch die Welten fliegen … Auf gewisse Art und Weise frei sein … Zudem ein stark ausgeprägter Sinn für die Familie." Abschließend lugte er zu Thaisen und kommentierte: „Würdevoll. Intelligent. Dünkelt allerdings unrechtmäßig vor sich hin."

Der Tod grübelte, lief auf und ab. Plötzlich hielt er inne. „Ich hab's", berichtete er stolz. „Ihr werdet die *Rabenbrüder*."

Der Mann predigte ausschweifend: „Ihr dient mir drei Jahre lang. Dient ihr mir gut, steht euch die Himmelspforte offen. Solltet ihr absichtlich einen Fehler begehen, werden alle drei gleichermaßen bestraft – und wenn auch nur *einer* falsch handelte. Dann sind euch die Plätze bei Tadur gewiss." Er sprach lauter, damit Raise ihn auf jeden Fall hörte: „Fin wäre ohne Umwege bei unserem göttlichen Vater gelandet. Ihr zwei anderen wollt hoffentlich nicht riskieren, dass diese reine Seele in ein verdorbenes Reich geschickt wird? Also folgt meinen Anweisungen und wir alle sind zufrieden."

Raise war zornig. Gegenüber Rupert hätte er Hass empfinden sollen, aber das tat er nicht, weil der Rotschopf ein Teil seiner Familie war. Den Tod hingegen verabscheute er für die List, die er angewandt hatte. Noch mehr jedoch hasste sich Raise selbst, dafür, dass er in die Falle getappt war.

Dem Tod zu Diensten sein? Das konnte keine ehrliche Arbeit sein! Bereits beim Würfelspiel hatte er sie getäuscht.

Raise stapfte zu seinen Brüdern. Mit bissigem Unterton fragte er den Tod: „Was verlangt Ihr von uns?"

„Die Aufgabe, die ich euch überlasse, ist kinderleicht. Bedenkt, ihr dürft sogar in eure Welt zurück. Nach Zeder."

Fin unterbrach ihn: „Werden wir Mutter sehen?"

„Und Rupert?", hängte Raise begeisterungslos heran.

„Nein. Eure Heimat, Estropus, werdet ihr nie wieder betreten. Ihr werdet keinem Menschen begegnen, mit dem ihr in eurem Leben etwas zu tun hattet."

Fin schnaufte traurig. „Wir sind Mutter nah und dürfen nicht zu ihr."

Raise äußerte unvorsichtig: „Wir finden einen Weg."

Der Tod streckte zurechtweisend seinen Zeigefinger. Unverzüglich sackte Raise vor Schmerzen schreiend auf die Knie. Fin und Thaisen war es unmöglich, ihrem Bruder zu helfen, weil eine unsichtbare Wand ihn von den beiden trennte.

„Hört auf!", kreischte Fin den Tod an. Wenige Sekunden später fiel Raise gänzlich um und seine verkrampften Muskeln entspannten sich wieder. Erst jetzt konnten Fin und Thaisen ihn berühren.

Der Mann verdeutlichte: „Ich dulde *keine* Ungehorsamkeit."
„Beruhige dich, Raise. Sonst wird es schlimmer", riet ihm
Thaisen. Raise hatte es fürs Erste verstanden.

„Wir werden einen Ausflug machen. Ich will euch zur Aufgabe
geleiten. Damit euch unterwegs nicht schlecht wird, schließt eure
Augen!" Widerwillig schlossen sich Raises Lider. Ein Luftzug
strömte an ihm vorbei. Er fühlte sich federleicht, losgelöst vom
Boden. Fins Hand, die an seiner Schulter ruhte, wurde kälter.
Entgegen der Anweisung öffnete Raise nach ein paar Herz-
schlägen neugierig seine Augen, um zu begreifen, was geschah.
Er entdeckte von minimaler Dauer, geschätzte drei Sekunden,
einen farbenfrohen Tunnel, in dessen Trichter sie spiralförmig
hineinglitten – wobei er keinesfalls die Empfindung hatte, tatsächlich von Ort und Stelle fortbewegt zu werden.

Die Reise fand innerhalb von etwa zehn Lidaufschlägen ihr Ende.
Raise spürte deutlich den weichen Boden unter seinen Füßen. Sie
hatten einen Hügel erreicht inmitten einer bergigen Landschaft.

„Wie sind wir hierhergekommen?", staunte Fin beeindruckt.

„Alles eine Frage von Macht und Einfluss", prahlte der Tod.

Raise konterte: „Macht verdirbt bekanntlich die Seele."

Eine hübsche, duftende Wiese erstreckte sich über die Anhöhe.
Während sich Thaisen und Raise wenig für die Schönheit der Natur
begeistern konnten, schnupperte Fin an einem Gänseblümchen.

„Thaisen, riech mal! Es hat einen wundervollen Geruch."

„In Estropus gab es ein Kornblumenfeld", bückte dieser sich
schnuppernd. Raise brach einen Stiel ab und drehte das Blüm-
lein zwischen seinen Fingern. „Zum Pflücken werden wir wohl
nicht eingesetzt?"

Der Tod schmunzelte über Raises Bemerkung. „Das wäre
eine Verschwendung eurer Fähigkeiten. Ich habe viel Besseres für
euch geplant." Er stand im Licht der untergehenden Sonne, weshalb er sich als Silhouette abzeichnete. „Am Tag dürft ihr eure
menschliche Gestalt behalten. Ihr könnt euch frei bewegen – je
nachdem, wohin euch der Auftrag schickt. Die Menschen können
euch nicht sehen. Sie werden euch in keinster Weise wahrnehmen.
Ihr seid tot. Ihr seid Geister – wandelnde Seelen."

Leicht nach vorn gebeugt wie ein alter, weiser Mann, der philosophierte, führte der Tod seine Hände hinter dem Rücken zusammen. „Eine Stunde, bevor die Abenddämmerung einsetzt, gewähre ich euch etwas, dass bislang keinem anderen gestattet wurde. Diese eine Stunde wird euer Körper fleischlich. Das bedeutet, ihr könnt in eine Schenke gehen und euch die Bäuche mit Köstlichkeiten vollschlagen. Ihr könnt euch ins Dirnenhaus begeben und ungeahnte Triebe ausleben."

Fin wunderte sich. Wie kam der Tod darauf, dass Letzteres in ihrem Interesse lag? Thaisen resümierte: „Eine Stunde sind wir lebendig. Wir können anfassen und angefasst werden. Wir sind existent für die Menschen. Ist das richtig?"

„Wozu soll das gut sein?", murrte Raise, der einen erneuten Hinterhalt vermutete. Mit einem herzlichen Lächeln sagte der Mann: „Es ist ein Geschenk. Thaisen hat es begriffen. Ist die eine Stunde vorbei, werdet ihr zu Raben, bis der Morgen graut."

„Echte Raben?", wiederholte Fin ungläubig. „Können wir abgeschossen werden?"

Der Tod lachte. „Ihr seid tot. Man kann nicht zweimal sterben. Macht mir also keinen Ärger! Ihr wisst, was euch droht! Nach Sonnenuntergang rupft ihr euch eine weiße Feder aus. Im selben Moment wird ein kleines Pergament vor euch erscheinen. Darauf steht der Name der Ortschaft, die ihr bis zum Morgen erreicht haben müsst. Ebenfalls sind Personen aufgelistet, die ihr an der benannten Stelle aufsucht. Euer erster Auftrag wartet im Gebirge Krosus, in dem wir uns befinden."

„Feder und Blatt tragen wir dann im Schnabel mit uns?", fragte Raise zynisch. Normalerweise behielt er seine Gefühle für sich und verzichtete konsequent darauf, jemandem zu zeigen, wie sehr er ihn gering schätzte. Bei dem Tod war das anders. Wozu seine Meinung verheimlichen, wenn die Würfel gefallen waren?

„Du würdest unter der Last nicht zusammenbrechen", scherzte der Mann. „Feder und Pergament verschwinden, bis ihr sie mit euren Gedanken oder über die *Flamme* ruft."

Fin war verwirrt. Er konnte der Rede inhaltlich schwer folgen, wollte nachhaken, da klärte der Tod auf: „Die Namen auf der Liste sind Personen, deren Lebenswillen ihr prüfen sollt. Ist die Flamme klein, belasst ihr den Namen auf der Übersicht und die Lebenszeit des Namensträgers ist vorbei. Ist die Flamme groß, streicht ihr ihn und derjenige bekommt eine zweite Chance. Er lebt folglich weiter. Das ist Gottes Plan. Ihr helft ihm. Und mir auch."

Thaisen schlussfolgerte: „Standen unsere Namen auf einer Liste?" Der Mann schüttelte den Kopf. „Spontanes erledigt der Herr Vater höchstpersönlich."

„Warum? Was hat ihm missfallen, dass er uns vom Leben abschnitt? War unsere Zeit tatsächlich abgelaufen? Sollten wir geholt werden? Weshalb so früh? War das *unser* Plan?" Thaisen fand keine Ruhe. Eine Antwort blieb aus.

„Berührt die Halbtoten mit eurem rechten Zeigefinger an der Stirn! Dann wird sich euch die Flamme offenbaren." Der Tod wies des Weiteren darauf hin: „Ihr seid Geister. Also lauert nicht vor einer Tür, bis sie irgendwann aufgeht, sondern schreitet hindurch!" Er drehte sich dem tiefen Sonnenstand zu und gab den Brüdern seinen Rücken preis. „Gleich ist es so weit", kündete er ehrerbietig an. Fin fürchtete sich. Ein Rabe sollte er werden? Die Größe einer Flamme bestimmte über Leben oder Tod? Und wenn er sich irrte? Wenn er einschätzte, die Flamme wäre klein, obwohl sie groß genug gewesen wäre?

Die letzten Sonnenstrahlen verabschiedeten sich. Der Tag dankte ab. Die Nacht übernahm das Zepter.

Die Körper der drei Brüder erstrahlten. Fin betrachtete seine gleißend weiße Haut mit Schrecken. Am liebsten hätte er eine Bürste genommen, um die befremdliche Juckerei zu stoppen. Aus seinen Armen wuchsen dunkle Federn, die einen metallenen Blauschimmer in sich bargen.

Raises Mund und Nase lösten sich auf. Stattdessen entsprang ein gelber Schnabel. Aus Thaisens Hintern spross ein langer, mit Federn bestückter Schwanz.

Ihre Leiber verformten sich. Sie wurden zu Raben.

Kapitel 3

Rabenbrüder

Raise hockte deprimiert auf einem Ast und gab keinen Laut von sich. Fin schlug auf ebener Erde wie eine wild gewordene Gans mit seinen Flügeln. Er war der Einzige der drei, der noch nicht fliegen konnte. Er hüpfte unentwegt, nahm Anlauf und beschwerte sich lautstark mit einem „Krok", wenn es ihm wieder einmal nicht gelungen war.

Thaisen schubste ihn mit seinem Haupt an. *Konzentriere dich! Es ist gar nicht so schwierig!*, krähte er seinem jüngeren Bruder zu. Dieser ließ enttäuscht verlauten: *Du kannst es ja! Ich nicht.*

Fin sah zu Raise hinauf und wollte ihn um Hilfe bitten. Dieser wirkte dermaßen betrübt, dass Fin darauf verzichtete.

Abermals schwang er die Flügel. *Ich muss es schaffen!*, krächzte er. Fin gelang es nach etwa vier Stunden harter Übung endlich, sich ein paar Meter vom Erdboden abzuheben.

Seht ihr das?, jauchzte er. *Es klappt! Ich fliege!* Mit Mühe und Not peilte er einen niedrigen Ast zur Landung an, verfehlte ihn, kollidierte ungeschickt mit dem Stamm und fiel unsanft auf den Rücken. Alles um ihn drehte sich. Ihm war schwindlig.

Raise breitete seine Schwingen aus und glitt neben seinen Bruder. *Fin, komm mit mir!*, forderte er ihn auf und tippelte mit den kurzen Füßchen über die Wiese. Im Gänsemarsch folgte Fin ihm. Thaisen schaute den beiden interessiert nach.

Raise erklomm mit Sprüngen den Hügel. Fin war dicht hinter ihm. Hier hatten sie sich vor wenigen Stunden in Raben verwandelt.

Dort unten ist ein Dorf, erläuterte Raise. *Wir werden ins Tal hinabfliegen.*

Fin hüpfte gleich einem scheuen Reh zurück. *Das gelingt mir nicht, Bruder!*

Raise erwiderte: *Fin, wir können nicht sterben. Du wirst dort unten ankommen − elegant oder tölpelhaft. Ich verspreche dir, du wirst fliegen, bevor wir das Tal erreichen. Unzählige Flüge beginnen mit einem Fall.*

Fin blickte in die düsteren Augen des Rabenvogels. Raise würde ihn niemals unnötig in Gefahr bringen. Er glaubte an ihn! *Ist gut!*, willigte Fin mutig ein und machte sich für den Abflug bereit. Thaisen flatterte neben sie und sprach gewitzt: *Lasst mich in der Fremde nicht stehen!*

Raise lachte, was als lautes Krähen zu hören war. *Wir hätten dich schon geholt, Bruder. Immerhin gehören wir zusammen.*

Die drei stürzten sich in die Tiefe. *Jetzt, Fin!*, rief Raise, und der Jüngste öffnete seine Flügel. Der Wind trug ihn! Fin flog.

Es kribbelte wirr in seinem Bauch. Er glaubte, die frische Luft schmecken zu können. Fin hatte ein monumentales Panorama über die schlafende Umgebung. Die Bäume im Tal waren winzig klein, wenn man sie von oben betrachtete. Das tintenblaue Firmament erweckte den Eindruck, zum Greifen nah zu sein. Wundervoll. Gigantisch. Das war eine völlig neu gewonnene Freiheit.

Raise vergaß seine schlechte Laune und drehte mehrere Loopings. Thaisen behielt wie ein Fluglehrer beide im Blickfeld und wies sie gelegentlich auf einige Sachen hin, wie zum Beispiel, Distanz zum Berghang zu wahren oder der Spitze eines Baumes auszuweichen.

Letztlich landeten Raise und Thaisen in einer Blautanne vor der Stadt Xi. Fin preschte um Haaresbreite vorbei und purzelte auf weiches Moos. *Angekommen*, atmete er erleichtert auf und spürte das stolze, überwältigende Hochgefühl in sich, geflogen zu sein.

Thaisen entdeckte auf Anhieb die weiße Feder in seinem pechschwarzen Gefieder. Er rupfte sie mit einem Quiekton heraus. Ein Pergament schwebte vor ihm. Xi und drei Namen wurden erwähnt. Fin tat es ihm gleich. Dieselbe Stadt ward geschrieben, dafür drei andere Namen. Raise zauderte. Er hatte keinen großen Antrieb, der Aufgabe des Sensenmannes zu entsprechen, aber er tat es — für seine Brüder.

Wie sollen wir diese neun Personen unter all den Menschen ausfindig machen?, warf Fin in die Runde. Thaisen äußerte: *Der Gevatter meinte, sie wären halb tot. Vielleicht sind sie wegen einer Krankheit ans Bett gefesselt. Sie werden schwach sein.*

Raise ergänzte: *Klappern wir die Häuser ab und hören deren Bewohnern zu. Leid und Elend sind die Themen, über die man sich die Mäuler zerreißt. Ein verhängnisvoller Schlag ist gefundenes Fressen.*

Bis zum Sonnenaufgang vertrieben sie sich die Zeit. Fin fand das Raben-Dasein inzwischen amüsant. Er hüpfte wie ein Ball hin und her.

Im Vergleich zu seinen Brüdern war Fin recht mickrig. Thaisen war der größte und übertraf sogar die Höhe eines Bussards, die normalerweise ausgewachsene Raben erreichten. Raises Gefieder besaß den meisten Blauschimmer. Fin glaubte zudem einen heidelbeerfarbenen, sternförmigen Klecks auf dessen Stirn zu sichten.

Ich habe keinen komischen Fleck!, protestierte Raise.

Seid ihr aufgeregt?, erkundigte sich Fin ein wenig ängstlich. Thaisen nickte. Raise starrte wortlos zu dem sich allmählich erhellenden Nachthimmel.

Ich fürchte mich davor, einen Fehler zu verursachen. Ich glaube, ich habe vergessen, was die Aufgabe beinhaltet. Wie war das mit der Flamme?

Thaisen reagierte auf Fins Verunsicherung: *Das werden wir zusammen herausfinden. Wir sind bei dir, Fin. Sei sorgenfrei!*

Die ersten Sonnenstrahlen tauchten jenseits des Gebirges Krosus auf. Die Federn der drei Raben glänzten silbrig. Die Brüder wurden wieder zu Menschen.

„Gott sein Dank!", streckte sich Fin genüsslich.

Raise musterte sich selbst genauestens. Nicht eine einzige Feder sollte ihn in dieser Gestalt verschandeln! Thaisen spaßte über dessen ungewöhnliche Eitelkeit: „Du siehst gut aus, Raise!"

„Darum geht es nicht", blockte dieser ab.

Fin hockte sich hin. Er wollte einen Kieselstein wegschnipsen. Dies war ein Test, ob das überhaupt möglich war. Nein. Der Tod hatte sie ausreichend vorgewarnt. Er behielt recht. Sie könnten nichts berühren. Fins Finger baumelte durch das kühle Steinchen. Unbedeutend. Er war bei seinen Brüdern, das war das Einzige, was zählte.

Fin stemmte die linke Hand in die Hüfte, die rechte hob er motivierend in die Luft. „Auf, auf!", spornte er die zwei an und schlenderte Xi entgegen.

Raise dachte still vor sich hin: *Fin wirkt lebendiger, zugänglicher, als er es zu seinen Lebzeiten war. Ironie des Schicksals.*

Die Stadt Xi gehörte zum Land Langsa, welches König Richard der Unbesiegbare mit harter und dennoch äußert geschickter Hand lenkte. Er war einer der drei Herrscher des Kontinents Zeder. Ihm oblag der Osten. Königin Victri, frisch gekrönt im zarten Alter von sechzehn Jahren, gebot über das nördliche Xander. Der Südwesten mit dem kahlen Land Ismahl wurde von König Hakuroll vor dem Ruin bewahrt, in den dessen Nachfolger, sein Sohn Leon, es in Bälde stürzen würde.

Das orientalische Andúl verehrte seinen verführerischen Sultan Arrak Smura El Rabbat, welcher nicht als offizieller Regierender angesehen wurde. Der Thron im Südosten war leer – zum Glück. Einst verfügte Tadur, der Teufel in den überlieferten Geschichten, von seiner Festung im Gebirge Mongul aus über sämtliche Ländereien.

Das weitflächigste Land Zeders, Cark Ta Mon, war frei. Es war das Herzstück dieses Kontinents und niemand maßte es sich an, dieses das seinige zu nennen.

Die Stadt Xi war völlig anders als ihre Heimat Estropus. Fast alles hier war aus Stein erbaut und wirkte ausladend kalt. Häuser und Statuen tummelten sich um eine kleine Kirche.

Xi war von einer rauen Berggegend eingeschlossen. Ankömmlinge würden das Wort *abgeschottet* verwenden. Die Einwohner hörten das allerdings nicht gerne, trotzdem die Bezeichnung sinnvoll war. Sie waren dankbar für ihre Abgeschiedenheit, von der sich König Richard keineswegs beeindrucken ließ und regelmäßig seine Steuereintreiber aussandte.

Priester in weißen Kutten räucherten die Stadt mit Weihrauch periodisch aus, um böse Geister, im Volksmund als Dämonen verschrien, zu vertreiben. Dabei sangen und beteten sie zu ihrem Gott. Xi galt infolge der reinigenden Rituale als geheiligte Stätte – eine von vier Ortschaften auf Zeder, in der man laut den Erzählungen Gottes Beistand und Gnade durch bloßes Betreten des geweihten Bodens erfuhr. Der Herr Vater war in Xi zu Hause und somit auch seine Anhänger. Die Mönche gehörten zum Clan der *Ge-*

sandten des Himmels, die seine Lehren predigten. Ein höher gelegenes Kloster, eine halbe Stunde Fußmarsch von Xi entfernt, war dem Schöpfer, eigentlich den Ordensbrüdern, zu Ehren errichtet worden.

Fin sprang von einem Pflasterstein auf den anderen. „Zumindest verlieren wir nicht den Boden unter den Füßen", scherzte er.

Thaisen schloss sich seiner Fröhlichkeit an: „Sonst hätten wir Flügel benötigt."

„Ein Paar in der Nacht reicht aus", kommentierte Raise und sah sich das karge Markttreiben in Xi auf dem kleinen, runden Platz vor der Kirche an. Dieses hatte nicht annähernd die Größe und die Auswahl an Waren, die die Handelsstadt Estropus vorwies. Während man in ihrer Heimat während der Marktzeiten kaum sein eigenes Wort aufgrund der enormen Lautstärke verstand, konnte man sich hier mühelos unterhalten. Die Menschen von Xi redeten kaum miteinander. Vorwiegend Alte schlurften über die unebenen Straßen. Die Frauen hüllten sich in ihre Kopftücher ein. Der kühle Wind fegte durch die kleinen, engen Gassen. Zwei Kinder neckten sich am Springbrunnen. Darum reihten sich, in drei Metern Abstand, die Stände eng in einem Halbkreis.

Ein Mann mit Schnurrbart und finsterer Miene bog um eine Ecke. Ehe Raise, der mit seinen Gedanken woanders war, reagieren konnte und hätte ausweichen können, lief der Fremde direkt in ihn hinein und durch ihn hindurch. Raise, regelrecht geschockt, verspürte eine Hitzewelle, gefolgt von einer eisigen Kälte, die sich durch seinen gesamten Leib fraß. Es fühlte sich an, als hätte ein tosender Tornado in ihm gewütet, ihn aufgerissen, woraufhin sein Innerstes für Sekunden zerfetzt wurde, doch ebenso schnell fügte es sich wieder zusammen. Übelkeit stieg in ihm auf. Fast übergab er sich.

Fin sprintete sofort zu ihm. „Raise? Um Himmels willen, Raise! Was machst du denn? Ist es wegen dem Mann? Er ist durch dich hindurchgelaufen! Als wärst du ein … Geist", beugte sich Fin besorgt zu Raise herunter, welcher sich zitternd auf Knien und Händen abstützte. Von Sorge erfüllt, klopfte der Jüngste ihm aufbauend an ein Schulterblatt. „Das wird gleich vorbei sein. Geht es wieder? Du siehst ja furchtbar aus!"

„Er erholt sich", sagte Thaisen trocken.

Raise erwiderte beißend: „Danke für deine Anteilnahme!"

Thaisen schaute dem Unbekannten forschend nach. Der Mann ging unverändert seinen Weg. Er hatte von all dem nichts bemerkt. Wie auch? Die Brüder waren kein Teil seiner stofflichen Welt. Sie waren tot. Eigentlich sollten sie gar nicht mehr in den Gefilden der Lebenden sein.

Raise setzte sich erschöpft hin und atmete tief ein sowie aus. Allmählich wich die Blässe aus seinem Gesicht. „Nie wieder", murmelte er. „So etwas will ich nie wieder erfahren." Raise ließ sich, seinen Rücken stützend, an die Wand gleiten, da krachte er mit einem Mal durch das Mauerwerk. Sein halber Körper befand sich nun innerhalb des Hauses. Unterleib und Beine waren noch auf dem Marktplatz.

Erschrocken legte er den Kopf in den Nacken, um sich einen raschen Überblick zu verschaffen. Es stank nach Schweiß. Das breite Bett, das den Raum ausfüllte, quietschte und ruckelte mit seinem klapprigen eisernen Gestell leicht vor und zurück. Die vergilbte Decke rutschte zerzaust hinab. Eine junge Frau mit brauner zerwühlter Mähne stöhnte begierig. Ein Mann, der mindestens doppelt so alt war wie sie selbst, lag keuchend und unbekleidet auf ihr. Mit seinen kräftigen Stößen brachte er sie nahezu um den Verstand.

Raise war zu seinem Entsetzen in einem Schlafzimmer gelandet. Fin steckte sein Haupt durch die Wand. „Raise?", lugte er vorsichtig herein. Seine Augen weiteten sich baff bei dem wilden Treiben.

„Raus, Fin! Das ist nichts für dich!", legte Raise ihm seine Hand vors Gesicht und schob ihn schnurstracks rückwärts. Thaisen half Raise auf die Beine. Fin starrte, immer noch auf allen vieren und verblüfft vom Erlebnis, das triste Mauerwerk an. So etwas hatte er noch nie gesehen. Thaisen wandte sich an Raise: „Was hast du mit ihm gemacht?"

Dieser empörte sich: „Ich? Gar nichts! Sieh selbst!" Raise machte eine auffordernde Handbewegung in Richtung der Stube.

Neugierig gönnte sich Thaisen einen Blick. Räuspernd zog er seinen erröteten Kopf nach geschätzten dreißig Sekunden wieder heraus. „Wir sollten gehen!", bemerkte er knapp und packte Fin am Kragen.

Sofern es möglich war, wichen sie den Menschen aus, die ihre Pfade kreuzten. Ziellos liefen sie Xis Straßen entlang. Eine Greisin lehnte sich aus ihrem Fenster und wechselte den neuesten Klatsch und Tratsch mit ihrer Bekannten. Hier und da schnappten die drei Brüder Gerüchte auf.

Thaisen und Fin steuerten ein Bauernhaus am Rande von Xi an, welches das einzige Gebäude war, das vorwiegend aus Lehm und Holz errichtet worden war. Der Wildwuchs der Pflanzen wurde geduldet und musste nicht den sonstigen, steinernen Wegen weichen.

Raise schlenderte seinen Brüdern nach. Immer noch konnte er sich nicht mit der Situation abfinden, in die sie geraten waren.

Eine rostige Wasserpumpe wurde nahe dem Gehöft betätigt. Ein Hund mit hellbraunem, leicht rötlichem Fell ruhte daneben. Eine Fliege umkreiste ihn. Er schüttelte seine Schlappohren, um sie zu vertreiben. Das träge Tier gähnte.

„Ich bin fertig, Pancho", teilte das schwarzhaarige Mädchen ihm mit. Die zwei Eimer waren mit Wasser gefüllt. Der Hund öffnete prüfend seine Augen. Musste er sich wirklich erheben? Mit einem Seufzer streckte er seine Glieder.

Raise lief an ihnen vorbei. Pancho begann unerwartet zu bellen. Das Mädchen, mit zwei geflochtenen Zöpfen, die vor ihrem flachen Busen hingen, drehte sich um. Sie stierte Raise geradewegs ins Antlitz. Ihre weiße Haut war rein, ihre sonnengelben Iriden voller Klarheit. Ihre Lippen besaßen die Farbe von Blut. Das zartblaue Kleid mit weißen Pünktchen schmiegte sich sanft an sie. Der Lichteinfall verlieh dem Mädchen einen hellen Schimmer, gleich einer geheimnisvollen Aura. Raise war vollkommen fasziniert. Er war hingerissen. Nicht minder stutzte er. Konnte sie ihn sehen? War der Hund sich seiner gewahr?

Pancho bellte lauter. Raise trat sicherheitshalber ein paar Schritte zurück. Das Mädchen, das vermutlich in einem ähnlichen Alter wie Raise war, richtete ihren durchdringen Blick auf den Hund. „Pancho, hör auf! Dort ist niemand." Das Tier knurrte und verstummte dann. Die junge Frau hievte die Eimer hoch und schleppte sie zum Haus. Panscho trottete folgsam hinterher.

Raise stand wie angewurzelt an seinem Platz. Hatte er sich ihre Aufmerksamkeit eingebildet? Wahrscheinlich! Aber was war mit diesem Hund?

Er gab sich einen Ruck und rannte ihr nach. Sie war bereits im Haus und er benutzte, wie zu Lebzeiten gewohnt, die Tür als Eingang. Ein schmaler Flur mit Läufer empfing ihn. Nach links ging es in die Wohnstube, der eine Küche angeschlossen war. Rechts gab es zwei Zimmer. In dem einen standen ein Spinnrad und eine Bank, auf der ein Kissen sowie eine Bettdecke lagen. In dem zweiten Raum, der abgedunkelt war, fand Raise seine Brüder.

„Es ist ein schöner Tag, Großvater. Wir lassen die Sonne herein", schob das dunkelhaarige Mädchen die schweren Vorhänge beiseite.

Der alte Mann hütete krank und gebrechlich das Doppelbett. Er hustete und richtete sich ein wenig auf. „Ach Mirelle, Gott sei es gedankt, dass ich dich habe." Sie küsste ihn an die Schläfe. Gutherzig lächelte er sie an. Mirelle fischte einen Brotkrümel aus seinem Spitzbart und streichelte seine faltige, fahle Wange.

Fin äußerte respektvoll: „Ist das einer? Einer von der Liste?" Der Jüngste war überzeugt, dieser magere Greis konnte wahrlich als halb tot bezeichnet werden.

Thaisen antwortete nüchtern: „Das werden wir herausfinden müssen."

Der Hund Panscho zwängte sich in ein Körbchen, welches früher der Katze gehört hatte, bis sie eines Tages nicht mehr heimgekommen war. Raise beobachtete den Hund und nahm zur Kenntnis, dass dieser ihn nun entweder komplett ignorierte oder einfach nicht auf seine instinktive Art entdeckte.

Holzschuhe klapperten aus dem Flur heran. Die Großmutter trug ein Tablett in den Händen. Sie pustete auf den tiefen Teller, in dem ein dampfendes Süppchen schwappte. „Dein Mittagessen, Hennrich. Die Vorhänge sind ja schon wieder auf! Mirelle, dein Großvater braucht Ruhe, und wenn das Licht hereinscheint, kann er nicht schlafen."

Der Großvater beruhigte seine Frau: „Heute ist ein schöner Tag." Er schenkte ihr ein schwaches Lächeln. Seine Zahnlücken kamen zum Vorschein.

„Nein, so geht das nicht!", protestierte das garstige Weiblein und zog die Vorhänge zu. Mirelle wollte Einwand erheben, der Großvater hielt sie mit letzter Kraft am Arm, um das Mädchen zu stoppen. Streit brachte nichts. Machte es seine Frau glücklich, dass er seine vermeintlich letzten Tage in Dunkelheit verbrachte, dann sollte es so eben sein.

Großvater wischte Mirelle eine Träne fort und sprach: „Es tut mir leid, dass ich euch nichts Wertvolles hinterlasse." Sie weinte.

„Die Erinnerungen an dich werden die größten Schätze sein", hauchte sie einen Kuss auf seine Hand.

„Zur Seite!", schob das Mütterchen Mirelle weg und setzte sich plump an die Bettkante zu ihrem Gatten. „Jetzt wird gegessen!", bestimmte sie mit hartem Ton.

Er verzog die Mundwinkel: „Ich habe keinen Hunger."

„Das ist mir egal. Du musst zu Kräften kommen. Wir können hier nicht alles allein machen. Und wag es ja nicht, zu sterben! Du wirst uns nicht auf diesem Hof verrotten lassen!" Das Weib hielt ihm den Löffel hin und befahl: „Mund auf!" Ihre Worte hatten ihn verletzt. Seine Augen wurden wässrig. Gehorsam öffnete er den Mund und sie schüttete das Süppchen nach und nach hinein.

Mirelle war gegangen. Raise wollte ihr folgen, aber Thaisen bat ihn zu bleiben. Weshalb interessierte er sich für das Mädchen? Ihr Name stand keinesfalls auf einer der Listen, dafür der ihres Großvaters: Hennrich Sovago.

„Mach es, Bruder!", forderte Fin den Ältesten auf. Der Name war auf dem Schriftstück von Thaisen aufgeführt. Mit mulmigem Gefühl trat er bedächtig an den Greis heran. Die Großmutter verließ mit leerem Teller den Raum.

Fin war froh, nicht als Erster das Ritual vollziehen zu müssen. Raise stellte sich Thaisen gegenüber. Er wollte seinem Bruder damit verdeutlichen, dass er für ihn da war, was auch geschehen mochte. Sie würden zusammenhalten.

Großvater Hennrich ließ sich müde ins Bett sinken. Seine Atmung war schwer. Seine Augen starrten geistesabwesend an die Decke. Er wähnte sich allein im düsteren Zimmer. Doch da waren links und rechts sowie zu seinen Füßen drei Wesen, die man Rabenbrüder nannte. Einer von ihnen würde jetzt über sein Leben oder seinen Tod entscheiden.

Thaisen berührte mit seinem Zeigefinger die Stirn des Kranken. Jäh tauchte eine daumengroße, orangenfarbene Flamme aus dessen Kopf auf. Schwächer werdend schwebte sie über ihm. Hennrich sah sie nicht und schloss seine Augen, um in den gewohnten Schlaf zur Mittagsstunde zu fallen.

Der Hund Pantscho guckte zu seinem Herrn, schnaufte und kuschelte sich in dem engen Körbchen ein.

Fin beugte sich über das Bettende, um die Flamme näher zu betrachten. „Die ist klein, oder?" Thaisen grübelte: „Wir haben keinen Vergleich."

Die Großmutter lugte in das Stüblein, ob ihr Mann eingeschlafen war. Raise nutzte die Chance. „Das lässt sich ändern." Mit zwei großen Schritten baute er sich vor dem Mütterchen auf und schnippte unsanft gegen ihre Stirn. Daraufhin tanzte eine handgroße, tiefrote Flamme teuflisch vor Raises Antlitz. Es schauderte ihn. Von diesem grimmigen Weiblein ging irgendetwas Bösartiges aus. Auf leisen Sohlen schlich sie von dannen.

Thaisen griff nach dem fliegenden Pergament und der Schreibfeder. „Hennrich Sovago", las er melancholisch vor. Der Großvater stöhnte schmerzvoll. Nach dem täglichen Süppchen verspürte er oft Krämpfe im Magen. Seine Frau wollte davon nichts hören. Der Greis murmelte im Schlaf: „Gütiger Gott, schütze Mirelle! Gib acht auf sie! Ich kann es nicht mehr."

Raise wäre am liebsten gegangen. Er wollte nicht den Todesboten spielen, auch wenn es in diesem Fall an Thaisen lag. Raise ballte seine Faust und schlug sie verärgert gegen den Schrank. Seine Faust verschwand im Holz.

Du hast stets Leben bewahrt, und nun sollst du welches nehmen … Fin erahnte, wie Raise sich fühlte. Dennoch hatte der Jüngste erstaunlicherweise kaum Gewissenskonflikte. Er hatte seine Aufgabe verstanden und akzeptierte sie. Zumal der Vorteil für ihn entscheidend war – seine Brüder bei sich zu haben.

„Ich kann dich leider nicht von der Liste streichen", offenbarte Thaisen dem alten Mann, der ihn natürlich nicht hörte. Er sprach weiter: „Man wird dich holen. Bereite dich darauf vor!"

Thaisen ließ die Feder fallen, woraufhin sich der Name in dem Blatt einbrannte. Beide Gegenstände lösten sich auf. „Ruhe in Frieden, Hennrich Sovago!" Er unterdrückte ein aufsteigendes Gefühl der Traurigkeit, schob Fin voran und bekam Raise bloß mit Nachdruck aus dem Haus.

Draußen fühlte es sich für Raise an, als hätten die drei eine Leichenhalle verlassen und wären für den Tod des Unschuldigen verantwortlich. Sollte das so jahrelang vonstattengehen? Grausam. Unerträglich. Das war kein einfaches Würfelspiel, welches man verloren hatte. Es war eine Bestrafung, dass man überhaupt wagte, seine Bestimmung auf die Probe zu stellen. Es war die Verdammnis, in der man als Scharfrichter über eine schutzbedürftige Herde fungierte.

Thaisen bemühte sich, das Thema kaum an sich heranzulassen. Er war früher schon bemerkenswert gut darin gewesen, verschiedene Erlebnisse auszublenden. Die Leere, die sich auftat, füllte er stets mit Fröhlichkeit oder ertränkte sie in Wissensdurst. Beides mochte ihm heute nicht recht gelingen. Er setzte eine gute Miene auf, um Fin dadurch stabil zu halten. Aber Fin hatte kein Problem. Fin war auf seine Art und Weise ausgeglichen, glücklich, zufrieden. Allerdings war es für Thaisen eher zu ertragen, wenn er sich einredete, für Fin stark sein zu müssen.

„Es ist kurz nach Mittag", prüfte Thaisen den Stand der Sonne. „Wir haben nur eine Person von den neun Namen der Listen gefunden. Viel Zeit bleibt uns nicht mehr. Notfalls teilen wir uns auf."

Fin ergriff unverzüglich das Wort: „Bruder, ich will nicht allein umherirren. Bitte lasst mich mit euch gehen." Es war Besorgnis, die sich in Fins Gesicht spiegelte.

Thaisen nickte. „Dann –"

Raise schnitt dem Ältesten den Satz ab: „Ihr zwei geht zusammen. Wir treffen uns in zwei Stunden an der Kirche."

Fin versuchte mit allen Mitteln, seine Brüder beisammen-zuhalten: „Gemeinsam werden wir die verbleibenden acht viel schneller finden. Das wird ein Kinderspiel." Raise sah ihn schweigend an. Er wirkte nicht überzeugt.

Fin blieb hartnäckig: „Und wenn dir etwas passieren würde? Wir wären nicht da, um dir zu helfen!"

Über diese Äußerung schmunzelte Raise. „Ich bin tot, kleiner Bruder. Was soll mir zustoßen? In zwei Stunden an der Kirche – seid pünktlich!" Er wandte sich zum Gehen ab.

Fin holte Atem, um Einspruch einzulegen, aber Thaisen sagte: „Gib ihm die Zeit, die er braucht!"

Raise streunte über den Hof. Eine große Fichte, gegenüber des Schlafgemachs der Großeltern, war der einzige Baum in unmittel-barer Nähe. Er hörte ein Schluchzen und erspähte das schwarz-haarige Mädchen. Sie kauerte am Stamm. Die Beine waren an-gewinkelt und ihr Kopf verbarg sich zwischen den verschränkten Armen und den Knien.

Umsichtig trat er an sie heran. Raise schaute auf Mirelle hi-nab und hockte sich zu ihr. „Keine deiner Tränen hat es ver-dient …", flüsterte er einfühlsam. Plötzlich richteten sich ihre goldenen Augen aus den Winkeln heraus zielgenau auf ihn. Es war ein Blick voller Verachtung. Raise erschrak dermaßen, dass er auf seinen Hintern plumpste.

Ihr Haupt drehte sich wirr nach rechts und links. Energisch drückte sie ihre Hände an die Ohren. Mirelle kniff die Augen zusammen. Sie schrie: „Geht weg! Verlasst mich endlich!" Das Mädchen rannte davon. Raise guckte ihr verwundert nach. Er verstand nicht, was hier vor sich ging. Das musste er für diesen Moment hinnehmen. Seine Aufgabe verlangte nach ihm.

Raise spazierte gen Stadtmitte. Zwei Buben rauften mit-einander und quietschten dabei vor Vergnügen. Die freund-schaftliche Rangelei trugen sie auf einer steinernen Treppe aus, die zum Eingang eines Gebäudes führte.

„Darf ich mitspielen?", pirschte sich ein kleinerer Junge, der endlich Mut gefasst hatte, vorsichtig an die beiden heran. Sie waren, wie er, in der Stadt Xi aufgewachsen. So kannte er sie über Jahre hinweg – stets aus Entfernung. Oft hatte er, der Agriba genannt wurde, davon geträumt, wie es wäre, mit ihnen herumtollen zu dürfen. Leider hatten die Jungs das bislang immer abgelehnt.

Agribas bandagierter rechter Arm wurde in einer Trage nahe dem Körper ruhig gestellt. Der Kopf des Jungen war ebenso verbunden. Das linke Auge war schützend bedeckt. Kleine Verletzungen bevölkerten die empfindliche braune Haut des Kindes. Es machte einen elenden Eindruck, obwohl es mit einem hoffnungsvollen Lächeln zu den Gleichaltrigen aufsah.

„Ach nö, nicht du schon wieder!", nörgelte einer der Angesprochenen genervt.

Der andere gab frech zur Antwort: „Hau ab, Agriba! Reicht es nicht, dass dein Vater dich laufend verdrischt? Müssen wir dich fortprügeln?"

Raise blieb stehen. Die Szene erinnerte ihn an Fin, der oft versuchte mit Liebe, Ruperts ruppiger Art den Wind aus den Segeln zu nehmen.

Der kleine Agriba erklomm langsam die Stufen und bat inständig: „Ich mache alles, was ihr wollt. Bitte lasst mich bei euch sein."

„Dein Vater ist ein Taugenichts und du seine armselige Brut! Mit Abschaum dürfen und wollen wir uns nicht abgeben. Verschwinde! Verstehst du das?!"

„Ich bitte euch, gebt mir eine Chance, euer Freund zu sein. Ich verspreche, ihr werdet es nicht bereuen."

„Niemand will dich bei sich haben. Pech und Dummheit werden vererbt, sagt meine Mutter. Du bist weniger wert als ein Kuhfladen", grunzte der eine Bursche stolz über den vergleichenden Einfall.

Agriba hatte die zwei fast erreicht: „Bei den guten Seelen, ich bitte euch. Lasst mich bloß ein wenig an eurer Seite verweilen."

Da holte einer der Jungs mit seinem Bein Schwung und wuchtete den Fuß in Agribas Magen. Dieser krümmte sich, schwankte und donnerte die Stufen hinab.

Raise hechtete ihm bestürzt zu Hilfe, wollte ihn greifen, ihn auffangen. Agriba fiel durch Raises Hände hindurch, die ihn im Grunde hätten packen können. Reglos lag das Kind auf den Pflastersteinen. Sein heller Kopfverband färbte sich rot. Blut quoll hervor.

Mit Entsetzen fixierte Raise die mickrige Flamme, die wie das Beil eines Henkers über Agriba baumelte.

Schriftstück und Feder erschienen. Der Name Agriba Hatani leuchtete auf Raises Liste auf. Die Gegenstände schlug er unachtsam mit der Hand weg. Zum ersten Mal in seinem Leben spürte er puren Hass. Er schaute zu den Kindern, die wussten, dass sie Unrecht getan hatten und dennoch kaum Reue oder gar Mitleid zeigten. Vielmehr bangten sie um ihr eigenes Fell.

„Tadur möge euch zermalmen!", brüllte Raise aus Leibeskräften, preschte die Stufen hinauf und peitschte, ohne jegliche Wirkung, auf die beiden ein. Bevor sich eine Traube aus Menschen um Agriba bilden würde, suchten die zwei schleunigst das Weite.

Raise sackte zu Boden und weinte jämmerlich.

Raise kam zu spät zum vereinbarten Treffpunkt. Sein Ausdruck war hart. Fin empfing ihn sorgenvoll: „Wo warst du, Bruder? Wir warten seit einer Stunde auf dich."

Thaisen ergänzte übertrieben: „Fin wollte nach zehn Minuten einen Suchtrupp losschicken."

Raise sagte nichts, zog Fin an sich und drückte ihn. Der Zweitgeborene hatte ihn während des Brandes nicht schützen können, genau wie den kleinen Agriba, der jede Hilfe verdient hätte. Agriba war jetzt weit, weit fort von diesem schrecklichen Ort. Daran könnte Raise nichts mehr ändern. Agriba war der Auftakt einer vermutlich endlosen Reihe solcher Vorkommnisse, die als Flutwelle eintreffen und als Ebbe ihren Rückzug antreten würden. Doch sein Bruder war hier bei ihm und würde beständig bei ihm bleiben. Das war vereinbart. Das konnte man ihm nicht nehmen. Er müsste nur lernen, die Geschehnisse, die Aufgabe, gefühlsmäßig von sich fernzuhalten. Für Fin. Für sich – zum Selbstschutz. Die Tatsache, Fin nah sein zu dürfen, war *keine* Selbstverständlichkeit, wie er am Beispiel von Mirelles tragischem Verlust begriffen hatte.

„Bruder …?", wisperte Fin. Raise rang sich zu einem Lächeln durch und unterdrückte gewaltvoll die Gedanken an Agriba. Er guckte Fin sanft und fürsorglich an, wie er es früher immer getan hatte.

„Alles in Ordnung", beruhigte Raise und zerwuselte ihm schäkernd die Haare. „Ich bin fertig mit meiner Liste."

Fin staunte. Thaisen war gleichermaßen beeindruckt und erläuterte seinen und Fins Status: „Uns fehlt jeweils einer."

Raise grinste verheißungsvoll: „Eine habe ich vielleicht gefunden. Auf irgendeiner eurer Listen stand der Name Molly. Richtig? Krank sieht die wirklich nicht aus." Er führte sie zu einem prunkvollen Haus und dort hinein in das Gemach einer Heranwachsenden. Sie hüpfte heiter auf ihrem Bett und stopfte Unmengen an Süßigkeiten in sich hinein. Hörte das blonde mollige Mädchen, dass jemand nahte, kroch sie geschwind unter ihre Decke und gab Geräusche von sich, laut denen man meinen könnte, sie wäre sterbenskrank.

„Erbärmlich", war Fins Meinung, der in seiner Wortwahl sonst weniger grob war. Die Flamme der Dreisten erstrahlte vor jugendlichem Temperament. Thaisen strich ihren Namen von der Liste.

„So was überlebt …", äußerte Raise abfällig, ohne es wirklich böse zu meinen. Agriba spukte nach wie vor in seinem Kopf. Der kleine Junge, der, wie Fin, gewiss die Gabe hatte, sich in die Herzen der Menschen zu lächeln, sofern diese dafür offen waren. Fin nutzte dieses Können äußerst selten. Jenen, die es seiner Ansicht nach verdient hatten, gab er es preis. Für die Übrigen, und das wusste Raise ziemlich präzise, war sein jüngster Bruder ein verschlossener Einzelgänger.

„Es trifft immer die Falschen. Warum? Verdienen nicht auch die Rechtschaffenen eine zweite Gelegenheit? Die Guten sterben, und die Schlechten …" Raise schluckte den Rest herunter. Ihm war die Gefährlichkeit seiner Anmaßung bewusst. Er sollte nicht denken oder verbessern, sondern einer Anweisung schlichtweg Folge leisten.

Die Listen waren vollständig abgearbeitet. Eine Stunde vor Sonnenuntergang pulsierte etwas in den Adern der Brüder, das sich wie warmes Blut anfühlte. Raise hob prompt einen Stein auf und warf ihn über vierzig Meter weit. Er klatschte freudvoll und jubelte: „Wir leben!"

„Nicht ganz", erinnerte ihn Thaisen, was Raises Stimmung keinesfalls minderte.

Ein Fremder rempelte den Zweitgeborenen unbeabsichtigt an. „Gerne wieder", rief Raise dem Verwunderten nach. Ach war es herrlich, fleischlich zu sein!

„Und was machen wir?", fragte Thaisen in die Runde.

Fins Magen knurrte. Raise schlussfolgerte: „Klingt nach essen gehen."

„Ohne Geld?", gab Thaisen zu bedenken.

Raise erwiderte mit lockerer Stimme, sodass er sich ähnlich wie Rupert anhörte: „Bevor wir bezahlen müssen, sind wir ohnehin längst Raben."

„Nimm das nicht auf die leichte Schulter!", ermahnte der Älteste.

Raise blaffte ihn an: „Führ dich nicht wie ein Aufseher auf! Entspann dich! Wir können tun und lassen, was wir wollen, sagte der Tod."

„Ich fürchte, dass du zu viel frische Luft geschnappt hast."

„Rede keinen Unsinn! Ich bin ich. Was hat es geholfen, alles richtig zu machen? Rupert würde die Situation beim Schopf packen und sie wie eine Zitrone auspressen. Also, amüsieren wir uns."

Thaisen ersparte sich weitere Sätze. Mit Raise schien diese Art der Kommunikation derzeit unmöglich zu sein. Er war wie ausgewechselt.

Fins Magen meldete sich noch einmal. „Essen wäre toll."

Im Wirtshaus *Zum Steinhaufen* bestellte Raise reichlich. Thaisen bemühte sich, ihn hinter vorgehaltener Hand zu bremsen. Raise war das vollkommen gleichgültig. Er handelte, wie es ihm in den Sinn kam. Letztlich war der gesamte Tisch mit den köstlichsten Speisen gedeckt – von einer dampfenden Hühnersuppe über ein gefülltes Täubchen bis hin zu käseüberbackenem Schweinebraten.

Raise hatte in seinem Wahn drei verschiedene kostspielige Weinsorten geordert, welche sie sich zu Lebzeiten nie hätten leisten können. „Probiere, Thaisen! Es ist bestimmt einer darunter, der deinem Gaumen schmeichelt."

„Mir ist der Appetit vergangen", schimpfte Thaisen über die Maßlosigkeit seines Bruders.

„Schade, ich habe die Weine extra für dich bringen lassen. Ich dachte, sie könnten dein Gemüt erhellen. Immerhin wolltest du mal Winzer werden."

„Damals war ich zehn oder elf und wir waren in einer anderen Lage."

„Exakt. Nutze den Vorteil des neuen Zustands!"

Thaisen hätte Raise mit seinem stechenden Blick durchbohren können.

Raise selbst mied den Alkohol entschieden. Er achtete genauestens seit seinen Kindheitstagen darauf, dass auch Fin nicht einmal nippte. Rupert hätte den Jüngsten gern verführt, damit Raise sich ärgerte. Glücklicherweise hatte Fin instinktiv nichts für Alkohol übrig. Rupert in seiner Trunkenheit genügte als lehrreiches Beispiel, um zu verdeutlichen, dass Spirituosen Menschen veränderten.

„Wonach schmeckt Wein?" Fin zupfte an einem Schenkel des Täubchens. „Rupert sagte, es sei das köstlichste Getränk der Welt. Warum riecht es dann abstoßend?"

Thaisen nahm nun doch eines der Weingläser, schwenkte leicht den flüssigen Inhalt, roch daran und trank einen kleinen Schluck. „Dieser hat eine süßliche Note. Angereichert mit Kirschen."

„Ich mag Kirschen." Fin beugte sich zum Glas und schnupperte.

Thaisen sprach zu ihm, obwohl er Raise dabei bewusst provokant anstierte: „Da alte Tugenden bedeutungslos über Bord geworfen wurden und uns fortan eine ungezügelte Existenz erwartet, möchtest du den Wein −"

Raise öffnete bereits den Mund, um empört zu protestieren, da fiel Fin dem Ältesten ins Wort: „Nein. Ich danke dir, Bruder, für das Angebot. Aber ich verspüre keinerlei Verlangen danach, den Wein zu kosten." Fin guckte Raise an, der neben ihm saß. „Du hast es mich gelehrt, und ich habe selbst erfahren, dass Alkohol aus Menschen die dunkelsten Triebe hervorbringen kann. Diese Tatsache genügt, um mich von jenem fernzuhalten, für das andere, laut den Geschichten aus dem orientalischen Andúl, sogar töten würden. Danke, Raise."

Raise verschluckte sich vor Verblüffung fast an seinem Happen. Er hustete und klopfte sich ein paar Mal an den Brustkorb.

Thaisen fragte sich insgeheim, ob das die gängige Wortwahl eines Vierzehnjährigen war, den viele Einwohner von Estropus für einfältig hielten.

„Wie fandet ihr den ersten Tag?", warf Fin in die Runde.

Raise schnitt sich ein Stück vom Braten ab. „Ich habe schon schlimmere Arbeiten ausgeführt, aber die waren weniger grausam für andere."

Thaisen vermutete, dass dies der ausschlaggebende Punkt für Raises Wandlung war. Er musste heute etwas erlebt haben, wovor seine Brüder bislang verschont blieben. Vor Fin verzichtete Thaisen auf weitere Nachforschungen. Zu späterer Stunde würde er bei Raise nachhaken. „Die Ausführung ist recht unkompliziert. Was die Sache anbelangt, über jemandes Leben zu entscheiden, ist es schon schwieriger. Wie empfandest du es, Fin?"

„Prima. Wir sind zusammen, was will man mehr?", antwortete Fin leichtfertig. „Mein größter Wunsch wurde erfüllt. Warum Trübsal blasen, wenn dieser gewährt wurde? Ich füge mich der Bedingung, die unweigerlich an das Abkommen gebunden ist."

Raise hoffte, ebenso unbesonnen darüber hinwegsehen zu können. Vielleicht härtete man mit den Wochen ab …

Von seinem Platz aus hatte Thaisen den Stand der allmählich untergehenden Sonne im Sichtfeld. „Es ist gleich so weit", wies er seine Brüder darauf hin. Fin schlang hastig sein Brötchen hinunter. Er verzichtete aus Mangel an Zeit darauf, den Apfelsaft angemessen aus einem Becher zu trinken und schüttete den Inhalt des halb vollen Kruges zügig in seine Kehle.

Thaisen beobachtete Raise, der keinerlei Anstalten machte, das Gasthaus zu verlassen. Der Moment war reif, sich hinauszuschleichen! Worauf wartete er? In Seelenruhe saß Raise auf dem hölzernen Stuhl, lehnte sich gemütlich zurück und musterte seine Umgebung wie jemand, der die ganze Welt bereist hatte.

Thaisen zischte ihm ermahnend zu: „Du willst dich doch wohl nicht vor den vielen Leuten verwandeln?!"

Raise lag eine Entgegnung auf der Zunge, die Thaisen absolut nicht gefallen würde. An ihrer statt beschwichtigte er: „Nein, Bruder. Habe keine Scheu. Wir gehen gleich."

„Wie wollt ihr an dem Wirt vorbeikommen?", raunte Fin, um in einen möglichen Plan eingeweiht zu werden.

Raise schäkerte: „Gar nicht." Sein Kopf machte eine knappe, eindeutige Bewegung Richtung Fenster, das sperrangelweit hinter ihnen geöffnet war. Raise lauerte auf die Sekunden, in denen der Wirt seine kontrollierenden Adleraugen von den Gästen hinüber zur Küche schwenkte, wo es geklappert hatte.

„Jetzt!", gab Raise das Signal und die Brüder kletterten, zu Thaisens Verdruss, der eigentlich beabsichtigt hatte, auf eine würdevolle Art zu entschwinden, in Windeseile ins Freie.

Das grelle Licht des Gestaltwechsels leuchtete in der Abenddämmerung durch die Fensterfront. In der magischen Helligkeit formten sich menschliche Körper zu denen von Vögeln. Sollte irgendwer etwas gesehen haben, würde dieser glauben, einer Täuschung zum Opfer gefallen zu sein – der des Alkohols oder der eines wunderlichen Schabernacks.

Es verblieben zwei schwarze Federn unter dem Fensterbrett, die eine ungewöhnlich starke Brise mit sich in die Ferne trug.

Kapitel 4

Im Dienste des Todes

Die Nacht war hereingebrochen. Raise, in seiner Rabengestalt, hockte in jener Fichte, von der aus er einen Blick ins Schlafgemach von Mirelles Großvater ergattern konnte. Die Vorhänge waren aufgezogen. Finster war es ohnehin, deshalb scherte sich Hennrichs Frau nicht darum.

Ihre Sorge galt vielmehr dem sterbenden Gatten. Das pralle Weiblein wetterte auf ihn ein: „Wage es nicht, den Löffel abzugeben! Du Nichtsnutz! Du lässt uns im Stich!"

Hennrich kullerten Tränen von den faltigen Wangen. Schwach wandte er sein Gesicht von der Alten ab und Mirelle zu, die weinend an seinem Bett kniete.

Das schwarzhaarige Mädchen hielt seine Hand, küsste diese und schmiegte sich an sie. „Oh Großvater …"

Er hauchte: „Mirelle, du bist das Beste, was mir je passiert ist."

An der anderen Seite des Doppelbettes tobte die Greisin wütend: „Hennrich, hörst du mir überhaupt zu?"

Nein. Er schenkte ihr keine Aufmerksamkeit mehr. All seine Beachtung gehörte der Enkelin – der einzigen Person, zu der er aus reinem Herzen sagen konnte, dass er sie liebte.

Mühsam beugte er sich vor, zog ihren Kopf an sein Antlitz und flüsterte ihr ins Ohr: „Verleugne nicht, was du in dir trägst! Deine Gabe ist ein Teil von dir. Nimm sie an! Sei stolz darauf! Sei es Segen und Fluch zugleich – solange der Segen überwiegt, sei glücklich, dass Gott dich auserwählt hat."

Er verkrampfte sich vor Schmerzen, fiel schwer auf das Kissen zurück und tat seinen letzten, erstickten Atemzug.

„Großvater!", rief Mirelle bestürzt und presste sich bitterlich weinend an seinen toten Körper.

Raise kniff die Augen reuevoll zusammen. War es die Schuld der Brüder, dass Hennrich tot war? Ja. Sein Name verweilte auf der Liste und somit wurde der Großvater geholt. Hätten sie ihn streichen sollen – aus Güte oder gar Barmherzigkeit? Sollten sie der Menschlichkeit wegen alle Namen von der Liste entfernen? Der Tod hatte die drei belehrt, Fehler würden hart bestraft werden.

Raise sah, wie ein lichtähnliches Wesen ohne erkennbare Struktur den Leichnam des Greises verließ. Mirelle und die Großmutter waren sich seiner nicht gewahr. Der Einzige, der sein Haupt Richtung Decke bewegte, an der das Wesen ein paar Kreise flog, bevor es in den Sternenhimmel emporstieg, war der Hund Panscho.

Fin und Thaisen warteten auf Raises Rückkehr. Fin klagte: *Trotzdem ich mir den Bauch im Wirtshaus vollgeschlagen habe, knurrt er erneut. Ein Essen am Tag reicht nicht aus.*

Thaisen saß neben ihm auf dem Ast. *Früher gab es bei Weitem weniger.*

Fin schnaufte: *Als Mensch war man daran gewöhnt. Als Rabe ist das anders. Mein Magen fühlt sich an, als hätte er ein Loch, das pausenlos mit Nahrung gestopft werden müsste.*

Thaisen lachte und vermutete: *Womöglich wächst du einfach, kleiner Bruder. Bediene dich von dem, was die Natur dir zuteilwerden lässt!*

Fin guckte Thaisen fragend an. Das verstand er nicht und erkundigte sich ernsthaft: *Gibt es hier Brot? Käse? Wurst? Hast du etwas entdeckt?*

Thaisen schüttelte eine Mücke von seinem Gefieder. *Du bist ein Rabe, kein Mensch. Iss, was ein Rabe frisst!* Freundschaftlich klopfte er Fin mit seinem Flügel an den Rücken.

Du meinst Würmer, Käfer und Spinnen? Fins Stimme klang angewidert. Die Vorstellung war abscheulich.

Thaisen korrigierte: *Auf dem Speiseplan stehen eher Frösche, Jungvögel, Mäuse und Aas.*

Fin brummte vor sich hin: *Da bleib ich lieber hungrig.*

Raise landete präzise im selben Baum wie seine Brüder. *Er ist wirklich tot. Hennrich Sovago,* offenbarte er den beiden unverzüglich.

Hast du daran gezweifelt?, war Thaisens unbeeindruckte Reaktion.

Fins Magen knurrte laut. Er bemühte sich, sich kleiner zu machen, als er ohnehin war, wollte nicht auffallen und am Ende wiederholt auf seinen Kampf gegen den Hunger angesprochen werden. Kein Aas zum Nachtisch!

Hast du Hunger?, spähte Raise aufmerksam zum Jüngsten. Fin ignorierte die Frage und hoffte in Bälde einzuschlafen.

Raise wies ihn hin: *Weiter oben im Geäst ist ein leeres Nest mit Eierschalen.*

Was willst du mir damit sagen?

Thaisen erklärte: *Sogar das verzehren Raben.*

Fin hatte inzwischen so viel über Essen gehört, dass er sich kaum mehr bremsen konnte und sich schließlich einen Ruck gab. Er flog höher und ließ sich neben dem Nest nieder. Mutter hatte oft gemeint, wenn sich eine Gelegenheit bot, sollte man sie ergreifen! Einen Versuch war es wert. Es kostete Fin reichlich Überwindung, einen Happen zu verschlucken. Zu seinem Erstaunen schmeckte die Schale gar nicht so schlecht wie vermutet. Seine Brüder hatten recht. Er war ein Rabe und kein Mensch.

Wie köstlich wären wohl Frösche und Mäuse?

Wochen und Monate zogen ins Land. Die Rabenbrüder wurden zu fernen Ortschaften geschickt, um ihren Auftrag zu erfüllen. Stets bei Nacht waren sie von einer Stadt in die nächste unterwegs. Schlaf brauchten sie im Grunde keinen. Es war angenehm, die Augen für ein paar Minuten vor der Welt zu verschließen, aber träumen würden sie nie mehr.

Sie waren im Fliegen schneller als gewöhnliche Raben und konnten weite, weite Strecken zurücklegen.

Am Zweiten der Liviane im Jahre des Jägers 54 lauerten die drei vor den Toren der wohlhabenden, prunkvollen Stadt Memphis. Gleich traten die ersten Sonnenstrahlen hervor und verliehen den Brüdern ihre menschliche Gestalt.

Würden die Jahreszeiten ihren jeweiligen Einzug halten, wäre die Erde nun gefroren und mit Schnee bedeckt. Doch da diese seit dem Tod des legendären Teufels Tadur verloren gegangen waren, blieb die angenehme Wärme in den oberen Regionen des

Kontinents Zeder erhalten. Wobei Kälte oder Hitze den Brüdern nichts ausgemacht hätte. Ihr Temperaturempfinden war konstant, unabhängig davon, wo sie sich befanden.

Memphis gehörte zum Reich der jungen Königin Victri. Man pries ihre Schönheit in vielen Gegenden. Sie selbst umgab sich, laut dem Volksmund, stets mit Herrlichkeiten. Hässlichkeit konnte sie nicht ausstehen. Der Ruf kursierte, sie sei zickig, verwöhnt und atemberaubend. Sie befahl, unzählige Gärten anzulegen, die das Paradies widerspiegeln sollten.

Memphis war eine dieser Herrlichkeiten, welche sie außerordentlich schätzte. Die Stadt war überfüllt von Prunk und Kitsch.

Das geheimnisvolle Licht umhüllte die drei Raben und ließ sie zu Menschen werden. Was die Brüder von außen vermuteten, bestätigte sich, als sie einen Fuß in Memphis hineinsetzten. Die Häuser waren imposanter als alles andere, was Raise, Thaisen und Fin je erblickt hatten. Jedes Bauwerk gierte danach, bewundert zu werden. Jeder Bewohner dieser Stadt verriet über sein prachtvolles Anwesen, welchen Ruhm und Reichtum er besaß.

Ein dickleibiger Händler namens Carlos Delore, mit etlichen Goldkettchen behangen und mit Ringen geschmückt, stolzierte wie ein Hahn durch die Menschenreihen, welche sehnsüchtig darauf harrten, ihr Geld verschwenderisch in seine neuesten Schmuckstücke und Pelze zu investieren. Er selbst trug eine Weste aus Hermelinfell, einer der begehrtesten Stoffe weltweit. Das nahezu reine Weiß des Winterfells, eingeführt per Schiff von der nordöstlichen Insel Ra Bu, galt als Symbol der Reinheit und der Makellosigkeit. Einst war diese kostbare Pelzart einzig den Rittern und Königen vorbehalten. Seitdem das Geschäft mit Fellen zum überreichen Adel aufgeschlossen war, entschied der wohlbeleibte Geschäftsmann Carlos, nicht lange zu fackeln und bot die reizvolle Ware zu überteuerten Preisen an.

Sein magerer Diener baute den Stand auf. Stunden vorher musste dieser nebenherlaufen und darauf achtgeben, dass von den Gütern in dem kleinen Planwagen nichts verloren ging, während der rundliche Carlos die Strecke nach Memphis auf seinem klapprigen Esel geritten kam.

Normalerweise war Carlos mit einer Eskorte unterwegs. Da er sein Geld beisammenhalten wollte, geizig und habsüchtig war, sparte er an vielen Stellen – wie zum Beispiel an Kriegern, die sein Leben und seine Waren schützen sollten. Für einen Hungerlohn stellte er letztens erst fünf Kämpfer ein, die eher nach Wegelagerern aussahen. Zu seinem Ärgernis hinterging ihn das angeheuerte Pack. Sie hatten ihr Augenmerk auf die Münzen anstatt auf deren Besitzer geworfen. Sie bestahlen ihn und machten sich davon.

Carlos hatte aus dieser Lektion gelernt. Er nahm sich fest vor, bei nächstbester Gelegenheit nach Zarak zu reisen, dem Hauptsitz des Clans *Klinge des Donners*. Hier würde er eine Eskorte anwerben, die zwar ungeheuerlich teuer, ihm dafür aber treu zu Diensten wäre.

Die reichen Frauen auf dem Markt stritten sich um Carlos' Pelze, trotzdem genügend vorhanden waren. Sie steckten ihm die Geldscheine zu, als würde es sich dabei um Spielgeld handeln, mit dem man nach Belieben um sich werfen konnte.

Mit Erschütterung und Verständnislosigkeit beobachtete Fin, wie eine der Damen dem korpulenten Verkäufer eine Summe zusteckte, mit der seine Familie hätte jahrelang sorgenfrei leben können. Für den Betrag erhielt sie einen funkelnden, mit Diamanten verzierten Ring. *Ein* Ring im Vergleich zum Überleben einer fünfköpfigen Familie.

„Hier gefällt es mir nicht", urteilte Fin. „Die Menschen können nichts wertschätzen, außer Prunk und Prahlerei."

Thaisen fügte hinzu: „Die wenigsten können mit Überfluss umgehen."

„Geld verdirbt die Seele. Denkt an Rupert!", mischte sich Raise ein. „Machen wir uns ans Werk!", legte er seinen Brüdern die Arme auf die Schultern und schob sie von der raffgierigen Menge fort.

Zum späten Nachmittag, die neun Namen der drei Listen waren abgearbeitet, begann es zu nieseln. Carlos' Angebote waren restlos ausverkauft. Sein Diener baute den Stand ab, belud im feinen Regen den Wagen und fütterte den Esel, der sich schüttelte, um ein paar Wassertropfen loszuwerden.

Carlos hütete das eingenommene Geld in einer Schatulle, die er einem aufrichtigen Freund zur Verwahrung gab – keinem anderen schenkte er dermaßen großes Vertrauen. Dem Händler zu Ehren wurde in einem der Herrenhäuser ein Fest veranstaltet. Immerhin wollten sich Memphis' Bewohner erkenntlich zeigen, dass er mit vielen wunderbaren Sachen gekommen war und hoffentlich beim nächsten Mal es gleichermaßen halten würde.

Carlos war ein begehrter Mann in Memphis. Er war im mittleren Alter, extrem vermögend und auf der Suche nach einer Gemahlin. Dass er nicht sonderlich hübsch war, mit seinem Zwirbelschnurrbart, dem kurzen Hals, den dicken Beinchen und den schmalen Augen, spielte hierbei ausnahmsweise keine Rolle. Carlos verfügte über Quellen, die ihm unendliche Kostbarkeiten zugänglich machten. Sogar jene Frauen, die bereits einen Gatten den ihren nennen konnten, lagen ihm wahrlich zu Füßen. Es gab eine, die sich Carlos verweigerte und das weckte natürlich sein Interesse.

Während die Gesellschaft in der Villa angemessen feierte, hielt eine Kutsche vor dem imponierenden Gebäude an.

Die letzte Stunde vor Sonnenuntergang wurde eingeläutet. Thaisen, Raise und Fin spazierten gut gelaunt an dem Fuhrwerk vorbei. Der Kutscher sprang vom Bock, öffnete die Tür und eine zarte Hand in einem weißen Handschuh mit schwarzer Spitze legte sich in die seinige.

Thaisen fühlte einen markanten Stich in seinem Brustkorb. Instinktiv drehte sich sein Kopf zum zweispännigen Wagen.

Eine junge Frau in einem prachtvollen fliederfarbenen Seidenkleid stieg elegant aus. Die lange Kapuze des roséfarbenen, dünnen Umhangs schützte ihr aufwendig hochgestecktes hellblondes Haar vor dem Nieselregen.

„Ein beklagenswertes Wetter, könnte nicht die Natur ihren Nutzen daraus ziehen", sprach sie mit lieblicher Stimme und einem Akzent, wie es ihn nur auf den Donnerklippen im Südwesten gab.

„Ja, Herrin."

Sie schaute auf und hielt schlagartig inne. Ihr überraschter Blick, in dem Funken von Leidenschaft sprühten, traf sich mit dem von Thaisen. Wie ein Boot, das der Anker an Ort und Stelle bannte, blieb sie wie angewurzelt stehen und er kam ebenfalls abrupt zum Stillstand. Für beide verblasste die Welt um sie herum. Niemand außer ihnen existierte. Sie starrten einander in die Seele und fühlten sich unerklärlicherweise vertraut, als hätten sie sich nach einer Ewigkeit der Trennung wiedergefunden.

Eine alte Zauberin, die mit Zigeunern von Stadt zu Stadt pendelte, hatte Thaisen einst vorhergesagt, dass solch eine intensive Begegnung ein einziges Mal in seinem Leben stattfinden würde. Er würde *sie* sehen und wissen, dass dies die ihm vorbestimmte Frau ist. Sie selbst wäre sich darüber genauso im Klaren. Bestimmung ließ sich nicht leugnen, ebenso wie Seelenverwandtschaft. Wenn jene Situation eintrat, sollte er sie nicht tatenlos davonziehen lassen! Er sollte nicht zögern, sondern sein enormes Glück ergreifen! Damals aber war er noch am Leben gewesen, als die Alte ihm prophezeite ... Jetzt hatte sich sein Kartenblatt neu gemischt.

„Komm!", zog Raise ihn weiter, während er seinen gefesselten Blick kaum von der Unbekannten lösen konnte. Fin bemerkte einen Ausdruck in Thaisens überwältigtem Antlitz, den er für sich als gefährlich einstufte. Um keinen Preis würde er einen seiner Brüder verlieren wollen – schon gar nicht an eine Frau!

„Violett, wir sind spät dran. Beeil dich! Wende deine Augen von dem dahergelaufenen Gesindel ab! Das ist beschämend!", maßregelte sie ein Mann in edlem Anzug und Schnäuzer, der nach ihr aus der Kutsche stieg. Er war ihr Vater, der rigoros ermahnte: „Benimm dich auf dem Fest! Fang unter keinen Umständen an, deine Meinung in politischen Bereichen kundzutun! Das steht dir nicht zu! Du bist eine Frau. Eine Frau im heiratsfähigen Alter. Wie wäre es mit Carlos Delore?"

Violett pikierte sich: „Ich bin sechsundzwanzig. Er ist fast doppelt so alt!"

Ihr Vater wiegelte ab: „Was machen ein paar Jährchen mehr oder weniger aus? Er ist reich und kann dir alles bieten."

„Nein!", protestierte sie.

Der Vater gab dem Kutscher ein Zeichen, Pferde und Karosse in der Nähe abzustellen. Er griff seiner Tochter unter den Arm, um sie unauffällig mit Druck Richtung Herrenhaus zu führen.

Carlos sichtete Violett im Saal unverzüglich und bahnte sich per Ellenbogen-Einsatz einen Weg zu ihr. „Meine Liebreizende", packte er mit seinen von Honig beschmierten Fingern ihre Hand und hauchte einen Kuss darauf. Angeekelt machte sie eine gute Miene zum bösen Spiel und entledigte sich hinter ihrem Rücken des beschmutzten Handschuhs.

„Wie ich sehe, habt ihr wieder ausreichend Tiere gequält, um euren Profit zu steigern", verschaffte sich Violett einen Überblick. Zwei Drittel der Frauen trugen, trotzdem es nicht annähernd kalt in der Halle war, einen Hermelinschal oder führten sich gegenseitig ihre Pelzmäntel vor.

Der Vater gab ihr einen zurechtweisenden, diskreten Stoß und lachte scheinbar amüsiert. Das sollte ihren Tadel lächerlich wirken lassen. Carlos, der zuerst stutzte, kicherte dann vergnügt mit und hielt sich dabei den Bauch. Er stellte belustigt fest, dass noch ein wenig Honig an seinen Fingerspitzen klebte und lutschte diese ab. Violett unterdrückte einen Brechreiz.

Sie mischte sich unter die langweilige Gesellschaft und fand sich damit ab, diesen eintönigen Abend hinter sich zu bringen. Die tristen Gespräche von Besitz und Macht ödeten sie an.

„Tanz mit ihm!" Ihr Vater lächelte gen Carlos, der sich zwar angeregt mit jemandem unterhielt, aber immer wieder zu Violett spähte.

Sie erwiderte spitz: „Darauf verzichte ich gern."

Der Vater starrte sie wütend an und zischte: „Geh zu ihm! Jetzt!" Sie zog beleidigt einen Schmollmund und stöckelte lautstark zu dem Händler.

„Oh, Violett, schön, dass du kommst. Ich wollte dir gerade meine Aufwartung machen", empfing Carlos sie.

„Tanzen?!", reagierte sie kurz angebunden und drängte sich vor seinen Gesprächspartner. Carlos ließ dies kommentarlos geschehen. Er war überglücklich, dass er seine Wurstfinger um die schmale Taille dieser Schönheit legen durfte.

„Eure Ausstrahlung beflügelt mich, Violett", schmeichelte er.

Sie grinste heuchlerisch: „Ich wünschte, ich könnte das Gleiche sagen."

„Ihr seid Eurer werten Mutter, möge ihre Seele in den unvergänglichen Abgründen in Frieden ruhen, wie aus dem Gesicht geschnitten. Bis auf die Haare. Ihre Mähne war schwarz wie Pech."

„Irgendetwas muss ich schließlich auch von meinem Vater geerbt haben."

„So ein strahlend goldenes Haar hat nicht einmal er … Zu seinem Leidwesen habt Ihr das innere Feuer Eurer Mutter übernommen. An ihr hatte er es geliebt, Euch schalt er dafür."

Violett achtete darauf, dass genügend Abstand zwischen ihnen herrschte. „Zwei Menschen können etwas Gleiches tun und nie wird es dasselbe sein."

„Ich bin froh, dass Ihr nach Memphis gezogen seid. Der Weg zu den entlegenen Donnerklippen war recht mühselig." Carlos drückte sie näher an sich.

„Ihr hättet ihn euch ersparen können", schob sie sich von ihm zurück.

„Dann wäre mir einiges entgangen. Die Geschäfte mit Eurem Vater, die damals zu meinen ersten zählten, haben mir zwei wertvolle Bekanntschaften wunderbarer Frauen mit dem besagten Temperament der Donnerklippen eingebracht. Wer hätte gedacht, dass aus dem tollpatschigen, wilden Mädchen ein zahmer, bezaubernder Schwan werden würde? Wisst Ihr noch, wie Ihr als Kind auf meinem Schoß gesessen und an Eurem Saft genippt habt? Euer kleiner, runder Mund war ganz rot durch die Kirschen. Rot wie Blut."

Violett lief ein kalter Schauer über den Rücken. In seinen Augen las sie ein widerliches Verlangen, das auf ein unschuldiges Kind gerichtet gewesen war. „Ein Kind nimmt seine Umgebung auf unverdorbene Art und Weise wahr. Ein Kind kann bestimmte Absichten und deren Tragweite nicht im Geringsten abschätzen."

„Ihr habt ein paar Tropfen verschüttet und versuchtet sie hingebungsvoll mit Eurem Seidentüchlein von meiner beigen Hose abzutupfen."

„Ich hatte einen Fehler gemacht und wollte ihn berichtigen. Das tut man für gewöhnlich."

„Ihr seid nicht *gewöhnlich*." Er betrachtete ihren Körper, der auf der Tanzfläche schwebte, wie ein nacktes Stück Fleisch, in das man am liebsten seine Finger graben wollte, um es sich, ähnlich einem ekstatischen Zustand, einzuverleiben.

Sie musste diese abscheulichen Erinnerungen schleunigst unterbinden! „Mein Hund Toto hatte Euch ein Abschiedsgeschenk hinterlassen."

Seine Miene verzog sich, als hätte er in eine Zitrone gebissen. „Die Töle war nicht größer als mein Schuh, aber der Abdruck ihrer Zähne hat sich wie ein Signum in meinem Bein eingebrannt."

„Tiere haben den richtigen Riecher, wenn es darum geht, jemanden einzuschätzen." Nun war es Carlos, der das Thema wechselte: „In wenigen Tagen muss ich Memphis leider wieder verlassen. Königin Victri hat mich zu sich bestellt."

Violett unterbrach ihn: „Tut Eurem Esel einen Gefallen und kauft Euch ein Ross, dessen Rückgrat unter Eurem Gewicht nicht irgendwann zerbrechen wird." Carlos schmunzelte. Sie wusste nicht, dass gerade dieses provozierende Verhalten derart anziehend für ihn war. Er liebte es, wenn Frauen Leidenschaft verkörperten. Er liebte es, wenn Frauen Rohdiamanten waren, die er schleifen konnte.

„Ich stehe bei Königin Victri in der Gunst", prahlte Carlos.

Violett drehte sich mit ihm und antwortete schnippisch: „Bestellt ihr liebe Grüße. Sie solle sich bitte mehr um das Volk und weniger um ihre Gartenarbeit bemühen."

Carlos lachte herzhaft. Er brachte sie damit aus der Fassung und offenbarte: „Im Zeichen des Hospeia des nächsten Jahres erwarte ich Euch in der glänzenden Hauptstadt Opal. Als Euer Gemahl geleite ich Euch dort in meine fürstliche Villa. Ich habe mit Eurem Vater alles abgesprochen. Die Hochzeit ist arrangiert."

Sie stoppte. „Was?", erkundigte sie sich, um sicherzugehen, es richtig verstanden zu haben. Carlos stierte sie durchdringend an. Er griente überlegen und malte sich gedanklich aus, wie er sich Violett in der Heiratsnacht gefügig machte. In knapp neun Monaten würde sie den Bund mit ihm eingehen müssen! Er hatte ihr Schicksal besiegelt. Er und ihr Vater. Es gäbe keinen Ausweg.

Sie müsste gehorchen und es erdulden, wenn Carlos' Pranken jeden Bereich ihres Körpers erkunden wollen würden.

Ohne Umschweife gab Violett ihm eine knallende Ohrfeige vor der empörten Menge und rannte hinaus in den strömenden Regen. Sie presste die Hand bestürzt an den Mund. Die Tränen ergossen sich unkontrollierbar. Ihre Haare hingen nass herunter. Das Kleid war völlig durchgeweicht.

Sie eilte wimmernd an drei jungen Männern vorbei, die sich nach ihr umdrehten. Einer von ihnen stürmte ihr hinterher. Es war Thaisen. Fin wollte seinen Bruder greifen, verfehlte ihn allerdings um Millimeter. Der Jüngste kam ins Straucheln, wäre gefallen, doch Raise fing ihn ab.

„Wir müssen ihn aufhalten!", reagierte Fin erhitzt und versuchte sein Handeln zu rechtfertigen, „Er kann nicht einfach abhauen! Vielleicht sehen wir ihn nie wieder! Raise, tu etwas!"

Raise drehte den Jüngsten zu sich und erklärte: „Egal was Thaisen dazu veranlasst, ihr nachzurennen, es ist seine Angelegenheit."

„Das kannst du nicht zulassen! Er gehört zu uns!"

Raise wurde sich erstaunt Fins immenser Angst gewahr. „Du fürchtest nach wie vor, ihn, uns, zu verlieren?", fragte er einfühlsam.

Fin begann zu weinen. „Als Vater uns den Rücken kehrte, meinte Mutter, dass nichts jemals dauerhaften Bestand hätte. Wir haben ein Abkommen mit dem Tod, aber hält uns das tatsächlich davon ab, auseinanderzugehen? Die Frau hat einen Impuls in Thaisen geweckt. Das ist mir vorhin schon aufgefallen. Du hast es ebenfalls bemerkt. Warum folgt er einer Fremden? So war das nicht geplant!" Fin klammerte sich verzweifelt an Raise. „Führt auch dich dein Weg fort von mir, bin ich allein. Etwas Schlimmeres kann man mir nicht antun. Ich würde durch alle Feuer der Welt wandeln, um bei euch verweilen zu dürfen", schluchzte er aus tiefstem Herzen.

Raise drückte ihn gerührt an sich. Er hatte verstanden und versprach: „Bruder, ich werde dich nie verlassen. Du bist die Luft, die ich zum Atmen brauche. Du bist der Grund, warum ich inmitten der Unmenschlichkeit Tag um Tag bestehen konnte. Du bist das Licht, Fin. Sorge dich nicht um Thaisen! Er hat dich, uns, gewählt und er wird diesen Kurs beibehalten."

„Halt mich fest, Bruder! Lass mich nicht los!"

„Niemand kann mich je von dir trennen."

Fin schniefte: „Du hast *seinen* Namen heute früh erwähnt."

Raise musste nicht lange überlegen, auf wen sich Fin bezog. Er wiederholte: „Rupert."

Der Jüngste nickte und guckte zu Raise mit verquollenen Augen auf: „Wie, denkst du, geht es ihm? Fehlen wir ihm? Und wie … und wie … geht es Mutter?" Er weinte all den Schmerz heraus, über den keiner der drei seit dem Brand gesprochen hatte. Raise spürte, wie seine Augen allmählich wässrig wurden und entgegnete: „Ich weiß es nicht, Fin. Ich weiß es nicht."

Violett stolperte ungeschickt über ihr Kleid und kollidierte unsanft mit dem Boden. Sie trommelte mit den Fäusten hilflos auf den klammen Grund. Thaisen holte sie ein und kniete sich zu ihr nieder. Wortlos schaute sie zu ihm auf, mit beschmutztem Gesicht und in Tränen aufgelöst. Er sagte nichts, bot ihr bloß eine einladende Geste an.

Jeden anderen hätte sie angefaucht. Jeden anderen hätte sie weggeschickt. Thaisen jedoch ließ sie gewähren. Es lag etwas unbegreiflich Vertrautes und zugleich Beruhigendes in seinen Augen.

Violett ließ sich stumm von Thaisen auf die Arme nehmen und er trug sie in einen Stall, die einzige nahe Zuflucht vor dem Unwetter.

Eine gescheckte klapprige Kuh, die ihre Jugend längst hinter sich hatte und ihren wohlverdienten Ruhestand genoss, sowie zwei Pferde, ein Schimmel und ein Rotfuchs mit glänzendem Fell, waren die Zeugen der Ankunft von Thaisen und Violett.

Er setzte sie behutsam auf einem duftenden Heuballen ab. Sie atmete erschöpft durch. Violett fror am gesamten Leib. Sie versuchte sich die Oberarme und die Schenkel warm zu reiben. Sie hauchte in die kalten Hände. Thaisen schnappte sich eine abgenutzte Decke vom Regal, an der zwar der Geruch der Tiere haftete, die ihr aber die ersehnte Wärme spenden würde, und legte sie ihr um.

Es war ihr unangenehm, in welchem Zustand er sie sah – klitschnass und verheult. Violett schob eine Strähne verschüchtert hinter das Ohr. Endlich brach sie das Schweigen. „Du bist nicht aus der Gegend", stellte sie fest und betrachtete den schönen, gut gebauten Mann genauer.

„Das ist richtig. Ich stamme aus Estropus", setzte er sich ihr gegenüber und lauschte dem gleichmäßigen Prasseln des Regens.

Violett zog die wärmende Decke enger um sich und zupfte hier und da ein Pferdehaar ab. „Das ist weit entfernt. Was bringt dich hierher?" Ein flüchtiges Lächeln umspielte Thaisens Lippen. Violett deutete diese Mimik sofort und pochte sich tadelnd gegen die Schläfe: „Oh Gott, wie unhöflich von mir, dich auszufragen. Es tut mir wahrlich leid. Das ist sonst nicht meine Art. Na ja, eigentlich schon. Mein Vater schilt mich immer, dass mein Mundwerk mit mir viel zu oft durchgehen würde. Da ich eine Dame von Stand bin, ist das natürlich unangebracht. Obwohl ich viel zu sagen hätte, muss ich mich zurücknehmen und dann platzt es irgendwann aus mir heraus. Das ist …"

Sein Grinsen wurde breiter. Sie stockte. Die Hand entsetzt vor den Mund schlagend, rügte sich Violett selbst: „Verdammt! Es ist wieder passiert!"

„Darf eine Lady fluchen?"

„Gelegentlich", gab sie rasch zurück, obwohl es eine Lüge war. „Was machst du also in Memphis?"

„Ich habe einen Auftrag zu erfüllen."

Ihr Interesse war geweckt. Vater würde sie für die Fragen kritisieren, glücklicherweise war er nicht da. „Was arbeitest du?"

Thaisen fiel spontan keine bessere Antwort ein: „Ich bin im Dienste des Todes unterwegs."

Verdattert guckte sie ihn an. „Totengräber?"

„Das Geschäft mit dem Tod ist nicht leicht", beendete er das Thema. „Was hat dich traurig gestimmt?"

Sie wurde schlagartig leise. Ihre neugierige Ader war sofort erstickt. Betrübt seufzte sie und erzählte: „Ich soll einen Mann heiraten, den ich verabscheue." Violett erschrak über sich selbst. Wie konnte sie einem Fremden ein familiäres Anliegen anvertrauen?

„Ich darf gar nicht hier sein", murmelte sie irritiert und schubste die Decke von ihren Schultern. Sogleich spürte sie wieder die Kälte.

Bevor sie sich erheben konnte, um zur Feier zurückzukehren, wie es von ihr erwartet werden würde, sprach er: „Habe Dank für dein Vertrauen."

Sie verharrte verwundert. Warum war er so *anders*? Was war an ihm anders?

Sie hörte auf ihr Innerstes und reichte ihm unverhofft die Hand. „Ich bin Violett DaCapo."

„Thaisen Cautlet."

„Freut mich, dich kennenzulernen, Thaisen aus Estropus."

Sie hätte längst aufbrechen müssen, aber er nahm ihr auf charmante, vielleicht sogar unbewusste Art und Weise den Wind aus den Segeln. Sie müsste in Eile sein, aber seine bloße Anwesenheit und die Tiefe seines Blickes, in dem sie sich verlor, riefen sie zur Ruhe. Durch ihre sich immer noch berührenden Hände verspürte sie das Bedürfnis, bei ihm zu bleiben und seiner Stimme, seinem Atem zu lauschen.

„Was tust du mit mir?", flüsterte sie und beide wussten, dass ihre Worte eine geheimnisumwobene Bedeutung besaßen. Ein unsichtbares Band war in jenem Moment zwischen ihnen geknüpft worden, als sie aus der Kutsche ausgestiegen war. Ein verlockender, magischer Faden, hauchdünn und messerscharf. Man würde sich schneiden, berührte man ihn, dafür allerdings der Liebe begegnen.

Thaisen behielt den Sonnenstand im Sichtfeld, der jede Minute sein Raben-Dasein hervorrufen würde. „Ich muss gehen, Violett. Verzeih mir."

Sie sprang auf: „Bleib noch, bitte!" Er sollte nicht weggehen! Er sollte an ihrer Seite verweilen!

Violett merkte, dass er keine Anstalten machte, ihrem Wunsch Folge zu leisten. „Sehen wir uns morgen?", rief sie schnell. Er lächelte sie schweigend an und trat aus der Scheune heraus. Sie schritt geschwind in die hereinbrechende Nacht, um seine Entgegnung zu erhaschen, doch da war kein Mann mehr. Violett entdeckte nur einen Raben, der davonflog.

Thaisen landete wortlos in einer Baumkrone bei seinen Brüdern. Raise stellte keine Fragen. Thaisen hätte sie vermutlich ohnehin nicht beantwortet.

Fin kauerte auf einem Ast neben Raise und schaute zum Ältesten hinüber. Thaisen sah unglücklich aus. Raise auch. Das war für Fin schwer zu verstehen, eigentlich unmöglich. Sie hatten schließlich einander. Das war alles, was zählte! Also warum solche deprimierten Mienen?

Fin wollte loskrächzen, da stieß Raise ihn ermahnend mit einem Flügel an.

Wieso, Bruder? Weshalb soll ich ihn nicht fragen?, zischte Fin in die Dunkelheit.

Weil es unnötig ist. Er wird sie nicht wiedersehen.

Fins Augen erhellten sich vor Freude. Es blieb alles, wie es war! Aus welchem Grund hätte sich etwas ändern sollen ...? Töricht.

Achtzehnter der Märäne im Jahre des Einhornschweifes 55.

Rakas war eine Stadt im sandigen Westen Zeders. Sie gehörte zum orientalischen Land Andúl, welches vom Sultan El Rabbat regiert wurde. Die Hitze war für Reisende unerträglich. Die Einwohner hingegen hatten gelernt, mit ihr umzugehen. Die einheimischen Trachten bedeckten nahezu jede Körperpartie zum Schutz vor der stechenden Sonne.

Fin war diese Art Kleidung nicht geheuer. Sie gab nur die Augen preis. Über den Menschen, der sie trug, verriet sie rein gar nichts. Lief ein Schaf oder ein Wolf an ihm vorbei − er wusste es nicht.

Thaisen hatte kein Wort über die Frau in Memphis verloren. Immer wenn Fin dachte, sein Bruder wäre gedanklich stets bei ihnen, erwischte er ihn in einem geistesabwesenden Zustand. Raise reagierte dann ziemlich schnell, schnappte sich Fin und witzelte mit ihm herum. Er lenkte ihn ab. Raise konnte das recht gut. Er vermittelte Fin tatsächlich eine heile Welt und war bestrebt, selbst daran zu glauben.

Die Brüder teilten sich auf, um ihre Listen abzuarbeiten. Fin spazierte am Rande Rakas' entlang und entdeckte seltsam aussehende Tiere in einem weitläufigen, abgegrenzten Areal. Sie hatten zwei Höcker auf ihrem hellbraunen Rücken und waren etwa drei bis vier Köpfe größer als er.

„Was ist denn das?" Fin war beeindruckt. Wäre er jetzt aus Fleisch und Blut, hätte er sich gern auf den untersten Balken des Zauns gestellt, seinen Arm nach einem der Tiere ausgestreckt und begriffen, was es heißt, solch eines zu berühren. Stattdessen blieb er anständig am Zaun stehen, obwohl er genauso gut hätte durch ihn hindurchlaufen können, um sie wenigstens aus direkter Nähe zu betrachten.

„Wie oft soll ich es wiederholen?! Dreitausend Teg pro Kamel und keinen Taler weniger!", vernahm Fin eine genervte Tonlage und spähte in die Richtung. Ein kugelrunder Mann mit Turban und Schnäuzer hatte die Arme vor seinem Brustkorb verschränkt und war an keiner weiteren Verhandlung interessiert.

Das dünne kleine Männchen vor ihm versuchte aufs Neue sein Glück: „Zehntausend Teg für fünf Kamele – von diesem Angebot profitieren wir beide. Man berichtete mir von eurer bemerkenswerten Klugheit."

„Hör mal zu, du Bohnenstange", beugte sich der Große zu ihm herunter, „meine Kamele sind die besten auf dem ganzen Kontinent. Um sie wird nicht gefeilscht. Also zahl den kompletten Preis oder zieh Leine!" Nach weiteren zehn Minuten brach der Kamelzüchter das Gespräch endgültig ab und verwies den Interessenten von seinem Grund und Boden.

Fin hatte sich hingehockt und bemühte sich, eines der Kamele mit Schnalzen anzulocken. So hatte das Raise damals bei dem Kater Fleck gemacht, der sie fortan viele Male besuchen kam, meistens, wenn er hungrig war. Fin konnte dem Kamel leider nichts zu essen anbieten. Hören würde es ihn wahrscheinlich ebenso wenig.

Neben Fin klapperte es. Eine Frau mit Kopftuch und verdrecktem Gewand schüttete frisches Wasser in die Tränke der Kamele. Mühsam hielt sie den schweren Eimer und setzte ihn geleert erleichtert ab. Ihre Hände zitterten leicht. Wie oft war sie den Weg heute schon gegangen, um die Tränke annähernd voll zu bekommen?

Sie tupfte sich Schweißperlen von der Stirn. Nun erst sah Fin ihr Gesicht. Er erstarrte augenblicklich, als hätte ihn der Blitz getroffen, denn er kannte diese Magd. Er kannte sie zu gut. Er liebte sie. Er verzehrte sich nach ihr.

„Mutter", kam es ihm fassungslos über die Lippen. Alle Kraft schien schlagartig aus ihm gewichen zu sein. Er sackte vor ihr auf die weichen Knie und beobachtete stumm, wie sie den Inhalt des zweiten Eimers in die Tränke goss.

Mutter.

Sie hatte einen Leberfleck an der rechten Wange, an den sich Fin nicht erinnern konnte. Ihr Geruch war der einer anderen, doch die Form ihrer Lippen, die Farbe ihrer Augen und die ihrer Haare, die unter dem Tuch hervorblitzten – das alles stammte zweifellos von dem Menschen, der ihn geboren hatte. Es war Mutter!

„Mutter", wisperte Fin wie in Trance. „Mutter."

Er streckte seine kalten Hände nach ihr aus und griff ins Leere, in ihren Körper hinein. Es war ein seltsames, unangenehmes Gefühl, das Fin zurückzucken ließ.

Rupert hatte einmal einen Hasen mit seiner Steinschleuder erlegt. Er schlitzte das Tier auf, weil er meinte, es müsste ausbluten. Fin war dabei und weinte elendig um den Hasen. Rupert ödete die Flennerei seines kleinen Bruders an und zur Strafe bescherte er ihm ein grausames Erlebnis. Er packte sich Fin und drückte dessen Finger herzlos in den Leib des Hasen. Warmes Blut quoll über seine Hand. Fin erbrach vor Ekel und Entsetzen. Dieses Gefühl des warmen Blutes verspürte er, als seine tote Hand in ihren lebendigen Körper eingedrungen war.

Fin ignorierte die Abscheu gegenüber der aufkommenden Erinnerung. „Ich bin hier, Mutter", sagte er zu ihr und rutschte aufgeregt dichter heran. Sie erhob sich und warf getrocknete Gräser aus einem Sack über den Zaun.

Er sprang auf und fuchtelte wild mit seinen Armen vor ihrem sanftmütigen Antlitz herum, um auf sich aufmerksam zu machen.

Keine Reaktion.

„Mutter! Mutter!" Sie musste ihn wahrnehmen! Sie musste ihn doch bemerken! Er war ihr Sohn!!!

„Ich bin HIER!", wurde seine Stimme lauter, energischer. Panik lag inzwischen in seinem Ruf, denn sie reagierte in keinster Weise auf ihn. Er würde sie ein weiteres Mal verlieren! Angst davor erfüllte ihn.

„Ich bin es, Fin!", stand er flehentlich vor ihr. Möge sie ihn erkennen! Mit Tränen schrie er ihr ins Angesicht: „Ich bin es! FINI! FINI! Sieh mich an! Bitte! Ich flehe dich an! Rede mit mir! Mutter! MUTTER!!!!!!"

Der Kamelbesitzer rief seiner Magd zu: „Hey Irmgard, wenn du mit dem Füttern fertig bist, schrubbst du die Ställe! Blitzblank! Und wehe, du faulenzt!" Fins Mutter hieß Marianna. Namen hatten gegenwärtig keine Bedeutung für ihn. Er hatte sich in den Kopf gesetzt, dass diese Frau seine Mutter war. Sie warf das restliche Gras über den Zaun, klemmte den zusammengefalteten Sack unter die Achsel und trug die Eimer zu den Ställen. Fin folgte ihr wie ein treues Hündchen. Er würde nicht mehr von ihrer Seite weichen.

Thaisen und Raise trafen sich zum abgesprochenen Zeitpunkt vor einem Zelt, in dem orientalische Öllampen für Wucherpreise verkauft wurden. Es gab tatsächlich Menschen, die dafür Geld ausgaben. Sie nutzten die verschnörkelten Lampen vorrangig als Schmuckstück für ihr Heim. Das Öl war auf Dauer sogar für jene zu kostspielig, die ihr Vermögen mit Hunderten hätten teilen können, ohne dabei arm zu werden.

Thaisen dachte daran, wie froh Mutter war, wenn sich die Familie wenigstens hin und wieder ein paar Kerzen leisten konnte. War das Leben ungerecht? Hatten sie etwas falsch gemacht?

„Woran denkst du?", riss Raise ihn aus seinen Gedanken.

Thaisen griente einsichtig vor sich hin und erwiderte: „Es ist alles richtig." Raise wusste nicht, wovon sein Bruder sprach, und bevor er nachfragen konnte, überlegte Thaisen laut: „Fin verspätet sich nie. Er ist sonst stets der Erste."

Raise wandte seinen Blick in die Richtung, in die Fin gegangen war, als sie sich vor ein paar Stunden hier getrennt hatten. Es schien Thaisen, als würde Raise aus dem Wind lesen können und sich seelisch auf die Suche nach Fin begeben. Das hatte Thaisen schon oft bemerkt. Raise und Fin hatten eine Verbindung zueinander, die so tief und wertvoll war, wie man es wohl bloß aus Geschichten kannte.

„Er braucht uns", sagte Raise nach einer Weile. Sein Augenmerk blieb an ein Ziel gehaftet, welches Thaisen nicht sehen konnte. Festen Schrittes folgte Raise seiner Intuition, die ihn zielgenau zu seinem geliebten Bruder brachte.

Raise und Thaisen betraten die Stallung. Eine Frau rutschte auf geschundenen Knien über den unsauberen Boden und scheuerte mit einem metallenen Schwamm dermaßen fest, dass ihre Fingerspitzen bluteten.

Fin kauerte verloren in einer Ecke und stieß klagvolle Laute aus. Rotz tropfte ihm aus der Nase.

Raise stürzte besorgt zu ihm. „Fin, was ist los?! Hast du Schmerzen?"

Der Jüngste schüttelte trauernd sein Haupt. Thaisen blieb schweigend stehen und überließ es Raise, Fin zu beruhigen. Er schluchzte: „Sie sieht aus wie Mutter."

Thaisen schaute sich die Magd an, die den besudelten Schwamm in einen Eimer mit verdrecktem Wasser tauchte. Er kommentierte: „Du hast recht. Sie sieht ihr ähnlich." Raise war das egal. Ihn interessierte die Frau überhaupt nicht. Für ihn zählte einzig Fin. Tröstend flüsterte er: „Mutter geht es gut. Sie ist in Estropus." Den nächsten Satz versuchte er zuversichtlich klingen zu lassen, auch wenn er selbst nicht überzeugt davon war: „Rupert wird gut für sie sorgen." Fin stierte Raise zweifelnd an. Ob er ihm das abnahm?

Raise redete zügig weiter: „Was wichtig ist, kleiner Bruder, Mutter ist immer hier drin – bei dir." Er legte seine Hand an Fins Brust. „Sie liebt dich." Raises Blick war aufrichtig und genau diese Worte, seine Stimme waren es, die Fin zur Besinnung brachten. Die Magd ging und Fin ließ sie ziehen.

Raise guckte zu Thaisen und signalisierte ihm, dass alles wieder im Lot war. Fins Tränen trockneten. Den Schleim wischte er fort.

„Es wird bald Abend. Wir sollten gehen", tat Thaisen seine Meinung kund.

Raise streckte sich am Eingang und wartete auf Fin. „Kommst du?" Dieser rührte sich keinen Millimeter. Ein Schauer lief ihm über den Rücken.

„Fin?"

„Die Liste …", stammelte er und wurde leichenblass.

Raise bemerkte, dass etwas nicht stimmte, und traute sich kaum zu fragen: „Was ist damit?"

„Ich", stockte Fin, „habe sie nicht fertig."

Für den Bruchteil einer Sekunde veränderten sich die Mienen seiner beiden Brüder. War es Furcht, vor dem, was geschehen würde, wenn die Listen nicht rechtzeitig abgearbeitet waren? War es Fassungslosigkeit über das Fehlverhalten ihres jungen Bruders?

„Wie viele fehlen?" Raises eindringlicher Tonfall erschreckte Fin. Der Zweitgeborene marschierte auf ihn zu und griff ihn unsanft an den Oberarmen: „Wie viele, Fin?"

Fin schluckte und murmelte: „Alle drei."

Thaisen schätzte die ihnen verbleibende Zeit ein: „In etwa einer halben Stunde haben wir keinen Zugriff mehr auf die Listen."

Fin brabbelte schuldbewusst: „Verzeiht mir, Brüder. Ich habe versagt."

Raise rüttelte ihn: „Hör auf! Sieh mich an! Wir schaffen das! Gemeinsam schaffen wir das! Also, wie lauten die Namen auf deiner Liste?"

„Wie willst du das in einer halben Stunde hinkriegen?" Fin sah ihn hoffnungslos an. Raise antwortete: „Du willst mit uns zusammen sein – wir wollen an deiner Seite sein! Und damit das so bleibt, ohne Tadur zu begegnen, müssen wir uns beeilen! Die Namen!!!"

„Daria Alifa, Shera Sherat, Jarah Farit."

Raise zog Fin hinter sich her. Die drei hetzten durch die Stadt. Fin sollte im Rennen jeden berühren, an dem sie vorbei kamen – in der Hoffnung, die Liste würde erscheinen und somit einen der Angetippten als gefundenen Namen offenbaren – ein Wettstreit gegen die Zeit, gegen den Tod.

Fin keuchte vor Erschöpfung. Blanker Schweiß rann ihm von der Stirn. Seine Beine ließen sich nicht länger von ihm kontrollieren. Er stolperte und fiel. Raise ließ ihm keinen Moment, um in Ruhe Atem zu holen und hievte ihn sofort zurück auf die wackligen Beine. „Reiß dich zusammen!", forderte Raise ihn bestimmt auf.

„Bruder, ich ...", japste Fin. Er konnte nicht mehr. Zu viel Kraft hatten ihn die letzten Stunden gekostet. Nein, er durfte jetzt nicht aufgeben!

In dem ganzen Trubel, der sie auf den Straßen umgab, hörte Fin plötzlich ein schrilles Geräusch heraus. Für ihn stach es aus der Menge hervor. Es war der Schrei eines Babys und er wusste, dass dieser Ruf ihm galt.

Fin löste sich wie in einer Art Dämmerzustand von dem eisernen Griff seines Bruders. Raise wollte ihn sogleich wieder packen. Fin wehrte diese Geste mit einer bloßen distanzierenden Handbewegung ab. Raise und Thaisen sahen sich fragend an.

Fin durchschritt eine Hauswand und stand im Schlafgemach einer jungen Mutter. Sie wiegte den Säugling in ihren dürren Armen. Seine Augen waren fest verschlossen. Sie streichelte dem Kindchen über die Backe, um es munter zu bekommen. Es musste trinken! Die Mutter bot ihm ihre flache Brust an, aus der höchstens ein paar vereinzelte Tröpfchen Milch zu ergattern waren.

Das Baby bewegte sich schlaff, lehnte ihr Angebot ab. Fin trat zum Neugeborenen heran. Endlich öffnete es seine Lider. Er hörte die Stimme des Kleinen in seinem Kopf: *Bist du der, der mich holen soll? Dieser Körper ist zu schwach. Ich kann nicht in ihm leben und die Aufgaben erfüllen, die mir zugedacht wurden. Du bist der, der mich holt, richtig? Du siehst aus wie die Engel von dort oben. Dein Gesicht ist voller Güte. Du bist ein Engel. Mein Schutzengel? Wird es wehtun? Nein, du wirst dafür sorgen, dass ich friedlich einschlafe. Habe ich recht? Du bist so schön ...*

Eine Träne rollte von Fins Wange. Er kniete sich nieder, um auf einer Augenhöhe mit dem Kind zu sein. Er berührte dessen Stirn. Ein mickriges Flämmchen, das zu ersticken drohte, erschien neben der Liste und der Schreibfeder, deren Spitze konstant mit Tinte angereichert war.

Du kommst, mich zu holen, mein Engel. Wir sehen uns im nächsten
Leben wieder. Ich werde der Arzt sein, der dich rettet.

Fin hielt den Gänsekiel verkrampft und hätte ihn am liebsten
zerbrochen, ganz und gar zermalmt. Er hörte die nahenden Schritte
seiner Brüder und ließ schweren Herzens die Feder fallen. Der
Name des Babys brannte sich auf dem Blatt ein. Es würde sterben.
Sein Tod war besiegelt.

„Im nächsten Leben …", wisperte Fin, beugte sich vor, gab
ihm einen Kuss und verabschiedete sich. Die Mutter spürte eine
Brise, mummelte ihr Kind und sich mehr in die Decke. „Die
Fenster sind zu und trotzdem ist es kalt …", fröstelte sie. „Nun
trink, mein Schatz! In meinem Bauch hätte ich dich fast verloren.
Der Geist war barmherzig und schickte dich zu mir. Trink! Ich
singe für dich."

Kapitel 5

Richter und Henker

Es war knapp und dennoch konnte Fins Liste rechtzeitig fertiggestellt werden. Es sollte ihnen eine Lehre sein, aufeinander besser achtzugeben.

Siebter der Mireyu im Jahre des Einhornschweifes 55.

Der Auftrag führte die Brüder in die aus Stein errichtete Stadt Xi zurück. Sie konnten sich gut an ihren ersten Besuch erinnern. Raise hatte hier Mirelle getroffen, ein Mädchen mit sonnengelben Iriden, die infolge des Aufenthalts der drei ihren Großvater verlor.

Das Städtchen hatte das letzte Mal verschlafen und vor allem dem himmlischen Herrn durch den Clan der *Gesandten des Himmels* zugetan gewirkt. Heute war es anders. Heute sollte nicht Gott über diese Stätte wachen, sondern der Teufel. Wo auch immer der heilige Vater zu Hause war, diesen Ort hatte er anscheinend verlassen.

Die Einwohner waren in heller Aufruhr. Sie warfen mit Eiern, Kohl und anderen Nahrungsmitteln nach jemandem. Das Volk schimpfte, empörte sich und stieß Verwünschungen aus.

Die postierten Soldaten König Richards hatten große Mühe, die Leute von dieser einen Person, der ihr Hass galt, fernzuhalten. Es handelte sich um einen Priester. Einer der *Gesandten des Himmels.* Einer, dem die Menschen sonst höchsten Respekt zollten.

Seine Augen waren blau geschlagen. Eine offene Platzwunde prangte an seinem Haupt und das Blut tropfte ihm vom Kinn. Sein knielanges Hemdchen, mehr trug er nicht, war vollkommen verdreckt, teilweise nass und stank fürchterlich nach Kot. Seine geschundenen Hände waren zusammengebunden. Er humpelte, ging leicht gebückt und duckte sich, sobald wieder etwas auf ihn geworfen wurde, das ihn tatsächlich treffen könnte. Seine nackten Füße schlurften über den steinernen Grund.

„In Gottes Namen, haltet ein!", wetterte ein anderer Priester in dem üblichen, gepflegten Talar und stellte sich mit seinen Gleichgesinnten vor den angeklagten Ordensbruder.

„Geht aus dem Weg, sonst seid auch Ihr unser Ziel!", warnte das Volk. Weitere Rufe ertönten. „Wer solch schändliche Tat vollbringt, ist kein Diener Gottes!"

„Hängt ihn!"

„Nein, lasst ihn brennen!"

„Lasst ihn das gleiche Schicksal erfahren, wie das, welches er der kleinen Babettea antat!"

Der vorderste Priester verteidigte verbissen den Gefangenen: „Er ist ein Mann Gottes! Was ihr im vorwerft, ist frevelhaft! Klebt sein Blut an euch, bleiben euch Gottes Tore für ewig verwehrt!"

Das Streitgespräch spitzte sich gefährlich zu. Das Volk suchte einen Schuldigen und hatte diesen seiner Meinung nach in jenem Gläubigen gefunden, der das Mädchen zusammen mit weiteren Kindern unterrichtet hatte. Eines Abends sollte sie länger bei ihm bleiben, während alle anderen gegangen waren. Er kannte ihren Wissensdurst für astronomische Themen und hatte diesen schamlos ausgenutzt.

Die verunstaltete Leiche der rothaarigen Babettea fand der Lehrling des Wirtes in einem Weinfass, welches er eigentlich für leer gehalten hatte und es zum Abtransport fertig machen wollte.

Schwere Hufschläge donnerten über die gepflasterte Straße heran. Ein schlanker Mann in edler, dunkler Robe und mit kerzengerader Haltung auf seinem schwarzen Ross wurde von Soldaten König Richards von einem Stützpunkt im Gebirge Krosus aus extra hierher eskortiert. Sofort kehrte Ruhe ein.

Elegant schwang sich der Mann aus dem kostbaren Sattel. Er richtete mit wenigen Handgriffen sein weites, mantelartiges Gewand. Er setzte den Dreieckshut mit hochgeklappter Krempe auf und strich sich amüsiert über seinen Schnäuzer. Der Richter war eingetroffen.

„Werden die Verbrecher bei euch schon vor dem Urteilsspruch hingerichtet?", rief er belustigt in die Menge. „Dann hätte ich mir den Weg sparen können." Seine Stimme wies einen arroganten, überheblichen Tonfall auf. Wie ein stolzer Hahn schritt er durch die sich aufbrechende Masse von Menschen.

„Was haben wir für einen Problemfall?", gähnte er betont gelangweilt. „Mit welcher Lappalie raubt ihr dieses Mal meine wertvolle Zeit? Oh!" Der Richter stutzte darüber, einen Geistlichen vor sich zu haben. Er betrachtete den Gefangenen irritiert, um den sich einige Krieger schützend geschart hatten.

Einer der Priester trat zum verwunderten Richter heran und bekräftigte: „Er ist unschuldig. Ihm wird vorgeworfen ..."

Von hinten schrie jemand rasend vor Wut aus Leibeskräften und mit Tränen in den Augen: „Mörder! MÖRDER! Er hat meine siebenjährige Tochter aufgeschlitzt wie ein Stück Vieh, das man ausbluten lässt!!!"

Der Richter wandte sich dem Volk zu. Der Vater des toten Kindes drängelte sich rücksichtslos nach vorn. Einige seiner Freunde und Bekannten versuchten ihn zu halten, abzufangen, aber dieser Mann, dessen Herz und Seele durch den grausamen Tod seiner geliebten Tochter unbeschreibliche Qualen erlitt, für die es nie ein Heilmittel geben würde, war nicht länger zu halten.

Fin stellte sich auf Zehenspitzen, um aus der hintersten Reihe einen besseren Blick zu ergattern. „Wer ist gestorben?", fragte er seine Brüder. Thaisen reagierte unbeeindruckt: „Ein Mädchen. Alle Einwohner sind gerade versammelt. Es wird leicht, die Listen fertigzustellen. Wir tippen jeden an!"

„Und warum ist sie gestorben?", beschäftigte Fin die Begebenheit.

Thaisen belehrte ihn: „Lass das nicht an dich heran, kleiner Bruder! Erledige deine Aufgabe und dann gehen wir!"

Fin gefiel die Antwort nicht. „So etwas hättest du früher nie zu mir gesagt. Und es hätte dich ebenso erschüttert!"

Thaisen stupste die Stirn einer Frau an, die gebannt mit dem Geschehen an der Front mitfieberte. „Früher ... Das ist vorbei", sinnierte Thaisen.

„Deshalb willst du keine Gefühle mehr zulassen?"

„Ich habe Gefühle, für dich und Raise."

„Der Rest ist zu schmerzhaft? Deshalb? Was ist mit Mutter?"

„Kümmere dich um deine Liste!"

Fin biss sich leicht auf die Unterlippe. Widerwillig brachte er hervor: „Was ist mit dieser Frau aus Memphis? Du hast dich seit der Begegnung verändert …!"

„Lass sie aus dem Spiel!"

„Gespielt haben wir, als Raise die Würfel rollen ließ. Das ist jetzt unser *Leben*! Was ist los mit dir, Thaisen? Ich habe den Eindruck, du entfernst dich von uns. Ich will nicht, dass …"

„Hör auf!", blaffte Thaisen ihn in einem ruppigen Ton an, welchen Fin von ihm bislang nie kennengelernt hatte. Der Älteste hatte damit Erfolg. Fin schwieg und schnaufte betont laut, um seinen Unmut auszudrücken. Er mochte es ganz und gar nicht, welche Veränderung Thaisen durchmachte. Das, was ihn einst ausgezeichnet hatte – Güte, Herzlichkeit und Mitgefühl – rückte stetig in den Hintergrund.

Raise stand einige Meter abseits und beobachtete die beginnende Verhandlung, in der der Vater des Mädchens aufgrund dessen, dass Trauer, Hass und Liebe ihn dazu trieben, den angeklagten Priester mehrfach angreifen und massakrieren wollte, von den Kämpfern niedergedrückt wurde.

„Er war es nicht", vernahm Raise eine ruhige, zurückhaltende Stimme. Mirelle war plötzlich neben ihm und starrte geradeaus.

Als er ihr Gesagtes realisiert hatte, forderte er sie unverzüglich auf: „Woher weißt du das? Warum tust du dann nichts?! Hilf ihm!"

Sie erwiderte resigniert: „Er wird sterben. Das ist unumgänglich. Der Zorn der Menschen, vor allem ihre Furcht vor einem neuen Verbrechen, verlangt nach einem Sünder. Dieser Priester verlässt den Platz nicht lebend. Bleibt er vom Henker verschont, wird er dafür einer Steinigung durch das Volk nicht entgehen."

Raise sah mit bleichem Gesichtsausdruck zum Beschuldigten. Wieder würde ein Leben erlischen, welches es nicht verdient hatte, genommen zu werden.

Raise richtete sein Augenmerk auf Mirelle, um sie erneut für die Gerechtigkeit zu bestärken, als er bemerkte, dass ihre Hand verkrampft den geflochtenen Zopf umschlang. Ihre Fingernägel waren von dem festen Druck, den sie ausübte, nahezu weiß. In diesem Moment ahnte er, welcher Konflikt in ihr herrschte. Er wurde sich dessen gewahr, dass, wenn sie eine Äußerung von sich geben würde, die den Priester entlastete, ihr entweder niemand glauben oder sie gar selbst an den Pranger gestellt werden würde. Nach einer Weile raunte Mirelle: „Sein Gott erwartet ihn bereits und wird ihn herzlich empfangen. Der einzige Trost, auf den er hoffen darf."

Ihr Griff lockerte sich. Ihre Augen glänzten kurzzeitig wässrig. Sie schluckte kräftig, um all dies abzuschütteln.

Mirelle wandte sich einer kleinen Person links neben sich zu. Raise konnte diese von seiner Position aus nicht erkennen. Seine Aufmerksamkeit galt ohnehin dem umjubelten Auftritt des Henkers.

Mirelle sprach sanft zu der jungen Person neben sich: „Die Wahrheit kommt ans Licht. Ich verspreche dir, ich kümmere mich darum. Du kannst in Frieden gehen." Raise hörte ihre Worte zwar, doch konzentrierte sich völlig auf die Axt des Schergen, der ein paar Probeschläge ausführte.

Fin erstarrte an Ort und Stelle. Nie zuvor hatte er einer Exekution beigewohnt. Thaisen wollte es dabei belassen. Er hielt Ausschau nach Raise. Leider hatte er ihn aus seinem Sichtfeld verloren. Also lag es dieses Mal an ihm, seinen jüngsten Bruder vor den Härten des Lebens zu bewahren. Rasch schob er den benommenen Fin ohne dessen Gegenwehr in eine angrenzende Gasse.

Der Gedemütigte musste seinen Kopf auf dem Holzblock positionieren. Das Volk heizte den Henker an.

Mirelle reichte dem Kind neben sich die Hand, und die zarten Finger schlossen sich um ihre.

„Werden mich meine Eltern nicht fürchterlich vermissen, wenn ich fort bin?"

Mirelle drehte sich mit dem Mädchen von dem Szenario ab. Während sich die beiden von der Menge entfernten, antwortete sie: „Ihr werdet euch in Liebe finden."

Raise nahm die Unterhaltung erst jetzt bewusst war und richtete seinen Blick, trotzdem der Henker das Beil in die Höhe riss, auf Mirelle. Ein rothaariges Mädchen lief an ihrer Hand.

Ein heller Lichtschein umhüllte die kleine Babettea. Flügelchen wuchsen aus ihrem Rücken empor. Mit einem Lächeln auf den Lippen entschwand sie.

Eineinhalb Wochen zuvor.

Der Unterricht erfolgte in einer Scheune. Bruder Wilvos hatte sich dafür eingesetzt, dass die Kinder sich wenigstens zwei Mal in der Woche zusammenfanden.

„Bruder Wilvos, Babettea behauptet, dass es noch andere Welten gibt. Sie flunkert, oder?" Der Junge Miros streckte dem rothaarigen Mädchen keck die Zunge heraus und hoffte darauf, dass sie ausgelacht werden würde. Er beabsichtigte mit dem Verhalten insgeheim, auf diese ungeschickte, unfreundliche Art und Weise ihre Beachtung zu erhalten.

Babettea erhob sich echauffiert von ihrem Stuhl, dabei fiel dieser krachend um. „Das ist keine Lüge!", protestierte sie aus fester Überzeugung. „Es ist die Wahrheit!" Hilfesuchend guckte sie Bruder Wilvos an. Er selbst hatte ihr davon erzählt!

Bruder Wilvos räusperte sich und suchte nach einer passenden Erklärung. „Es wäre falsch zu sagen, wir wären allein dort draußen. Denkt an unseren allmächtigen Herrn. Seine Macht und seine Liebe sind grenzenlos. Wir sollten uns nicht anmaßen, dass seine Gnade einzig unseren zironischen Völkern zuteilwird."

Babettea strahlte und zwinkerte dem aufmüpfigen Miros selbstsicher zu. Sie hob ihren Stuhl auf und ließ sich auf diesem zufrieden und siegreich, als wäre er ein Thron, nieder. Ihr Kopf ruhte auf den Armen, die sich wiederum auf den Tisch stützten. Sie himmelte Bruder Wilvos für seine weisen und fortschrittlichen Gedanken an. Viele der ansässigen Priester beharrten vehement darauf, dass neben Ziron kein weiterer Planet existierte.

Miros war beleidigt und wütend, weil Bruder Wilvos die absurde Ansicht von Babettea nicht zerschmettert hatte. Er beschimpfte sie: „Karottenhaar!" Das kannte Babettea bereits und heute machte es ihr gar nichts aus.

Bruder Wilvos begann mit einem neuen Kapitel. „Wie viel wert ist euch wahre Freundschaft?"

„Einen Appel und ein Ei", scherzte Miros und erntete das heitere Gelächter seiner Mitschüler.

Babettea reagierte wohlüberlegt: „Mehr als das eigene Leben, aber weniger als die treue Liebe zu einem Mann."

„Träumerin!", stöhnte Miros genervt. „Dich will ohnehin niemand! Wer will schon eine, deren Haar die aufdringliche Farbe von Möhren und Tomaten glatt übertrifft!" Lautes Lachen.

Sie antwortete schnippisch: „Wer will einen Rotzbengel wie dich?!"

Er grinste sie herausfordernd an: „Wenn du Glück hast, darfst du vielleicht meine Frau werden."

Alle Augen richteten sich plötzlich verdattert auf Miros. Babettea stierte ihn erstaunt und etwas verwirrt an. „Spinner!"

Eine halbe Stunde später entließ Bruder Wilvos die Kinder. „Babettea, warte bitte! Ich möchte dir etwas zeigen." Sie stand bereits an der Tür, hüpfte nun begeistert zu ihm zurück. Miros lugte um die Ecke und zog ernsthaft in Erwägung, auf Babettea zu warten. Immerhin hatte er sie ziemlich gern, auch wenn er das nicht unbedingt zeigen wollte.

Ein anderer Junge, der sich nach seinem Freund Miros geduldete, erkundigte sich von der Treppe aus: „Warum trödelst du? Komm!" Miros zögerte. Ihm missfiel, dass er Babettea nicht nach Hause begleiten konnte. Er hätte sie gern mit ihrer unsinnigen Leidenschaft für die Sternenkunde aufgezogen!

„Ja, ja!", schnaufte er wenig begeistert und sprang die Stufen hinab.

Sein Freund fragte: „Was hast du gemacht? Warum hat das gedauert?"

„Ach nichts!"

„Sag! Hast du was vergessen?"

Miros verstaute seine Hände in den Hosentaschen. „Was Ähnliches. Hat sich erledigt. Babettea stiehlt Bruder Wilvos die Zeit! Wieso geht sie nicht einfach heim, so wie wir?!"

Der Freund wunderte sich über diese Äußerung. „Was interessiert dich das? Lass sie machen, was sie möchte. Wenn sie Bruder Wilvos stört, wird er sie fortschicken."

„Wenn er klug ist, macht er das sofort!" Miros' Satz klang bissig. Er ärgerte sich darüber, dass sie nicht an seiner Seite schlenderte. Ihre Wangen färbten sich herrlich rot wie ihre Haare, wenn sie sich über seine Späße aufregte!

Miros stieß unkonzentriert mit einem Fremden zusammen. Dessen Schnapsfahne wehte ihm ins Antlitz.

„Guck nach vorn, Och-!", wollte Miros ihm entgegenbringen. Das „se" schluckte er lieber herunter. Es waren die stechenden, drohenden Augen des seltsam gekleideten Mannes, die ihm das Blut in den Adern gefrieren ließen.

Der Fremde sagte kein Wort. Sein Blick war trotz des stark riechenden Alkohols, den er zur Genüge intus hatte, vollkommen klar. Miros sah ihm entsetzt nach und bemerkte erst Sekunden später, dass seine Knie vor Angst schlotterten.

Mirelle stellte eine sonnengelbe Tulpe in einem braunen Becher ans Fenster. „Ein letzter Gruß an dich, kleine Babettea. Werde glücklich!", wisperte sie und strich dabei sanft an dem Blumenstiel hinauf. Sie sog den angenehmen Geruch ein.

Der Hund Panscho, der zu ihren Füßen lag, hob aufmerksam den Kopf, als wenn er etwas gehört hätte. Kurz darauf pochte es unverhofft und fordernd an der Tür. Mirelle zuckte vor Schreck zusammen. Wer sollte das sein? Großmutter war unterwegs und würde, laut ihrer eigenen Ankündigung, erst in etwa einer halben Stunde heimkehren.

Mirelle richtete sich nach Panscho. Je nachdem, wie er reagieren würde, könnte sie erahnen, was für ein Mensch dort vor dem Eingang stand. Panscho erhob sich flott, kein Anzeichen von seiner gewohnten Trägheit. Er lief eilig zur Tür und schnüffelte.

Es klopfte noch einmal. „Mirelle, bist du da?"

Panscho knurrte bei der Stimme, die Mirelle sofort erkannte. Sie schob den achtsamen Hund hinter sich und drängelte sich heraus, ohne das Panscho ihr folgen konnte. Seine Verärgerung darüber, ihn auszusperren, ließ er laut ertönen.

„Was machst du hier?", schimpfte Mirelle. Raise kam gar nicht zu Wort. „Sieht dich meine Großmutter, krieg ich großen Ärger!" Dann stutzte sie mit einem Mal und schaute verwundert hinter sich zur Tür. „Hast *du* gerade geklopft?", fragte sie zweifelnd.

„Wer sonst?", erwiderte Raise trocken.

Mirelle stierte ihn misstrauisch an. „Du kannst *nicht* klopfen! Du bist tot!"

„Ich bin tot und doch stehe ich leibhaftig vor dir."

Sie lachte kurz und rollte betont mit den Augen. Sie schien ihn entweder für dumm oder verrückt zu halten. „Du bist größenwahnsinnig! So sehr kann dich kein Schutzgeist lieben, dass er das Gesetz des Totenreiches für dich bricht."

Er starrte sie mit eisernem Blick an. „Ein Engel vielleicht nicht, aber ein Gott. Oder eher dessen Wächter über jenes elysische Reich, der nach Auftrag des Einen handelt – der Tod persönlich."

Ernsthaftigkeit spiegelte sich in ihrem Gesicht. Aus seiner Miene wog sie ab, ob er die Wahrheit sprach. Und trotzdem sie abschätzte, dass er weit entfernt von einer Lüge war, konnte das dennoch einzig eine kolossale Torheit sein! Sonst würde es heißen, dass das Gleichgewicht zwischen den Reichen der Lebenden und der Toten gestört wäre! Jene, die verdammt waren, zu leben, trotz ihres eigentlichen Todes, wären ruhelos und könnten ihren Seelenfrieden nimmer erlangen.

Sie wollte sich selbst von seinen Worten überzeugen. Mirelle piekste ihn mit dem Zeigefinger in die Rippe. Zu ihrer Erschütterung griff sie keineswegs durch ihn hindurch, wie es bei anderen Geistern, die sie aufsuchten, der Fall gewesen wäre, sondern traf ihn.

Mirelle wich augenblicklich zurück. Dies schien ihr ungeheuerlich. „Was bist du? Was hast du getan?"

„Ich bin ich." Sein Ausdruck war von Ehrlichkeit geprägt. Er hielt seine Hände in Höhe des Brustkorbes, um ihr zu signalisieren, dass er ihr nichts Böses wollte. Vielleicht dachte sie am Ende, er wolle ihren Körper übernehmen! „Ich will helfen."

Ihre Gesichtszüge entspannten sich ein bisschen. „Wobei?"

„Diesen Mann zu finden, der schuld ist an dem Tod des kleinen Mädchens."

„Ihr Name ist Babettea. Ich wüsste nicht, wie ein Halbtoter dabei Unterstützung leisten könnte."

„Halbtot? Da irrst du dich. Im Schlund von Flammen ging ich unter. Ich bin ganz und gar gestorben, jedoch in einem Albtraum erwacht."

Sie musterte ihn. Er wirkte robust auf sie, erschöpft bei genauerem Hinsehen, als hätte eine lange Reise an seinen Kräften gezehrt.

„Ich komme viel herum. Sag mir, woran ich ihn erkenne und ich werde alles daran setzen, dass er nicht noch mehr Mädchen wie Babettea in den Abgrund reißt."

Pancho scharrte an der Tür. Mirelle hörte die gackernden Hühner im Hof vor ihrem bescheidenen Stall und befürchtete, dass jemand im Anmarsch war. Sollte es Großmutter sein, die ihre Enkelin zusammen mit Raise erwischte, würden sie Streit und eine schlimme Bestrafung erwarten. Geistesgegenwärtig packte sie Raise am Handgelenk und riss die Tür auf. Sie schob mit ihrem Knie Pancho innerhalb weniger Sekunden unsanft weg und drückte ihn nach draußen, bevor dieser vielleicht auf die Idee kam, sich auf Raise zu stürzen. Mirelle schlug die Tür hinter sich und dem jungen Mann zu.

„Mach dich unsichtbar!", verlangte sie panisch. Raise guckte sie fragend an.

„Das kann ich nicht. Erst wenn die Sonne untergeht, wirst nur du mich noch sehen können."

„Du Dummkopf! Du bringst mich in Schwierigkeiten!" Sie kaute nervös auf ihren Fingernägeln und versuchte nachzudenken. Sie konnte beim besten Willen keinen vernünftigen Gedanken fassen.

Er ließ sich lässig auf einer harten Bank nieder, nicht wissend, dass diese ihr Schlaflager war – in einem engen Raum, der wie eine Rumpelkammer zur Aufbewahrung von altem, wertlosen Krimskrams genutzt wurde. „Das sind meine Brüder, die deinen gefiederten Freunden Anlass zum Rabatz bieten. Solange dein Vierbeiner die beiden nicht über den Hof scheucht, dürften wir unbemerkt bleiben."

Ein Anflug von Zorn blitzte in ihren goldfarbenen Iriden auf. Sie verrückte das Spinnrad unachtsam, um vorsichtig aus dem Fenster zu lugen. „Wenn du dich irrst ...", fauchte sie.

„Tue ich nicht."

Er kam zu ihr, stellte sich dicht hinter sie und drehte Mirelle zu sich herum. „Deiner Vorstellung, die du von Toten hast, scheine ich nicht zu entsprechen. Möchtest du meine Hilfe oder lehnst du sie ab? Entscheide dich! Ist es dein Wille, wirst du mich hoffentlich zu deinen Lebtagen nicht wieder sehen."

Ihr fiel es schwer, seinem festen Blick standzuhalten.

„Geh!", äußerte sie streng. Er schwieg, schaute sie einen Moment an und wandte sich dann ab. Unvermutet sprach sie weiter: „Geh und finde *ihn*, auf dass er gerichtet wird, Todbringer."

Erleichterung machte sich in ihm breit. „Wie −?" Er brauchte seine Frage nicht zu wiederholen.

Sie entgegnete sofort: „Ich zeige ihn dir."

Ein erneuter prüfender Blick aus dem Fenster, ob das Mütterchen tatsächlich nicht im Anmarsch war, dann bat sie Raise, ihr zu folgen. Sie lief ins abgedunkelte Schlafzimmer, das nun allein der Großmutter gehörte. Mirelle entzündete die einzige Kerze in dem Raum und wies ihn dabei an: „Setz dich! Leere deine Gedanken!"

Er setzte sich auf die Bettkante und beobachtete sie neugierig. Mirelle nahm neben ihm Platz. „Konzentriere dich auf mich!"

Er nickte. Das fiel ihm gerade leicht.

Sie legte ihre Hände wie zwei Muscheln an seine Ohren. Mit geringem Druck schob sie sein Haupt näher zu sich heran, sodass ihre beiden Stirnen sich berührten.

„Asché edora omni lokrall ewenti …"

Er fragte erstaunt: „Du bist der damaligen Sprache mächtig?"

„Still! Konzentriere dich! Und schließ die Augen!", ermahnte sie ihn, sammelte sich und fuhr fort: „… lorü intima jadori …"

Raise spürte, wie ein geistiges Licht in seinen Schädel eindrang. Es fühlte sich an, als wollte es ihn von innen aushöhlen, sich der Kontrolle über ihn bemächtigen. Der enorme Druck mit einem hohen, summenden Piepton in seinem Kopf lähmte ihn beinahe. Was machte Mirelle mit ihm? Wusste sie, was sie da tat?

„… unita gargoll litizita …"

Ihr Griff war erbarmungslos. Er wollte ihre glühenden Hände von sich reißen, was unmöglich war.

„… fagod weras trukullus!"

Plötzlich verharrte er vollkommen ruhig. Er empfand weder Druck noch Schmerzen. Sein Körper fühlte sich unvermittelt gut an, wie nach langer Pein endlich befreit, erholt.

Er öffnete seine zusammengekniffenen Lider und fand sich überrascht auf einer sattgrünen Wiese wieder. Die warme Sonne strahlte am azurblauen Himmel. Ein Vogelschwarm zog friedlich vorüber.

Raise sah verwundert um sich. War das real? Gewiss nicht! Es wirkte dermaßen echt! Wo war er?

Wind kam auf und brachte dunkle Wolken mit sich. Auf einem entfernten Hügel stand eine junge Frau.

„Mirelle?! Mirelle, bist du das? MIRELLE?!"

Blitz und Donner jagten sich direkt über ihm. Gelegentlich duckte er vorsichtshalber ab. Die Frau, welche dem Wetter gegenüber völlig teilnahmslos war, zeigte schlicht mit ausgestrecktem Arm in eine bestimmte Richtung. Regen ergoss sich, als Raise schockiert ein Meer von Mädchenleichen anstelle der einstigen Wiese bemerkte, aus dem ein Mann hervorging, dessen Antlitz er nie wieder vergessen würde.

Mirelles nunmehr feuchte Hände lösten sich von Raise. Er stürzte sogleich vom Bett herunter, krabbelte verschreckt und zitternd rückwärts in eine Ecke wie ein furchtsames Geschöpf, das seinem Schlächter begegnet war.

Mirelle atmete schnell. Raise übertraf sie darin. Sie hatte sich ziemlich verausgabt. Schweiß perlte von ihrer Stirn. Der hellgelbe Schimmer ihrer Iriden verblasste und färbte sich beige.

„Jetzt hast du ihn gesehen", keuchte sie außer Puste. Er brachte vor Bestürzung und Angst keinen Ton heraus. Sein erschaudernder Leib leuchtete schlagartig auf. Die Zeit der Verwandlung war herangerückt. Wacklig kam er auf die schlotternden Beine, rückte verstört einen Vorhang beiseite, öffnete ungeschickt das Fenster und verließ in Gestalt eines Raben das Haus des Mädchens, dass ihm mittels einer Vision mehr Schrecken beschert hatte, als es sonst jemand zu seinen Lebzeiten vermocht hatte.

Sechster des Jukos im Jahre des Einhornschweifes 55.

Wer auf der Suche nach einem traumhaften Hochzeitskleid war, der begab sich nach Saphir. Wer etwas auf sich hielt und genügend Geld in der Tasche hatte, um später mit seiner Hochzeit anzugeben, der begab sich nach Saphir.

Violett hatte viele Tage in der Kutsche zusammen mit ihrem Vater und zwei Bediensteten zugebracht. Sie war mürrisch und alles andere als begeistert oder gar angetan, in der noblen Stadt Saphir sich ein Hochzeitskleid erwählen zu dürfen.

Sie spielte mit einer ihrer blonden Haarsträhnen, wickelte sie um den Finger, ließ dann locker und pustete sich die Strähne aus dem Gesicht. Sie gähnte mit betont weitem Mund, weil sie genau wusste, dass ihr Vater dies missbilligte.

„Violett, benimm dich wie eine Dame!", tönte es gleich in ihren Ohren.

Sie guckte ihn kindisch an und erwiderte schnippisch: „Wie du wünschst, Vater."

Die Kutsche hielt vor dem prachtvollen Laden für Hochzeitsmode. Das Gebäude war groß und schneeweiß angestrichen. Ein aufwendig gemaltes Bild einer Braut, die die Anmut einer Fee besaß, prangte willkommen heißend neben der Eingangstür.

„Wir sind angekommen", fiel dem Vater eine Last von den Schultern. Er hatte mit mehr Widerstand von Violett gerechnet. Deshalb hatte er, für alle Fälle, sollte sie ihre Flucht planen, die zwei Mägde mitgenommen.

Violett legte Beschwerde ein: „Nach der langen Fahrt willst du mich gleich da reinschleppen? Ich will in die Unterkunft!"

„Was erledigt ist, ist erledigt. Bequeme dich heraus, Violett, sofort!"

Sie biss die Zähne fest aufeinander, wuselte sich mit unterdrückter Wut durch die Haare, um unordentlich auszusehen und hüpfte unelegant zu ihm heraus. „Ich bin bereit", sagte sie mit breitem Grinsen und genoss seine entsetzte Mimik bei ihrem Anblick. Sie marschierte gleich einem Soldaten in den Laden. „Guten Tag, haben Sie auch Trauermode? Nicht jede Hochzeit erfreut die Braut."

Die Verkäuferin, ihre Frisur saß perfekt und das eng anliegende Kleid gab nicht ein einziges Fettpölsterchen preis, schaute anfänglich verdattert, lachte dann kurz mit leicht geöffnetem Mund und reagierte: „Wenn die Börse stimmt, kann ich Euch das Kleid gern schwarz färben."

„Ich bitte darum."

„Violett, besinne dich darauf, wessen Frau du wirst!", trat der Vater herein. „Sie erhält das schönste Brautkleid, sorgt dafür!" Er warf der Händlerin einen Sack voller klimpernder Tegs zu.

Violett schimpfte echauffiert: „Das ist unser letztes Geld! Wie kannst du es leichtfertig für diesen Schwachsinn ausgeben? Lass Carlos das Kleid bezahlen! Oder kann er sich das nicht leisten? So soll er eine Hure stattdessen ehelichen, um günstig davonzukommen!"

Die Verkäuferin war pikiert, versuchte sich allerdings das nicht anmerken zu lassen und setzte weiterhin ein strahlendes Lächeln auf.

Die Hand des Vaters ballte sich zu einer Faust. Wären sie nicht in diesem Laden gewesen, hätte er sie für solche Worte geschlagen. Doch der Anstand verbot ihm dies und Violett machte sich das zu Nutzen.

Bedrohlich murmelte er ihr zu: „Heiratest du nicht Carlos Delore, hast du dein eigenes Urteil über dich verhängt."

„Sprich deutlich, Vater!", hakte sie mit dem gleichen barschen Ton nach. Er fixierte sie und äußerte unversöhnlich: „Erfüllst du nicht meine Erwartungen, wirst du die Hure sein, die er für eine Nacht kauft, um sie dann schmachvoll fallen zu lassen. Dann wird es nicht nur *ein* abscheulicher Mann sein, der dich besteigt, sondern viele werden ihm folgen."

Sie sah ihn mit einem Blick an, den er nie zuvor in ihren Augen gesehen hatte – tiefste Enttäuschung gemischt mit bitterer Wut.

„Ich hasse dich", wisperte sie. Ihre Lippen hatten sich kaum bewegt. Ihre Glieder fühlten sich taub an. Wie eine Marionette stand sie da.

„Eines Tages wirst du mein Handeln verstehen, Violett. Ich will das Beste für dich." Er winkte die Händlerin heran und überließ ihr das Feld.

„Kommt, hübsche Dame!", kicherte sie in Vorfreude auf die Anprobe und zog die teilnahmslose Violett hinter sich her. „Wir haben Kleider in rosé, sonnengelb, himmelblau, mint und weiß. Welche Farbe soll es sein?" Erwartungsvoll lächelte die Verkäuferin sie an. Violett verharrte ohne Reaktion. „Hmm … Vielleicht gelb? Das passt gut zu diesen bezaubernden Haaren", grübelte die Frau und strich Violett durch ihre ungeordneten Strähnen.

Während sich der Vater mit einer Tasse Tee und einem Stück Kuchen gemütlich in das Nebenzimmer setzte, entledigte eine Zofe mit flinken Fingern Violett ihres lilafarbenen Gewandes. Die Dienerin löste deren Haarband und kämmte Violetts Mähne auf Befehl ihrer Herrin sorgfältig durch, um sie anschließend unaufwendig hochzustecken.

Die Verkäuferin hatte zwei Kleider ausgesucht. Beide lagen preislich schon recht hoch. Zu den teuersten zählten sie keineswegs, waren eher dem geldlichen Inhalt des Beutelchens angepasst. Für Violett und ihren Vater bedeutete der Kauf eines dieser Kleider, das gesamte verbliebene Familienvermögen zu investieren. Für Fin und seine Familie hätte das Erreichen dieser Summe mehrere Leben in ewiger Arbeit in Anspruch genommen.

Das erste Kleid war zitronengelb und von feinster Qualität. Der samtene Stoff schmiegte sich an den Körper ähnlich einem Hauch von Nichts. Das auffällige Brautkleid reichte bis zum Boden herab. Der Träger wand sich wie eine sanfte Umarmung um Violetts Nacken. Der Brustbereich war üppig mit Ziersteinchen ausgeschmückt, man könnte meinen, Violetts Brüste würden funkeln. Männer liebten dies. Es schürte ihr Verlangen auf die Hochzeitsnacht. Frauen würden neidisch werden auf die begehrenden Blicke, die Violetts Oberweite dadurch erhaschen würde.

Die Händlerin zeigte der Zofe, an welchen Stellen das Gewand enger gesteckt werden müsste. Gelegentlich sprach sie Violett an, um nicht unhöflich zu wirken, obwohl sie mittlerweile begriffen hatte, dass von dieser keinerlei Erwiderung ausging.

Violett starrte in den großen Spiegel vor sich. Sie sah sich nicht als Braut, sondern als eine bald hingerichtete Gefangene.

Ist das mein Weg? Das soll es gewesen sein? Seltsam, ich muss wieder an ihn denken. Er hat mich gewiss bereits vergessen. Thaisen aus Estropus ... Er hielt mich wahrscheinlich für verrückt oder aussichtslos verloren in meiner beschaulichen Welt aus erdrückenden Problemen, welche aus seiner Sicht womöglich unbedeutend sind. Wir sind uns nur zweimal begegnet, trotzdem hatte ich das starke Gefühl, an seine Seite zu gehören. Ich wollte ihn suchen, dazu kam es nie. Vielleicht hatte ich darauf vertraut, gefunden zu werden.

Meine Mutter unterstand dir, allmächtiger Herr. Ich verachtete dich dafür, dass du sie mir früh nahmst. Doch ich bin bereit, einen Versuch der Versöhnung zu wagen. Ich überreiche dir zuversichtlich mein Schicksal, solltest du nicht ohnehin alle Fäden kontrollieren. Weise mir den Pfad, den ich beschreiten soll. Ich bitte dich, nein, ich flehe dich an, gib mir einen Hinweis! Was soll ich tun?

Eine einzelne Träne rollte von ihrer Wange. Sie wand sich vom Spiegel ab, um einigermaßen die Fassung zu wahren. Violett atmete tief durch und konnte glücklicherweise die weiteren Tränen zurückhalten. Sie müsste sich ablenken, stillschweigend erdulden, wie diese Frauen wie Glühwürmchen um sie herumschwärmten und Nadeln im Kleid befestigten.

Sie schaute zum Fenster. Ihr Atem stockte schlagartig. Es waren viele Menschen draußen unterwegs, jedoch nur diese *eine* Person brachte sie dermaßen aus der Selbstbeherrschung. Thaisen. Thaisen. Thaisen aus Estropus.

In ihrem Innersten hörte sie ihre eigenen Sätze im Echo: *Weise mir den Pfad, den ich beschreiten soll. Ich bitte dich, nein, ich flehe dich an, gib mir einen Hinweis! Was soll ich tun?*

Sie zögerte keinen Augenblick länger, ergriff ihre Chance, sprang vom Podest herunter, auf dem sie wie ein Zirkusäffchen sich hatte drehen müssen und rannte stürmisch aus dem Geschäft.

„THAISEN!", schrie sie in die Menge hinein. Und er hörte erschüttert diese eine Stimme sofort heraus und löste sich vom Gleichschritt mit seinen Brüdern. Konnte es wirklich Violett sein? Er hatte sie doch aufgegeben, so versprach er es Fin! Zudem pulsierte Blut in ihren Adern, was sie folglich unerreichbar werden ließ.

Thaisen erstarrte. Dort drüben stand die Frau, die er zu vergessen bemüht war, im zitronengelben Brautkleid.

„Bruder, was ist denn?", hielt Fin an, der zusammen mit Raise Violetts Ruf im Trubel überhört hatte. Thaisen lief ihr mit bleiernen Beinen entgegen und sie schwebte ihm regelrecht in die Arme.

Sie hauchte sehnsüchtig seinen Namen und sah selig zu ihm auf. Er war etwa eineinhalb Köpfe größer als Violett. Freudentränen liefen ihr über das zarte Gesicht, welches er voller Sanftheit berührte.

Die Zeit drängte sie. Ihr Vater würde in wenigen Sekunden nahen. So offenbarte sie ihm: „Willst du mich zu deiner Frau, lass es gleich geschehen! Nimm mich mit dir!"

Er entdeckte sein Spiegelbild in ihren feuchten Augen. Ihre Finger krallten sich hoffnungsvoll in seine Oberarme. Aus ihrem Antlitz las er, dass für sie in diesem Moment alles auf dem Spiel stand – Erlösung oder Verdammnis.

Ihre Stimme klang von Satz zu Satz verletzlicher: „Willst du mich?" Sie spürte an der Art, wie sich seine Muskeln anspannten, dass er innerlich gegen einen Drang ankämpfte. Das verstand sie nicht. „Thaisen, warum sagst du nichts?" Sie schluchzte. Wortlos stierte er sie an. „Thaisen!"

Fin hatte sich neben seinem ältesten Bruder postiert. Raise wollte ihn ein Stück zur Seite ziehen. Fin wehrte sich und er hatte erstaunlicherweise tatsächlich genügend Geschick, sich von Raise zu befreien.

„Bruder, sag es ihr! Sag ihr, dass sie gehen soll!", forderte Fin eindringlich. Violetts verzweifelter Blick richtete sich nun auf den Blondschopf. Ein Meer von Tränen floss, derweil sie leicht ihr Haupt schüttelte und murmelte: „Nein. Bitte nicht!"

Ihr Griff verstärkte sich an Thaisens Oberarmen. „Thaisen, lass mich nicht allein! Ich kann mich nicht so sehr in dir getäuscht haben! Thaisen, bitte, sprich!" Sie beschwor ihn mit einer Intensität ähnlich einer Mutter, die um das Leben ihres Kindes bettelte.

Er schloss kurz seine Lider, um sich zu besinnen. „Violett", seine Tonlage war die eines Fremden, „ich kann nicht dein Mann werden. Niemals. Du musst mich aus deinen Erinnerungen tilgen."

Sie jammerte, klammerte sich an ihn. „Thaisen, bitte nicht!"

„Ich bin nicht der Richtige für dich. Es tut mir leid."

„Ist es wegen dem Stand? Das ist mir egal! Ich wollte nie einen reichen Mann."

„Nein. Darum geht es nicht."

„Worum geht es dann?!"

Er löste ihre Hände von sich und hielt sie an den Handgelenken fest, damit sie nicht sofort erneut ihre Arme um ihn legen konnte. „Ich bin anders als du. Das zwischen uns war nur eine Illusion, eine, die jetzt ihr Ende nimmt."

„Thaisen, das kannst du nicht tun. Du hast das Gleiche gespürt wie ich! Das weiß ich!"

„Ich wünsche dir alles Gute, Violett."

Fin nickte zustimmend. Das war seiner Meinung nach die beste und im Grunde einzige Entscheidung. Was er, im Gegensatz zu Raise, nicht wahrnehmen wollte, war Thaisens Zittern, als er Violett von sich schob.

Die zwei Mägde packten die junge Frau und zerrten sie rückwärts in Richtung des Ladens.

„THAISEN!", schrie Violett und versuchte, sich wie ein Beutetier aus der Umklammerung einer Würgeschlange zu erretten.

Seine Worte trug der Wind zu ihr, denn lauter vermochte er sie nicht auszusprechen: „Lebe wohl."

„THAISEN!"

Kapitel 6

Das kleine Dorf am Moor

Diese Nacht verbrachte Thaisen weit ab von seinen Brüdern. Als Rabe flog er ziellos über die Lande und krähte sich den Schmerz heraus.

Raise hockte schweigend auf dem dicken Ast einer Birke. Fin suchte ein paar Meter unter ihm den Boden nach Futter ab. *Die Maus ist weg, die kriegst du nicht mehr,* probierte Raise ihm begreiflich zu machen. Fin hüpfte um das kleine Loch, in dem sie verschwunden war.

Irgendwann kommt sie wieder raus, äußerte Fin zuversichtlich.

Dann sind wir schon weitergezogen.

Wir müssen ohnehin auf Thaisen warten, entgegnete der Jüngste.

Er wird nicht kommen.

Fin verlor auf Anhieb das Interesse an der Maus. *Wie meinst du das? Warum sollte er nicht kommen?*

Raise murmelte: *Das verstehst du nicht, kleiner Bruder.*

Erkläre es mir!

Fin flog zu Raise hoch und ließ sich neben ihm nieder. *Na los!* Der Zweitgeborene blieb stumm, woraufhin Fin ihn mit dem Schnabel anstupste. *Raise, lass bitte nicht zu, dass unsere Familie auseinanderbricht. Wir gehören zusammen! Thaisen braucht uns und wir brauchen ihn. Also erkläre es mir!*

Fin, Liebe schweißt zusammen und trennt. Liebe kann heilsam sein, aber auch zutiefst qualvoll.

Fin konnte dies nicht wirklich nachvollziehen. Das hatte sich Raise bereits gedacht. Er wusste, dass es in Fins Welt nur seine Familie gab ohne zusätzliche Plätze – egal für wen. In Fins überschaubarem Reich existierten bloß die Mutter und seine Brüder.

Wir sind für ihn da!

Ja, aber manchmal ... Raise unterbrach seinen Satz. Würde er ihn vollenden mit den Worten „ist das nicht genug", könnte Fins zarte Welt zerbrechen und das war in der Tat alles, was dieser jemals hatte und wollte! Würde er ihm dies nehmen, was würde dann übrig bleiben?

Was manchmal?, hakte Fin nach.

Wichtiger, als Fin die kalte Wahrheit über Liebe und Leben vor Augen zu führen, war es für Raise, ihn zu beschützen. Denn er liebte ihn von Herzen – mit all seiner kindlichen Einfalt und der bemerkenswerten Loyalität gegenüber seiner Familie. Und so sprach er: *Manchmal braucht man einfach Zeit für sich.*

Diese Antwort gab Fin inneren Frieden. Sie verhieß ihm, dass Thaisen zurückkehren würde und sie wieder zusammen wären.

Thaisen wird bei der nächsten Stadt auf uns warten, rupfte sich Raise die weiße Feder aus seinem schwarzen Gefieder. Fin tat es ihm nach. Zwei Listen schwebten vor ihnen mit jeweils drei neuen Namen und einem Ort, Moras.

Raise berichtete: *Moras liegt ganz in der Nähe, direkt zwischen dem Wald Achat und der Stadt Saphir.*

Moras …, grübelte Fin. *Die Bezeichnung kenne ich.*

Vater ist dort geboren. Er hat allerdings kaum etwas darüber erzählt.

Rupert hätte Raise für diese Formulierung sofort verprügelt. Rupert hasste es, wenn Raise *seinen* Vater als Vater bezeichnete. Raise war schließlich ein Bastard, abstammend von einem elendigen Hund. Sollte er diesen doch Vater nennen! Für Fin gab es keinen Unterschied. Sein Vater war auch Raises Vater.

Und wenn er in Moras lebt?, lief Fin ein Schauder über den Rücken. Sie hatten nie erfahren, was aus Vater geworden war. Würden sie ihn vielleicht wiederfinden?

Raise schüttelte sein Köpfchen. *Der Tod hatte gesagt, dass wir auf unseren Reisen niemandem begegnen werden, der uns zu kennen vermag.*

Fins Hoffnung schwand. Raise hatte recht.

Es raschelte im Nachbarbaum. *Der komische Vogel da drüben hört nicht auf, uns zu beluchsen. Der ist mir unheimlich!* Unauffällig lugte Fin zum gefiederten Tier hinüber.

Der hockt steif auf dem Ast, seitdem wir gelandet sind. Womöglich freut er sich, Artgenossen um sich zu haben, vermutete Raise.

Mutter lehrte uns, es sei unhöflich, zu gaffen.

Das ist ein Tier. Lass es tun, was es möchte. Es stört uns nicht.

Fin plusterte sich auf und rückte näher an Raise heran. Dieser breitete seinen Flügel aus und hüllte den Jüngsten wie in einen Mantel ein. Daraufhin krächzte der fremde Rabe lautstark – seine erste Reaktion seit Langem. Er flatterte wild mit den Flügeln und wurde immer lärmender, als würde er sich über etwas pikieren.

Raise befürchtete einen Warnruf hinter dem ganzen Tamtam. Alarmiert lauerte er. Fin hielt den Vogel schlichtweg für irrsinnig. Dass Raise sich in halber Gefechtsstellung befand, wühlte eine besorgniserregende Unruhe in ihm auf.

Der Rabe sprang vom Ast und segelte im Gleitflug zu den beiden hinüber. Raise und Fin mussten jeweils hastig zur Seite hüpfen, um von ihm nicht getroffen und vom Geäst heruntergestoßen zu werden. Er glitt durch die Gasse, die sich zwischen den Brüdern aufgetan hatte, wendete und kam erneut angesaust.

Der ist vollkommen verrückt!, schimpfte Raise und befahl Fin in Deckung zu gehen. Der Zweitgeborene erkannte rasch, dass der unverständliche Zorn des Vogels auf Fin gerichtet war. Bevor dieser zum erfolgreichen Zuge käme, rammte Raise den Raben mit immenser Wucht, woraufhin er zu Boden klatschte.

Bleib oben, Fin! Ich kläre das hier unten. So, Freundchen, was sollte das eben? Bist du bei Sinnen? Wärst du ein Mensch, würde ich behaupten, du hast zu viel gebechert. Raise wusste, dass der Vogel ihn nicht verstehen konnte. Trotzdem sie Raben waren, blieb die Sprache der Tiere ihnen unzugänglich.

Der Fremde kam torkelnd auf die Füße. Sobald er halbwegs über einen sicheren Stand verfügte, glotze er Raise an, wie zuvor vom Baum aus.

Möchtest du mir etwas mitteilen?

Der Vogel stieß mit seinem Schnabel sachte gegen den von Raise. Was sollte er davon halten?

Hast du Hunger?

Der Fremde hüpfte dichter heran und kuschelte sich überraschend an Raise.

Oh je, du bist kein Männchen, oder? Fin, wir sollten schleunigst das Weite suchen! Die Dame wird zu aufdringlich.

Der Rabe folgte ihnen ein ganzes Stück, bis er endlich aufgab und die beiden Brüder erleichtert entkommen waren.

Moras war ein kleines Dorf, das zum herrlichen Land Xander der jungen Königin Victri gehörte. Leider war es alles andere als schön oder prunkvoll. Moras war einer der wenigen Schandflecke, wie es die Herrscherin selbst bezeichnete, welchen sie umgehend von der Landkarte entfernt haben wollte. Es sollte ganz und gar verschwinden, ebenso wie das Moor, von dem es seinen Namen in der alten Sprache erhalten hatte.

Thaisen lungerte am Rande des Dorfes herum. Fin legte einen Endspurt ein, um vor Raise den Ältesten zu erreichen.

Da sind wir, Bruder! Stell dir vor, Raise hat Bekanntschaft mit einer Rabenfrau gemacht, freute sich Fin.

Thaisen nickte missgelaunt. Raise landete neben ihnen. Ein kurzer Blick zu Thaisen genügte und er entschied: *Fin, würdest du ein paar Mäuse zur Stärkung für uns suchen, bevor die Arbeit beginnt?*

Fin erwiderte stolz: *Sehr gern!* Er machte sich umgehend ans Werk.

Als Fin einige Meter entfernt wie ein junges Reh über den Acker hopste, fragte Thaisen: *Was soll das werden, Raise? Warum schickst du ihn fort?*

Ich denke, wir sollten mal reden, Bruder.

Worüber?

Raise schmunzelte über diese Bemerkung. Er selbst hätte wahrscheinlich keine andere Antwort gegeben.

Über das Mädchen. Wie heißt es?

Das ist erledigt.

Oh, ein ungewöhnlicher Name!

Hör auf, Raise! Stocher nicht in Sachen, die dich nichts angehen!

Raise atmete tief durch. *Weißt du Thaisen, mein Leben lang kenne ich dich als pflichtbewussten, fürsorglichen Bruder. Du warst der Vater, der der Familie gefehlt hatte und ich habe versucht, dich zu unterstützen oder gar dir diese Rolle abzunehmen.*

Thaisen wandte ihm den Rücken zu, signalisierte damit, dass dieses Gespräch für ihn beendet war. Aber Raise wusste genau, Thaisen lauschte seiner Stimme.

Es hat sich einiges verändert, Thaisen. Du brauchst weder für mich, noch für Fin ein Vater zu sein. Sei einfach du selbst! Sei unser Bruder – nicht mehr und nicht weniger. Und als solcher ist es völlig in Ordnung, nicht immer stark und beherrscht zu sein. Wer kann das schon? Also Bruder, verbirg nicht deine Traurigkeit vor mir oder benutze Abweisung dafür!

Die ersten Sonnenstrahlen traten hervor. Die drei schwarzen Rabenkörper schimmerten silbrig und formten sich zu denen von Menschen.

Thaisen hatte Raise noch immer seinen Rücken zugewandt. Er wischte sich eine verlorene Träne mit dem Handrücken fort und drehte sich mit geröteten Augen zu seinem Bruder.

„Violett. Das ist ihr Name", reichte er Raise von Rührung übermannt die Hand. Dieser nahm die Geste an.

„Danke, Raise."

Fin rief mit vollem Mund aus einiger Entfernung: „Isch hobe se!" Dabei schwenkte er drei Mäuse an den Schwänzen präsentierend durch die Luft und rannte begeistert zu seinen Brüdern. Er schluckte seinen restlichen Happen herunter und reichte ihnen zufrieden die Beute.

Raise nahm ihm eines der Mäuschen ab, das vor seinem Gesicht zappelte. „Als Rabe fand ich sie appetitlicher", verzog er leicht angeekelt die Miene. Thaisen sah ihn verdutzt an und lachte herzhaft los, bevor er sich genüsslich eines der Mäuschen in den Rachen schob.

Das Dorf Moras wurde von einem unangenehmen Geruch aus Morast und abgestandenem Wasser belagert. Er war allgegenwärtig, kroch durch jede kleinste Ritze und fraß sich in jedes Haus. Der Gestank, der vom nahen Moor herüber wehte, klebte an den Bewohnern des Dorfes wie Fliegen am frischen Scheißhaufen.

Fin rümpfte angewidert seine Nase. Er war zwar vieles gewöhnt, wenn er an die unbeliebten Ecken von Estropus zurückdachte, aber dieser permanente Gestank war wirklich eine abscheuliche Krönung. „Kein Wunder, dass Vater diesem Ort entfloh und nach Estropus zog. Wie kann man denn hier leben?", hielt er sich empört die Nase mit Daumen und Zeigefinger zu.

Thaisen atmete vorrangig durch den Mund. So gelang es ihm, dem Geruch ziemlich selbstsicher entgegenzutreten. Raise lief schon grün vor Übelkeit an und übergab sich.

„Das Frühstück ist wieder draußen", berichtete er nach Minuten des Rückzugs seinen Brüdern.

Thaisen scherzte: „Vielleicht lag dir die Maus im Bauch quer."

Raise warf ihm einen bitterbösen Blick zu und kommentierte: „Dir geht's wieder gut, hmm?!"

„Eure Nasen werden sich demnächst an den Duft gewöhnt haben", versicherte Thaisen den beiden. Seine Augen durchkämmten aufmerksam die Umgebung. „Hier wohnen maximal vierzig Leute. Wir dürften heute schnell fertig sein."

Fin antwortete: „An diesem Ort möchte ich ungern länger verweilen."

Raise schloss sich der Meinung des Jüngsten an: „Bringen wir es hinter uns!"

Eine alte Frau saß vor einer der Hütten in einem Schaukelstuhl. Ein Kopftuch bedeckte ihr ergrautes, lichtes Haar. Der verschlissene Rock und die vergilbte Bluse zeugten von einem mehrjährigen Dasein. Mit den Holzpantoletten stieß sie sich sacht ab, damit der Stuhl knarzend hin und her wippte.

Zu ihren Füßen hatten sich etliche Kinder niedergelassen. Sie lauschten gespannt den Geschichten der Alten. Einige der älteren Kinder hatten sogar ihre Arbeiten mitgebracht, um dabei sein zu dürfen. Sie flochten Körbe oder flickten Kleidung.

„Wie geht es weiter, Großmutter?", fragte ein Junge mit zitternder Stimme. Die Kinderaugen waren allesamt auf sie gerichtet. Begierig wartete die Schar auf ihre Erzählung, kein Wort sollte verpasst werden.

Ein Lächeln huschte über ihre spröden Lippen. Sie mochte es sehr, wenn die Kinder sie Großmutter nannten – trotzdem sie eigentlich nur eine Enkelin hatte. Sie liebte es, wenn sie die kleine Meute mit den Geschichten in ihren Bann ziehen konnte.

Fin stellte sich dazu. Die Alte fuhr mit schauriger Betonung fort: „Dann stieg das Monster aus dem Moor empor. Es war riesig und über und über mit Schlamm besudelt. Seine Krallen waren so lang wie eure Finger." Sie fixierte den Jungen vor sich mit riesigen Augen und holte einer Raubkatze gleich mit ihrer Hand aus, um ihn zu packen. „RRR!!", stieß sie den unheilvollen Laut eines Tieres aus und bescherte ihm und den anderen einen willkommenen Schrecken.

Die Frau ließ sich wieder entspannt in den Stuhl sinken und betrachtete eine Weile in Stille den Zug der Wolken.

Zögerlich drang ein Stimmchen zu ihr: „Was geschah danach, Großmutter?"

Ruckartig richtete sie sich mit dem Oberkörper nach vorn, wäre dabei fast aus dem Stuhl gefallen und sagte mit bebendem Ton: „Angst und Panik breitete sich unter den Bauern aus. Sie griffen zu ihren Waffen und wollten das Ungetüm angreifen. Da passierte das Unfassbare."

„Die Fee!", rief ein kleines Mädchen impulsiv und voller Vorfreude.

„Pst!", zischten die anderen, „Verrate nicht schon alles!"

Die Kleine schaute fragend in die Runde: „Ihr kennt das Ende!"

Die Großmutter kicherte und nach ein paar Sekunden lachten die meisten ihrer jungen Zuhörer mit. Oh ja, diese Geschichte hatten sie bestimmt schon hundertmal gehört und dennoch war sie fesselnd.

Großmutter vervollständigte ihr Märchen mit lieblichem Klang: „Das Monster verwandelte sich in eine wunderschöne Fee – die Beschützerin dieses Moores, der Natur und die Schwester der Göttin Samue. Sie sei die, die für das Gleichgewicht der vergessenen Gebiete sorgte. Und all die erstaunten, zuvor kampfbereiten Menschen sollten sie von nun an bewahren, damit sich dieses besondere Geschöpf auf seine Aufgabe konzentrieren konnte. Seitdem ist uns das Moor heilig. Seitdem geben wir darauf acht und es auf uns. Kein Leid ist seither vonseiten der Natur über uns gekommen. Unwetter haben andere Dörfer vernichtet. Moras ist stets verschont geblieben für seine Treue."

„Hast du die Fee gesehen, Großmutter?", erkundigte sich das kleine Mädchen und hielt ihr Püppchen aus Stroh mit den großen Knopfaugen sowie einem Kleid aus verschiedenen Stoffresten fest an sich gedrückt.

„Ja, mein Engel. Es war ein magischer Abend. Sie hat im Moor gebadet und war umgeben von zigtausenden, klitzekleinen Sternen, die ihr Licht spendeten."

„Oooh", klang es erstaunt und bewundernd durch die Reihen der Kinder.

Thaisen stieß Fin unerwartet leicht von hinten an, der sich dadurch dermaßen erschreckte, dass er mit einem mädchenhaften Schrei zusammenzuckte. „Bruder, schleich dich nicht an! Es wurde gerade eine Gruselgeschichte erzählt!"

Thaisen klopfte ihm aufheiternd auf die Schulter: „Früher hatte Raise das ständig bei mir gemacht!"

„Ich hoffe, ihr sprecht nett über mich", hatte Raise seinen Namen gehört und steuerte gelassen auf seine Brüder zu. „Zwei der Namen auf meiner Liste sind bereits abgearbeitet", ließ er vorbildlich verlauten. „Ihr seid fertig oder macht schon wieder Pause?" Er grinste die beiden an.

Die Kindermeute löste sich nach und nach auf. Während Fin und Thaisen die Stirn verschiedener Dorfbewohner berührten, in der Zuversicht, die Flamme samt dem Schriftstück und der Feder vor sich zu erspähen, beobachtete Raise zufällig, wie ein etwa zwölfjähriges Mädchen aus der Hütte stampfte, vor dem der Schaukelstuhl knarrte. „Besser geht das nicht", murrte es entmutigt und zeigte der Großmutter seine gelockten Haare. Die Greisin begutachtete diese, als würde es sich um den Kauf einer Perücke handeln. Sie wühlte ihrer Enkelin durch die dunkelroten, teilweise schwarzen Haarsträhnen und bewertete: „Nein, Meredith. Es *muss* besser gehen. Sie müssen ganz schwarz sein."

Griesgrämig reagierte sie störrisch: „Ich mag kein Schwarz!"

Großmutter zog Meredith mit blanker Ernsthaftigkeit an einer Strähne direkt vor ihr Antlitz. „Du weißt, was im Osten passiert ist. Es sind vor allem die rothaarigen Mädchen, deren Leichen aufgefunden werden."

Raise, der im Vorbeigehen war, hielt unvermittelt inne. Entsetzt, nahezu furchtvoll sah er auf die Alte hinab, die das Gesicht ihrer Enkelin wie eine unendliche Kostbarkeit in ihren faltigen Händen hielt.

Leichtfertig plapperte Meredith: „Das ist viel zu weit weg. Die haben den, bevor er überhaupt einen Fuß auf Xander setzen kann." Sie wollte den stechenden Augen ihrer Großmutter ausweichen.

Diese packte stattdessen fester zu, um die Gefahr der möglicherweise bevorstehenden Situation noch einmal zu untermalen: „Dessen kann man sich nie sicher sein! Er schlitzt die Kinder auf und weiß Gott, in welcher schändlichen Art und Weise er sich noch an ihnen vergeht. Ich will dich nicht verlieren!"

„Aua", wand sich Meredith unter dem Griff ihrer Großmutter, „Hab's verstanden." Bei diesen Worten gab die Alte die Junge frei. Meredith trampelte zornig zurück ins Haus. In einer aufwendigen Prozedur, die sie unzählige Male mit mehreren Tinkturen wiederholen müsste, würde ihre wilde, einst feuerrote Mähne hoffentlich schleunigst pechschwarz werden. Erst wenn Großmutter zufriedengestellt war, könnte sie ihre Ruhe vor dieser befehlshaberischen Frau genießen. Meredith liebte nichtsdestotrotz ihre Oma, deren besessene Hartnäckigkeit sie einfach fuchsteufelswild werden ließ.

„Du weißt mehr, als du preisgibst", wisperte Raise und hockte sich vor die Greisin. Zu dumm, dass er sie jetzt nicht fragen konnte! Und nachher, wenn die Sonne am Horizont entschwand und er fleischlich wäre, würde sie ihm, einem Fremden, ihre Vorahnungen gewiss nicht offenbaren.

Raise fiel ein, dass seine Arbeit unvollendet war. Er wollte die verbleibende Zeit eigentlich komplett in der Nähe der Alten verbringen, um wertvolle Auskünfte durch sie zu erhalten. Ungeduldig guckte Raise sich um. Wo sollte er seine Suche am geeignetsten fortführen? Viele Möglichkeiten gab es in diesem winzigen Dorf nicht. Er wollte eilig weiterschreiten, eine Idee kam ihm jäh zuvor. Vielleicht war er dem Ziel näher als gedacht. Entschlossen tippte Raise die Stirn der alten Frau an. Zu seiner Überraschung enthüllten sich in der Tat das Pergament und die

Schreibfeder. Ein letzter Name stand zur Beurteilung an, Hilde Geradine. Die Flamme schoss mit rötlicher Intensität hervor. Erleichtert strich er ihren Namen von dem Schriftstück. Es wäre ein Jammer gewesen, solch einen Menschen, der für alle Einwohner und im Augenblick auch für Raise eine Wichtigkeit besaß, vom Leben zu entbinden.

Thaisen und Fin, die ihre Listen sorgfältig beendet hatten, kamen zu ihm. Der älteste Bruder verdeutlichte: „Der niedrige Sonnenstand verkündet die baldige Verwandlung. Wir sollten das Dorf sicherheitshalber verlassen. Hier sind sehr wenige Menschen, sodass wir sofort auffallen und sie sich zweifelsohne wundern würden, uns unvermutet in ihrer Mitte vorzufinden."

Fin stimmte zu. Raise allerdings lehnte ab und erklärte: „Ich muss sie etwas fragen." Er nickte in die Richtung der Großmutter, die sich sinnend im Stuhl wog. „Geht ihr! Ich warte auf euch. Ich *muss* bei ihr bleiben." Er müsste es wenigstens probieren, auf seine Fragen, die er ihr unbedingt stellen wollte, befriedigende Antworten zu erhalten.

Bevor Fin nachhaken konnte, worum es ging, schob Thaisen ihn wortlos mit sich aus dem Dorf heraus. Zwei Minuten später waren sie sichtbar.

„Guten Abend, hübsche Frau", begrüßte Raise keck die Greisin. Mit einer kurzen Bestürzung fuhr die Alte aus ihrer Gelassenheit auf. Ihre Augen verengten sich zu Schlitzen, die ihn innerhalb weniger Sekunden exakt musterten und abschätzten – Letzteres schien ihn als ungefährlich einzustufen, weil sie sich wieder untätig an die Rückenlehne drückte.

„Was willst du, Fremder? Wo kommst du plötzlich her?", schaukelte sie vor und zurück, behielt ihn genauestens im Sichtfeld.

„Es dauert zu lange, alles zu erläutern. Ihr seid eine kluge Frau und ich benötige weisen Rat."

Sie schmunzelte und deutete mit dem Daumen hinter sich, ohne überhaupt dorthin gesehen zu haben: „Gehören die zu dir?"

Thaisen und Fin kehrten soeben zurück. Raise nickte. „Das sind meine Brüder."

„Ihr seid nicht aus der Gegend."

„Wir sind von nirgendwo. Wir haben kein Zuhause mehr."

„Was führt euch nach Moras?"

„Wir sind auf der Spur von −" Raise brach seinen Satz verwundert ab. Großmutters Miene hatte sich schlagartig verändert, nachdem Fin an die Seite seines Bruders trat. Sie erhob sich wacklig und torkelte ähnlich einem Betrunkenen auf den Jüngsten zu. Dem war es grausig, weil sie ihre knöchrigen Finger nach ihm ausstreckte. Fin verließ sich darauf, dass Thaisen und Raise ihn notfalls behüteten.

„Das ist unmöglich ...", stammelte sie und betrachtete ihn, als hätte sie gar einen Toten vor sich, dem der Atem des Lebens geschenkt worden war. Sie murmelte verblüfft: „Du siehst aus ..." Sie kam ihm mit ihrer Nasenspitze so nah, dass sie die seinige streifte. „Du siehst aus wie ..."

Raise stutze ebenso wie Thaisen über das seltsame Verhalten der Großmutter und erkundigte sich: „Wie sieht er aus?"

„Wie mein Sohn", platzte es aus ihr heraus. „Das ist eine Ewigkeit her. Du bist ihm wie aus dem Gesicht geschnitten. Als wäre er es, der vor mir steht. Nur der Rotschopf fehlt."

Fin schluckte. Sein Herz schlug ihm bis zum Hals. „Heißt ... Heißt Euer Sohn zufällig Peta Cautlet?" Die Alte starrte ihn mit offenem Mund fassungslos an.

„Wer seid ihr?", stieß sie mit gequälter Stimme aus, als würde ihr die Luft aus dem gesamten Brustkorb gepresst werden. Ein wundes Thema, das viele klaffende Wunden in ihrer Seele hinterlassen hatte.

Bevor sich ein ausführliches Gespräch entwickeln konnte, wurde unvermutet die laute Glocke von einem Hochturm, am Rande des Dorfes, angeschlagen. Ein warnender Ruf von dort oben ertönte: „Die Soldaten der Königin!!!"

Sofort brach Hektik aus. Jede Tätigkeit wurde prompt unterbrochen.

Die Bäuerinnen hatten in mehreren Körben sorgfältig verschiedene Kräuter sortiert, um diese später zu trocknen oder weiterzuverarbeiten. Die gepflegte Ordnung verlor an Tragweite. Achtlos wurden die Körbe in der Hektik umgestoßen. Die Frauen rannten zu ihren Häusern und trieben die naiven Kinder, die nach Abenteuer strebten, zurück in die vier Wände. Drinnen drängten sich die Kleinen an den Fenstern, damit sie nichts Spannendes verpassten.

Die Fliegen erfreuten sich daran, dass die Männer des Dorfes die vor Blut triefenden Tiere, welche sie soeben noch ausgenommen hatten, einfach liegen ließen.

Eine Kuh sollte gebrandmarkt werden. Das Eisen war erhitzt. All dies hatte jetzt keine Bedeutung mehr. Die Männer sammelten sich mit Heugabeln und Äxten bewaffnet auf dem Vorplatz.

Meredith stürmte mit schwarz gefärbten Händen, nassen Haaren und kohlefarbenen Streifen auf den Wangen aus der Hütte. „Großmutter, mir ist bange!"

„Scher dich sofort ins Haus! Und wage es nicht, dies zu verlassen!"

Meredith drehte sich bei der Schärfe dieser Drohung, vergleichbar mit einer aufgebrachten Henne, die im Falle eines Widerspruches hart zupicken würde, postwendend um und rannte wieder rein.

„Was geschieht hier?", rückte Fin ängstlich näher an Raise heran.

Vorsorglich murmelte der Jüngste: „Lasst uns bitte verschwinden."

„Dafür ist es zu spät. Wir kommen nicht mehr raus."

Thaisen beobachtete die Männer am Eingang des Dorfes und sprach seinen Gedanken aus: „Warum bewaffnen sie sich gegen die Soldaten ihres eigenen Landes?"

Großmutter drehte ihren Stuhl in die Richtung der Männer. „Das werdet ihr im Nu sehen, Fremde. Ihr hättet nicht herkommen sollen." Sie positionierte sich im Schaukelstuhl. Bei jedem Wippen quietschte dieser, bis er für einen Moment das einzige Geräusch war. Raise bemerkte, dass ihre Fingernägel sich verkrampft in die hölzernen Armlehnen krallten. Sie war nervös, obwohl sie auf den ersten Blick gefasst wirkte. Die Alte gab ihnen einen wichtigen Hinweis: „Was ihr auch tut, verhaltet euch ruhig und mischt euch bloß nicht in unsere Angelegenheiten ein!"

Vorsichtshalber schob Raise seinen kleinen Bruder instinktiv hinter den Rücken. Thaisen stellte sich neben den Zweitgeborenen, sodass Fin nahezu gänzlich von seinen Brüdern verdeckt wurde.

Seitlich lugte Fin hervor, denn die Neugier war größer als die Angst, nicht zu wissen, was geschah.

Das nahende Hufgetrappel war inzwischen hörbar. Sechs Rappen und ein Schimmel fielen mit ihren Reitern im Dorf ein. An ihren Gesichtern, die stetig bleicher und grünlicher wurden, konnte man ablesen, dass der üble Geruch ihnen extrem schwer zusetzte. Einer erbrach über der Mähne seines Pferdes und besudelte dabei seine blank polierte Rüstung.

„Reiß dich zusammen!", schrie der Kommandant ihn an – ein kahlköpfiger Mann mit dicken Wangen. Seine Rüstung, ohne einen einzigen Kratzer, erstrahlte glanzvoll im sanften Dämmerlicht. Sein grimmiger Ausdruck war unpassend in Bezug auf die Eleganz, die Königin Victri anscheinend versuchte mit den liebevoll verzierten Brustpanzern, ausgeschmückt mit Ornamenten, ihrer Soldaten darzustellen.

Der Kommandant brüllte über die beschauliche Menschenansammlung vor sich: „Wie habt ihr euch entschieden, elendes, verdrecktes Pack?"

Die Bauern hielten die Pferde mit den Heugabeln auf Abstand. „Wir bleiben!"

Die Miene des Befehlshabers verfinsterte sich zunehmend. „Ihr seid eine Schande für das Königreich! Königin Victri hat euch Zeit gewährt, um freiwillig das Feld zu räumen. Ihr habt ihre Geduld strapaziert und euer Urteil gefällt."

„Haut ab!", drang es aus den Reihen der Bewohner.

Der Kommandant nahm seinen prunkvollen Helm ab, spuckte verächtlich aus und verkündete boshaft: „Noch einmal komme ich wieder und das wird euer Untergang sein." Er nahm die Zügel seines Rappen auf, um sich abzuwenden.

Ein Junge kletterte unbemerkt auf das Dach seines Elternhauses. Dieser wisperte vor sich hin: „Dafür, dass du uns vertreiben willst …" Der Junge spannte seine Steinschleuder und ließ dem Geschoss freien Lauf. Der Stein traf zielgenau den Kommandanten am Kopf. Eine beängstigende Stille kehrte ein.

Der Anführer stierte auf seine blutverschmierte Hand, die er zuvor schmerzvoll an sein Haupt gehalten hatte. Sein hasserfüllter Blick richtete sich auf das Kind, das die Konsequenzen dieser Tat nicht hatte abschätzen können.

„Dich werde ich höchstpersönlich im Moor ertränken", kochte der Kommandant vor Wut – gleich einer Bestie, die durch ein harmloses Insekt gestochen worden war. Er schwang sich aus dem massiven Sattel. Der Staub der Erde wurde aufgewühlt, als seine Füße unter dem schweren Gewicht der Rüstung den Boden erreichten. Den kostbaren Helm ließ er einfach fallen.

Die fünf Soldaten stiegen infolgedessen von ihren Pferden ab. Unaufgefordert bezogen sie in zweiter Reihe Stellung. Der Stahl ihrer Schwerter klirrte, als sie diese nach dem entscheidenden Satz des Kommandanten zogen: „Ich will den Jungen!"

Die Großmutter schrie aus voller Kehle panisch zum Kind hinauf: „Lauf! Um Gottes willen, lauf, Hannes! LAUF!" Aber Hannes war starr vor Schreck. Weit aufgerissene Kinderaugen sahen mit an, wie die stählernen Klingen sich durch menschliches Fleisch einen Weg bahnten. Ein abgeschlagener Arm sackte auf den Grund, kurz darauf der restliche Leib des Bauern. Die Erde wurde rot besudelt.

Raise packte geistesgegenwärtig die Alte grob am Oberarm, die eigentlich an ihm vorbeieilen wollte, um Hannes in Sicherheit zu bringen. Sein zweiter, fesselnder Griff galt Fin. Thaisen, so hoffte er, würde ihm anstandslos folgen.

„Lass mich los! Du hast keine Ahnung!", keifte die Großmutter Raise von der Seite an und schlug wüst auf seine Hand, um sich von ihm zu befreien. Dieser blieb unbeeindruckt, ignorierte ihre Proteste und Beschimpfungen. Er schob Fin vor sich, ließ ihn los und öffnete die Tür zum Haus, in dem Meredith verschwunden war. Raise drückte Fin voran und die Alte, aufbrausender denn je, warf er regelrecht hinein. Dann wandte er sich knapp an Thaisen: „Niemand darf über diese Schwelle treten!"

„Was hast du vor?", fragte Thaisen ihn unruhig.

„Verriegel die Tür! Sorge dafür, dass Fin –" Nein, es benötigte keine weiteren Worte. Zumal Raise aus den Augenwinkeln heraus bemerkte, dass Meredith ihre Großmutter nicht länger beschwichtigen sowie halten konnte und diese gleich erneut nach draußen preschen würde, um Hannes zu retten, wie sie es für jedes *ihrer* Kinder tun würde. Raise nickte dem Ältesten tapfer zu und schlug die Tür mit der Gewissheit ran, dass Thaisen die Greisin daran hindern würde, zu flüchten.

„Bruder, nimm mich mit!", hatte er Fin noch rufen gehört. Das Gemetzel auf dem Vorplatz kam allmählich zum Ende. Raise zählte vier Soldaten, die vollkommen überlegen den Sieg für sich beanspruchten. Der Kommandant war nicht dabei. Sein Blick schwenkte hoch zum Dach. Das Kind war fort.

Raise rannte suchend um das Haus und entdeckte einen kleinen Pfad zwischen kniehohen Gräsern, der zum Moor führte. Die Grashalme richteten sich gemächlich auf. Jemand war den Weg unmittelbar zuvor gegangen oder gar um sein Leben gehetzt worden.

Raise stürmte den Pfad entlang. Eine verwundete, bewusstlose Frau lag wie ein weggeworfener Sack am Rande des Trampelweges. Er blieb zögernd wenige Sekunden bei ihr, horchte nach ihrem Herzschlag, doch entschied sich, innerlich im Konflikt, weiter zu rennen. Er war der Überzeugung, dass die Frau das gleiche Vorhaben gehabt hatte, welches er für sich bestimmte. Wenn er mit dieser Ansicht richtig lag, würde sie nicht wollen, dass er bei ihr Rast machte und der Junge dadurch sein Leben verwirken müsste.

Raise entdeckte Hannes, der vom Kommandanten in einen Tümpel gedrängt wurde. Das Kind hatte enorme Furcht vor dem Krieger. Lieber würde es rückwärts in das Moor seinem Tod entgegenstolpern, als mit der besudelten Schwertspitze des Monsters in Berührung zu geraten.

„Wer lacht nun am besten?", grinste der Kommandant gehässig und fuchtelte einschüchternd mit dem Schwert herum, woraufhin der schluchzende Hannes einen weiteren Schritt zurücksetzte. Der Schlamm stand ihm bereits bis zu den Knien. Er kannte das Moor genauestens, wie all die Bewohner des Dorfes. Nur wenige Schritte tiefer hinein und er würde nicht mehr herauskommen. Er würde versinken und elendig ersticken – wie Großvater, der einen Abend betrunken im Sumpf baden wollte. Seitdem war Großmutter allein. Nein, allein war sie nicht. Es gab noch Meredith und die Bewohner des Dorfes. Sie alle waren *eine* Familie.

Es gab keinen Fluchtweg für Hannes. Er konnte nicht ausweichen. Jeder Schritt zur Seite bedeutete das Verhängnis für ihn.

Endlich erreichte Raise kurzatmig die beiden. „Ihr wollt ein Kind töten?", keuchte er. Der Kommandant schaute über die Schulter. Der erste Blick verriet ihm, dass der Zweitgeborene unbewaffnet und demzufolge uninteressant war.

„Du darfst dabei sein", legte der Anführer präsentierend dar, als handle es sich um den letzten dramatischen Akt einer Aufführung. Er wandte Raise überheblich seinen breiten Rücken zu.

„Mich schickt der Tod", warnte dieser.

„Und mich der Teufel, Bübchen!", zog der Krieger Raises Äußerung ins Lächerliche.

Mit einem Mal winselte Hannes: „Es brennt ..." Rauch stieg auf, umschlungen von Flammen. Die Soldaten hatten das Dorf in Brand gesetzt – die Häuser, in denen die Menschen auf Rettung warteten. Mit purem Entsetzen erfuhr Raise, was die Szene des lodernden Feuers in ihm auslöste. Es waren qualvolle Erinnerungen, die sich wie eine sengende Hitze auf seine sich spürbar zerreißende, auflösende Haut legte. Ihm schoss ein viel furchtbarerer Gedanke in den Sinn: Fin! Fin war in einer der Hütten. In einer der Hütten, die in Flammen aufging.

Er wollte sich aufmachen, seinem Impuls folgen und seine Brüder befreien, da strauchelte eine kleine Gestalt an ihm vorbei, die die Unaufmerksamkeit beider Männer für sich genutzt hatte. Hannes.

Der Kommandeur legte einen großen Schritt ein und holte mit seinem Schwert aus, um den Jungen zu teilen. Da stoppte Raise in beeindruckender Schnelligkeit den Angriff, indem er mit all der ihm zur Verfügung stehenden Kraft den Arm des Anführers festhielt.

Ein entscheidender Fakt hatte sich im Vergleich zu früher geändert: Fin konnte nicht mehr sterben. Hannes schon. Zudem war Thaisen bei Fin. Raise glaubte daran, dass dieser den Jüngsten schützen würde. War Schutz überhaupt angebracht? Der Gevatter meinte, man könnte nicht zweimal sterben.

„Mach den Weg frei!", knurrte der Kommandant.

„Niemals."

Jene Einwohner, die dank Hintertüren und Fenstern dem heißen Schlund rechtzeitig entfliehen konnten, spurteten weinend und kreischend gen Moor. Die Soldaten folgten ihnen ohne Eile. Es gab bloß diesen Weg. Die Menschen hasteten panisch, manch einer würde es irrsinnig nennen, in eine Sackgasse.

Hannes stürzte sich Großmutter erlöst in die Arme.

„Ich habe Angst", jammerte er. Sie presste das Kind so fest an sich, dass es nach der Umarmung reichlich Luft schnappen musste.

„Bist du in Ordnung? Oder irgendwo verletzt? Ich passe auf dich auf! Keiner wird dich kriegen."

„Oh Großmutter, es ist alles meine Schuld!"

„Du bist an vielem Schuld, wenn ich an deine Streiche denke", maßregelte sie wohlwollend. „An diesem Streit allerdings warst du einzig das Körnchen im Wind, welches den Sturm herausfordernd anheizte. Eingeholt hätte der Zorn des Gewitters uns ohnehin."

„Raise!" Fin sichtete seinen Bruder im Zweikampf und bangte um ihn. Dieser war erleichtert, den Jüngsten in Sicherheit zu wissen.

Der Anführer nutzte seine Chance und trat dem Achtlosen wuchtig in den Bauch, der daraufhin zu Boden prallte. Fin riss sich von Thaisen energisch los und rannte Raise instinktiv zu Hilfe. Der wutentbrannte Kommandant richtete sein rasendes Augenmerk auf den zarten blonden Jungen, der aus reiner Liebe zu seinem Bruder eine bewahrende Stellung vor ihm bezog.

Ein Schwerthieb wurde ausgeführt und Fleisch durchbohrt. Doch es war nicht das von Fin. Raise hatte sich in Sekundenschnelle schmerzerfüllt aufgerappelt, vielmehr hochgequält, als er Fin in der gefährlichsten Position realisiert und diesen rüde zurückgerissen hatte, sodass die Klinge seinen eigenen Brustkorb durchstach.

Mit zittrigen Händen, unter Schock stehend, betrachtete Fin fassungslos die Schwertspitze, die aus dem Rücken seines Bruders ragte. „Raise?", heulte Fin mit versagender Stimme.

Raises Finger hatten sich in die Oberarme des Kommandanten gekrallt. Entgeistert, mit fahlem Gesicht und weit aufgerissenen Lidern, fixierte er diesen abscheulichen Mann. Raises Beine schlotterten und würden ihm gewiss jeden Moment den Dienst versagen.

Der Kommandant erwiderte berechnend den Ausdruck des Zweitgeborenen. Er lauerte gierig auf den allbekannten Zeitpunkt, an dem das Leben aus dem Körper seines Kontrahenten weichen würde. Der Blick des Sterbenden würde leer werden und dann wüsste der Anführer, er hätte erneut gesiegt. Er würde es genießen, wie er es jedes Mal tat.

Heute war es anders. Raises Blick wandelte sich – von Bestürzung in Unnachgiebigkeit. Dieses höchst seltene Mienenspiel war dem Kommandanten leider nicht fremd. Er hätte es jedoch niemals von einem, aus seiner Sicht, Bauerntrampel erwartet. Nur die mächtigsten Krieger, von denen er dreien bislang begegnen durfte, verfügten über dieses beeindruckende Merkmal – ein letztes Aufbäumen, um jene zu retten, die ihnen alles bedeuteten, bevor ihr Lebenslicht letztendlich erlosch. Sie schöpften ihre Kraft aus der Liebe, sei es zu einem oder mehreren Menschen oder für die Sache, an die sie glaubten. Dafür waren sie sogar bereit, sich zu opfern, auch wenn sie wie Löwen bis zum bitteren Ende kämpften.

Zur Verwunderung des Kommandanten allerdings sackte Raise nicht, wie üblich, tot zusammen, sondern grinste ihn plötzlich triumphal an. Er sah kurz zu Fin zurück, zwinkerte ihm keck zu und zog dann das Schwert aus seinem Brustkorb heraus. Nicht ein Tropfen Blut prangte an der Klinge. Die Wunde schloss sich innerhalb von Sekunden. Raise hielt die Waffe in der Hand, begutachtete sie und urteilte: „Einfache Kunst. Keine gute Verarbeitung. Würdet ihr Eisen verwenden, wäre das Schwert nicht so schwer und leichter zu führen."

Der Kommandant traute seinen Augen nicht, ebenso wie alle Anwesenden. „Das ist unmöglich! Du müsstest tot sein!"

Wie hatte Raise diesen tödlichen Stich ohne einen Kratzer überleben können? Selbst seine inzwischen wieder unbeschädigte Kleidung war frei von Blut.

„Ihr wollt wissen, wo wir herkommen?", grölte Raise, auf dass ihn alle hören konnten. „Direkt aus der Unterwelt Tadurs!"

Erstickte Aufschreie zeugten von der glimmenden Furcht, deren Nerv er genau getroffen hatte.

„Der Tod schickt uns. Wir kommen, um zu holen, zu bestrafen und jene in eine Welt aus unerträglichem Schmerz und purer Angst zu schicken, die es nicht anders verdient haben …" Sein vernichtender Blick weilte auf dem Kommandanten, der erst jetzt bemerkte, dass er uriniert hatte.

„Rückzug!", brüllte er schlagartig und flüchtete mit seinen Soldaten.

Einige der Frauen, welche wegen der skrupellosen Attacke zu Witwen wurden, spurteten zu hüfthohen Körben, die mit handgroßen Steinen gefüllt waren, und warfen sie mit einem Gemisch aus Wut sowie Trauer ihnen steinigend hinterher.

Raise warf das Schwert fort und umarmte Fin, der sich aus vollem Herzen weinend an ihn drückte. „Es tut mir leid, dass ich vorhin nicht bei dir war. Das Feuer … Es ist …", flüsterte er dem Jüngsten ins Ohr.

„Mach das nie wieder! Hörst du?! Nie wieder!!!", warf Fin ihm wimmernd vor und grub seinen Kopf in Raises Brustkorb. „Ich hatte solche Angst um dich! Ich dachte, ich hätte dich verloren! Mach das nie wieder!" Raise schlang seine Arme fester um ihn. Dies gab dem Jüngsten den Halt, den er benötigte.

Thaisen wurde wiederholt deutlich bewusst, wie intensiv die Verbindung der beiden zueinander war. Zutiefst davon gerührt hörte er die Worte der Großmutter, die sich neben ihn gestellt hatte, erst beim zweiten Mal: „Ihr seid seltsam."

Er atmete zufrieden aus und entgegnete mit einem sanften Lächeln: „Nein, nicht seltsam. Sie sind etwas Besonderes."

Die Großmutter sah sich Thaisen genauer an, wie jemand, der seinen zukünftigen Schwiegersohn musterte. Die Lippen aufeinander gepresst schwenkte ihre Sicht anschließend zu Raise und Fin hinüber.

„Hmm", betonte sie, um Thaisens Beachtung zu erhaschen. „Was ist?"

„Ihr seht nicht aus wie Brüder", machte die Alte eine Andeutung in Bezug auf Raise, der sich Hannes zuwandte, um ihm einen hoffnungsvollen Zuspruch für seine verwundete Tante zu bekunden und die dankbare Umarmung des Kindes für die Erlösung zu empfangen.

Thaisen dachte an Rupert, der Raise dutzendfach als Bastard beschimpft und ihn, seit Vater sie verlassen hatte, nie mehr als ein wahres Familienmitglied betrachtet hatte. In den Anfängen ging der Älteste schlichtend zwischen die beiden Streithähne, bis Raise für sich selbst entschied, mit Ruhe anstatt Aggression auf Ruperts Anfeindungen zu reagieren. Das brachte ihn in eine überlegenere Position, auch wenn Rupert das nie verstanden hatte.

„Durch unsere Adern fließt das gleiche Blut. Wir *sind* Brüder", betonte Thaisen stolz. Obgleich er es schon immer wusste, begriff er am heutigen Tage einmal mehr, dass Raise nicht grundlos in ihre Familie eingeboren worden war. Denn eigentlich war Raise der Behüter, der Vater, der Bruder für sie alle.

Ein ungekünsteltes Lachen platzte aus Thaisen erkenntnisreich heraus. Er selbst war stets davon ausgegangen, die Rolle des Ernährers, des Vaters, übernommen zu haben. Aber nun schien es ihm deutlich, dass Raise diese wichtige Rolle ausübte und Thaisen ihm dabei half – nicht andersherum. Raise hatte härter gearbeitet als alle anderen, um seiner Familie Brot nach Hause zu bringen. Er hatte zig Demütigungen und Schläge einstecken müssen und dennoch hatte er nie aufgegeben. Er hatte nie an seiner Familie und an der Liebe zu ihnen gezweifelt.

Anstatt Neid vor dieser enormen Willensstärke aufkeimen zu lassen, wie es bei vielen Menschen die Angewohnheit wäre, einer davon könnte Rupert sein, empfand Thaisen Hochachtung davor, an der Seite eines solchen Titanen, für den er Raise hielt, gelebt zu haben und im Tod mit ihm vereint zu bleiben. Von welcher Welt Raise auch kommen mochte, welches verborgene Ich, womöglich das eines wagemutigen Prinzen oder gar eines imposanten Königs, in ihm existierte, Thaisen war dankbar für die wertvolle Zeit, die er mit ihm verbringen durfte.

Auf ähnliche Art und Weise nahm der Älteste Fin wahr. Der kleine *Träumer* trug eine reine Liebe und Wärme in sich, wie Thaisen es selbst in den etlichen Büchern, die er über die Liebe verschlungen hatte, nie in solch einer Stärke und Loyalität hatte erfahren können.

Die zwei passten an und für sich gar nicht in diese Welt hinein. Sie waren viel zu *anders* … Gut. Mächtig. Thaisen fand keine Worte, um es besser zu beschreiben und doch wusste er, dass diese Formulierungen unvollendet waren. Sie verhießen nicht gänzlich *das*, was er soeben erlebte und ihnen gegenüber empfand.

Die Großmutter hatte mit ihrer Äußerung richtig gelegen. Sie waren seltsam. Und besonders. Sie waren … Wie aus einem fernen Reich geschickt, um hier einer Aufgabe gerecht zu werden. Wer oder was war schon normal? Vielleicht Thaisen.

Bis auf zwei schwer verletzte Männer waren alle anderen Bauern getötet worden. Zu dem Gemetzel, das die Soldaten veranstaltet hatten, kamen die Opfer hinzu, welche ihr Leben im Feuer verloren hatten. Jede Familie hatte mindestens einen lieben Verwandten verloren. Das Dorf lag in tiefer Trauer.

Großmutter bewahrte in dieser verzweifelten Situation einen kühlen Kopf. Sie kümmerte sich hingebungsvoll um die Kinder, welche mehr Tränen vergossen, als alle Bewohner zusammen in einem Jahr geweint hätten. Ein paar der Frauen halfen der Greisin dabei, einige standen regungslos unter Schock und wieder andere begannen notorisch mit den Aufräumarbeiten. Letztere nutzten die Tätigkeiten, um das Geschehene zu verdrängen oder um es währenddessen rational zu verarbeiten. Wie Geister wandelten sie mit erstarrten, teilnahmslosen Mienen durch die Reihen der Leichen. Wie ein Mühlenrad sich stetig drehte, um seine monotone Arbeit zu verrichten, luden diese Frauen emotionslos die menschlichen Überbleibsel nach und nach auf einen Karren, um jene Toten, die man zuordnen konnte, später für die Verabschiedung vorbereiten zu können. Diejenigen, welche im Feuer starben, würden in einem großen Grab beerdigt werden. Gelegentlich brach eine dieser Frauen zusammen und kreischte dabei aus voller Kehle, als würde ein Dämon aus ihrem Körper fahren.

Ein Kleinkind hockte apathisch neben dem verkohlten Leichnam, welchen es für seine Mutter hielt. Großmutter schnappte das Bündel und trug es eingeklemmt zwischen Arm und Hüfte ein ganzes Stück weiter fort zu den eingesammelten, jammernden Kindern. Manche wichen ihrer Mutti nicht von der Seite und weinten sich immer und immer wieder an deren Rockzipfel aus, bis sich die Familie in den Armen lag und gemeinsam ihren Tränen freien Lauf ließ.

Thaisen wog ein kleines Mädchen mit geflochtenen Zöpfchen auf seinem Schoß. Es lutschte an seinem Daumen und stierte in ein Nirgendwo. Dann kullerte eine Träne von seiner Wange und es drückte sein feuchtes Gesicht an die Brust des jungen Mannes.

Thaisen und Raise hatten der Großmutter, stellvertretend für das gesamte Dorf, ihr Mitgefühl ausgesprochen. Fins Kinn begann zu zittern, er suchte nach passenden Worten, die nicht über seine Lippen kommen wollten. Seine wässrigen Augen allerdings waren in der Lage, das zu verdeutlichen, was seine Stimme nicht vermochte.

Fin folgte seinem Bruder wie ein eingeschüchtertes Hündchen. Trotzdem der Angriff vorbei war, steckte ihm die Furcht in den Gliedern. Er war leichenblass, teilweise fröstelte es ihn, wobei es mehr ein inneres Schaudern war – so sehr hatte ihm dieses Szenario zugesetzt.

Hannes hatte sich ebenfalls an Raises Fersen geheftet. Mit beherztem Schritt, denn viel Zeit blieb dem Zweitgeborenen nicht, steuerte er letztendlich auf die Großmutter zu: „Ich hoffe, du bist gewillt mir eine Frage zu beantworten, bevor wir weiterziehen." Raise kam endlich zum Stillstand und Hannes klammerte sich umgehend an dessen Bein.

„Ihr dürft nicht weggehen! Wir brauchen euch hier! Ihr müsst uns helfen!"

Raise sah auf ihn hinab. Er kannte diesen beschwörenden Blick. Einst schaute Fin ihn unzählige Male so an – stets dann, wenn er das Haus verließ, um eine Arbeit aufzunehmen, von der beide wussten, dass er ungerecht behandelt werden würde. Dies war leider bei jeder Tätigkeit der Fall gewesen. Fin beteuerte ihm ungeheure Sorge davor zu haben, dass Raise eines Tages nicht wiederkehren würde. Und das nicht, weil er die Familie im Stich gelassen hätte – keineswegs – sondern deshalb, weil er als Bastard geächtet war und schon einige Bastarde unfreiwillig ihr Leben in dunklen, rauen Nächten lassen mussten.

Raise strich Hannes durch sein kastanienbraunes Haar und erklärte: „Wir sind wie der Wind. Wir gehen dorthin, wo unsere Aufgabe uns hinführt. Es tut mir leid, wir können nicht verweilen."

„Und wenn die Soldaten zurückkommen? Was sollen wir ohne dich machen?! Die töten uns ALLE!", erwiderte Hannes panisch.

„Man wird nicht zulassen, dass euch weiteres Unheil geschieht. Jemand wird euch beistehen."

„Woher willst du das wissen?"

„Ich kann es nicht wissen. Ich glaube daran."

Hannes erflehte Unterstützung bei der Großmutter: „Sag bitte was, auf dass sie bleiben!"

Sie überlegte einen Moment und gab entschlossen von sich: „Genug, Hannes! Die Fremden sind gekommen, um zu gehen. Nimm das an! Sei dankbar für die Hilfe, die sie uns erwiesen."

Hannes schnaufte betont tief, um seine Enttäuschung kundzutun. Das war nicht die Antwort, die er sich von ihr erwünscht hatte. Mit resignierendem Ton sprach er: „Das bin ich ja."

Großmutter forderte Raise auf: „Sprich! Was möchtest du erfahren? Sei dir über eins vorab im Klaren: Beantworte ich deine Frage, werdet ihr mir meine beantworten."

Raise wunderte sich. Welche Frage mochte das wohl sein? Er hatte keine Zeit darüber nachzudenken.

„Ihr habt die Haare des Mädchens schwarz färben lassen, um sie vor einer Gefahr zu schützen." Die Augen der alten Frau verengten sich. Wie konnte er das mitbekommen haben? Zu diesem Zeitpunkt war er nicht im Dorf gewesen! Wirklich seltsame Leute … Sie vertraute ihm zwar und doch war wegen dieser unerklärlichen Zustände ein gewisses Misstrauen dabei.

„Wo finde ich *ihn*?", hakte Raise entschieden nach.

„Das ist mir nicht bekannt. Zuletzt, das war vor zwei Wochen, wurde die zerstückelte Leiche eines rothaarigen Mädchens in Leira gefunden."

„Leira?", wiederholte Raise ungläubig.

„Warum zweifelst du an meinen Worten?"

Wie konnte dieses Ungeheuer sich dermaßen schnell vorwärts bewegen? Vor etwa einem Monat war der Mörder in Xi gewesen. Weder hoch zu Ross und erst recht nicht zu Fuß unterwegs, hätte er diese Distanz zurücklegen können. Was war das für ein Monstrum?!

„Du hast weise gehandelt, indem du ihre Haarfarbe verändert hast. Ich weiß jedoch nicht, ob euch dies wirklich Schutz vor ihm gewährt. Seid auf der Hut! Wer zu so etwas Abscheulichem fähig ist, wird sich vielleicht bei seiner Wahl nicht von einer einzigen Farbe leiten lassen."

Die Alte kratzte sich mit verdreckten Fingernägeln an der kitzelnden Nase. Die mögliche Absicht, die er angesprochen hatte, hatte sie selbst zähneknirschend in Betracht gezogen. „Ich werde Meredith und all meine Kinder vor seinem reißenden Maul verteidigen. Sollte er es wagen in unser Dorf einzufallen, schneide ich ihm sein widerwärtiges Gehänge vom Leib!"

Fin, der dicht hinter Raise stand, lief bei diesem Ausdruck eine Gänsehaut über den Rücken. Die Greisin schob den Zweitgeborenen bestimmend zur Seite und erhielt dadurch freie Sicht auf den Jüngsten.

„Ihr seid an der Reihe, mir meine Frage zu beantworten." Sie stierte bewusst den verunsicherten Fin dabei an. „Ist dein Vater Peta Cautlet, mein Sohn?"

Fin schluckte. Wie sollte er darauf angemessen reagieren? Was war in dieser Situation überhaupt erlaubt? Die Wahrheit? Oder ausschließlich die Lüge?

„Mein Vater …", stammelte er. Nein, er würde ihn nicht verleugnen. „Mein Vater trug diesen Namen und er wurde in Moras geboren."

Sollte die drei für diese Antwort eine Strafe ereilen, dann, weil der Tod versagt hatte. Immerhin hatte er sie durch die Listen hierher geschickt. Und das, obwohl sie keinen Kontakt zu Menschen haben durften, die sie kannten. Bis vor ein paar Stunden kannten sie die Großmutter im Grunde ja nicht … Und nun gab es mit

einem Mal eine richtige Großmutter für die Brüder. Eine Großmutter, über die nie ein Wort daheim verloren wurde.

Die Augen der Alten füllten sich mit Tränen. Sie presste ihre
Hand gerührt an den Mund und dann umschlang sie Fin ungestüm.

„Ich habe also drei weitere Enkel", schluchzte sie selig.

Fin korrigierte: „Vier."

„Nenn mich Großmutter, Kleiner! Wie heißt ihr? Wo ist der
Vierte im Bunde? Wie geht es meinem Sohn? Wo wohnt ihr?"
Die Fragen purzelten aus ihrem Mund. „Warum habt ihr euch
nie gemeldet? Ihr hättet mich viel eher besuchen können! Ihr
müsst unbedingt Meredith kennenlernen! Sie ist eure Cousine,
die Tochter meines zweiten Sohnes, der vor ein paar Jahren verstorben ist. Gott möge seiner Seele gnädig sein."

Fin konnte mit den vor Freude und Wissbegierde über-
schäumenden Anliegen, die wie Flutwellen auf die Brüder ein-
brachen, nur wenig anfangen. Es war ihm zu viel – der ganze
Tag, die überreichlichen Eindrücke. Zeit zum Plaudern gab es
ohnehin nicht. Die letzten Sonnenstrahlen saßen ihnen bereits
im Nacken.

Raise ergriff die runzeligen Hände der Großmutter, sodass
sie sich ihm zuwandte. „Verzeih uns, aber wir müssen gehen.
JETZT. Die Zeit drängt." Sie sah in seine schokoladenfarbenen
Iriden und wusste, sie bräuchte das erste Mal in ihrem Leben
keinen Widerspruch leisten, weil sie definitiv verlieren würde.

„Kommt ihr wieder?" In diese Erkundigung legte sie all ihre
Hoffnungen. Raise hauchte ihr einen Kuss auf die Stirn. Sie verstand die stumme Entgegnung, die zugleich ein Abschied war.

„Sagt meinem Sohn, ich liebe ihn und werde auf ihn warten,
solange ich lebe." Raise nickte. Er brachte es nicht übers Herz
ihr zu berichten, dass der Verbleib des Vaters der Familie unbekannt war.

„Gebt auf euch acht, *was* ihr sucht, ist ungemein gefährlich."

Raise und seine Brüder verließen das Dorf. Wenige Minuten
später erhoben sich drei Raben gen Himmel. Ihr Krähen durch-
drang die kleine, verwüstete Ortschaft.

„Sie haben nicht einmal Proviant mitgenommen …“, brabbelte die Greisin, ohne auf die schwarzen Vögel zu achten. Hannes allerdings rief diesen überschwänglich nach: „Auf Wiedersehen, Raise. Wir sehen uns bestimmt wieder!“

Großmutter guckte ihn verdutzt an. „Kannst du Menschen nicht mehr von Raben unterscheiden?“

Hannes lachte.

Kapitel 7

Der Drachenreiter

Auf den Windböen segelten die drei Raben durch die Schwärze der Nacht. Fin flog zwischen seinen Brüdern und befürchtete: *Wird er uns bestrafen? Wir haben zwei Regeln gebrochen.*

Raise beruhigte ihn: *Hätte es ihm missfallen, hätte er sofort eingreifen können. Selbst zwei Stunden, nachdem wir uns vom Dorf fortbegeben haben, lässt er nichts von sich hören. Ich finde, das ist ein gutes Zeichen.*

Der Wind war unbeständig. Thaisen musste gelegentlich kräftiger mit seinen Flügeln schlagen, um voranzukommen. *Wir haben keines seiner uns auferlegten Gesetze gebrochen. Der Tod gab uns die Freiheit, für eine Stunde täglich unter den Lebenden zu weilen. Keine Regel lautete, sich nicht von einem Schwert durchstoßen zu lassen.* Thaisen zwinkerte Raise mit einem verschmitzten Lächeln zu, welches dieser durch die Finsternis mehr erahnte, als es tatsächlich sehen zu können.

Unser pflichtbewusster Bruder wird ja richtig locker, scherzte Raise. *Da vorne ist es! Bislang unsere kürzeste Strecke.*

Fin erinnerte sich an den Unterricht bei Thaisen: *In der Schule hast du diesen Ort erwähnt, Bruder. Es handelt sich um den Hauptsitz eines Clans. Habe ich recht?*

Das heißt, du warst wirklich gedanklich anwesend.

Zu Fins Schulzeiten war dies das größte Problem gewesen. Fin, der Träumer, dessen Aufmerksamkeit allem und jedem galt, nur nicht dem Lehrer. Thaisen hatte ihn sogar dreimal umgesetzt, in der Erwartung ihm einen Platz zuzuweisen, von dem aus er sich weniger oder bevorzugt gar nicht mehr ablenken ließ. Nichts half, denn Fin versank stets in seiner eigenen Welt, die er in seinem Kopf erschuf. Die anderen Kinder empfanden den Jungen dadurch einerseits als sonderbar, andererseits als dumm, weil er sich kaum mit ihnen beschäftigte und bloß wenig sprach.

Thaisen war ratlos, was seinen kleinen Bruder anbelangte – bis er eine Entdeckung machte.

Zu später Stunde konnte Fin ohne Raise, die sich beide ein Zimmer teilten, schwerlich einschlafen. Thaisen las ihm viele, viele Abende vor. Und hier bemerkte der Älteste bewusst, dass sein Bruder nahezu jedes Wort von ihm aufsaugte und sich somit etliches merken konnte. Fin war ganz und gar nicht dumm! Der Jüngste setzte schlichtweg Prioritäten und reines Lernen gehörte eben nicht dazu! Er langweilte sich oder war gar vollkommen unterfordert gewesen.

Als Thaisen auf diese Möglichkeit der Aneignung für Fin stieß, las er ihm vorrangig aus Büchern vor, die zur Erwachsenenliteratur zählten – Bücher über beispielsweise wissenschaftliche und historische Themen.

Gegenüber Fin verriet er die eigentliche Intention nicht, sondern ließ ihn in dem Glauben, dass Thaisen all dies für sein Studium benötigte und sonst keine freie Minute dafür fand. So lernte Fin – ohne es selbst zu bemerken.

Clifftown. Der Hauptsitz des Clans „Schrei der Welt", frischte Thaisen die Kenntnisse des Jüngsten auf. Dieses Thema hatten sie damals in der Schule behandelt. Vielleicht hätte er ihm darüber auch am Abend etwas vorlesen sollen.

Raise wollte mit seinem Wissen glänzen: *Das ist einer der wenigen Clane, der Menschen hilft, die keine Anhänger sind. „Schrei der Welt" ist friedliebend und setzt sich dafür dementsprechend ein. Ein Mann namens Gorlois führt den Clan an. Er soll riesig sein und wie ein barbarischer Krieger aussehen. Dennoch ist er die Sanftheit in Person, zumindest laut dem Volksmund.*

Bevor Thaisen ihn fragen konnte, wo er das aufgeschnappt hatte, enthüllte Raise: *Zwei Subarus haben sich darüber unterhalten. Der eine sagte, dass die Aura dieses Mannes strahlender und königlicher sei als die all jene Herrscher, welche er bisweilen kennengelernt habe. Er überlegte, ob er sich dem Clan von Gorlois anschließe.*

Fin glitt geräuschlos durch die Luft, bis er sich neben Raise inmitten des Hauptsitzes auf einem Dach niederließ. *Das wäre ein Clan für mich*, offenbarte er. Nie hätten Raise und Thaisen daran gedacht, dass Fin einem Clan beitreten wollen würde. Alles, was ihm wichtig war, hatte er gehabt. Überraschend fügte der Jüngste hinzu: *In einem anderen Leben. In einem anderen Leben hätte ich mich für diesen Clan entschieden, wenn* ... Sein Köpfchen drehte sich zu seinen Brüdern.

Raise verriet: *Ich wäre an deiner Seite gewesen. Auch ich hätte diesen Clan für mich erwählt.*

Wenn wir bei dir wären, vollendete Thaisen Fins Satz. *Wir werden dich nie verlassen, kleiner Bruder.*

Der Morgen dämmerte. Die Rabenkörper verschwanden, um die menschliche Form preiszugeben. Raise schlitterte gerade noch so vom Dach herunter, ehe er hindurchgefallen wäre. Fin hüpfte an einer niedrigen Stelle nach unten und Thaisen war dabei, vernünftig hinabzuklettern, als er den Zugriff auf das Material verlor und auf seinen Hintern plumpste.

Clifftown war eine der bedeutsamen Städte, die kein Schutzwall umgab. Dies ermöglichte Zutritt, viel mehr Zuflucht, für jedermann. Nicht einmal die Tiere waren eingezäunt. Schafe und Ziegen grasten auf den sattgrünen Wiesen rings um die Häuser. Die Tiere machten keine Anstalten wegzulaufen, warum auch, sie waren vollkommen zufrieden.

Der sanfte Wind strich über das knöchelhohe Gras. Er wog die Blätter der Obstbäume wie eine Amme das Neugeborene. Der Ruf eines Kuckucks war zu hören. Raise genoss diese Herrlichkeit des Ortes, der ihm wie das Elysium erschien. „Das ist der Himmel", flüsterte er, breitete die Arme aus und legte den Kopf in den Nacken. Eine Brise streichelte ihn.

„Meinst du, dass er so aussehen wird?", fragte Fin entzückt.

„So stelle ich ihn mir vor."

Thaisen brachte an: „In den alten Büchern wird von verschiedenen Ebenen der Oberwelt gesprochen."

Fin führte fort: „*Aus den Sehungen des Merides Perekles.* Unsere Welten teilen sich in drei weite Ebenen – die Oberwelt, die mittlere Welt und die Unterwelt. Das mittlere Gebiet gehört den Lebenden. Die anderen Welten sind den Toten vorbehalten und solchen, die die Gabe der Voraussicht besitzen. Letztere wandeln wie Geister durch die Reiche der Seelen, um einen Blick auf das zu werfen, was einst hinter ihnen lag und nun wieder vor ihnen liegt. Diese groben Einteilungen sind nichts im Vergleich zu den zigtausenden Ebenen, Welten, die sich wie Zweige und Wurzeln eines Baumes in die obere und untere Schicht erstrecken. Und all jene sind mit der mittleren Welt verbunden, sodass es eins bleibt."

Thaisen schmunzelte: „Das Buch habe ich dir vorgelesen."

Fin nickte zustimmend. „Die Oberwelt wird gewöhnlich schlichtweg als Himmel bezeichnet. Sie öffnet ihre Pforten für die rechtschaffenen Seelen. Doch Bruder, wie sollen die anderen Seelen, die Fehler in ihren Leben begangen haben, jemals diese korrigieren dürfen, wenn sie allzeit verdammt sind?"

Raise klinkte sich in das Gespräch ein: „Sie werden wiedergeboren. Immer und immer wieder. Bis sie es gelernt haben – alles, was man für sie als wichtig erachtet. So lange werden sie an diesem Kreislauf teilnehmen. Von einem Leben zum nächsten ist die obere und untere Ebene bloß ein Zwischenstopp. Erinnere dich daran, was der Tod gesagt hatte: *eine Maßnahme zur Eingliederung*."

Fin zuckte erschrocken, als die hölzerne Haustür plötzlich direkt neben ihm aufflog und ihm ins Gesicht gedonnert wäre, wenn sie nicht durch ihn durchgedrungen wäre. Vor Schreck hatte er den Atem angehalten und löste die Spannung erst, nachdem zehn vor Freude quietschende Kinder aus dem Haus tollten. Einer stolperte über seine eigenen dicken Beinchen und purzelte. Ein Mädchen kam zurückgelaufen und half ihm wieder hoch. Sie alle sprühten vor Lebensfreude. Im Hinausstürmen zogen einige ihre Pantoletten an, andere wälzten sich barfuß auf der Wiese. Sie verursachten einen Lärm, der eine schönere Musik am frühen Morgen nicht hätte sein können. Glückliche Kinder bedeuteten Frieden.

„Die Tür steht dir nicht", grinste Raise schelmisch und zog den Jüngsten hervor, den die Tür wie ein Anzug gekleidet hatte. Thaisen konnte sich nicht länger zurückhalten und prustete herzhaft los. Fin und Raise stimmten heiter in das Lachen mit ein.

Es dauerte einige Minuten, bis die ersten Erwachsenen sichtbar wurden. Junge Männer streckten sich in der Morgensonne und waren bereit für die anstehende Arbeit. Frauen liefen mit

Krügen zu den Ziegen, um sie zu melken. Die Kinder machten sich einen Spaß daraus, schneller als die Frauen zu sein und eilig einen Schluck zu ergattern. Wobei der erste Milchstrahl stets unverwendet blieb. Daran hatten sich die Kinder halten müssen, um Krankheiten vorzubeugen.

Sie lagen unter den Bäuchen der Tiere und zogen mit kleinen Fäusten an deren Zitzen. Die köstliche, warme Milch floss ihnen in den offenen Mund.

Aus einem unauffälligen, bescheidenen Häuschen, trat ein hochgewachsener Mann, etwa dreißig Jahre, heraus. Sein Spitzbart war frisch gekämmt, ebenso seine dunklen, glatten Haare, die ihm bis zu den breiten Schultern reichten. Ein Hüne – an beeindruckender Größe und gewiss auch Stärke.

„Ein Anführer, der kein prunkvolles Haus benötigt, um sich gegenüber seiner Gefolgschaft abzuheben", beobachtete Raise beeindruckt. Ohne Zweifel – das war Gorlois. Ein Mann, der das Erscheinungsbild eines Helden und zugleich das sanfte Lächeln eines Engels besaß. Er grüßte jeden und die Kinder sprinteten wetteifernd zu ihm und fielen dem gutherzigen Kraftprotz in seine riesigen Arme. Er warf sie spielerisch in die Luft und fing die lachenden Dreikäsehochs wieder auf.

Innerhalb einer kurzen Zeitspanne wimmelte der Hauptsitz von geschätzten vierhundert Mitgliedern und Neuankömmlingen der letzten Tage. Ein munterer Trubel zog sich durch die erwachende Ortschaft. Das Gefühl der Enge gab es nicht. Wenn man mittendrin war, wirkte der Hauptsitz allein durch die Weite der angrenzenden Felder und Wiesen einfach gigantisch. Jeder hatte Platz, und brauchte man mehr Raum oder suchte die Stille, war die Natur ein willkommener Gastgeber.

Thaisen und Fin hatten sich auf den Weg gemacht, um ihre Listen abzuarbeiten. Raise war von Gorlois dermaßen fasziniert, dass seine Beachtung vorerst ihm galt. Der stämmige Mann war von der Kinderschar umgeben. Ein Mädchen erspähte einen Fleck auf Gorlois' dunkelbrauner Hose. Geistesgegenwärtig machte sie das, was ihre Mama sie gelehrt hatte. Mit Spucke feuchtete sie ihren Finger an und begann den Klecks wegzuwischen.

„Hast du wieder einen Fleck gefunden?", amüsierte sich Gorlois. „Dein Vater ist sicherlich froh, zwei ordnungsbewusste Frauen zu haben." Das Mädchen pflichtete ihm eifrig bei.

Eine Frau rief herüber: „Frühstück!" Augenblicklich bewegte sich die Kinderschar wie eine Herde auf der Flucht in eine Richtung – zum Büfett.

Gorlois' Blick schweifte durch die Gegend, bis er an einem Greis haften blieb. Er schnappte sein festes Schuhwerk und stapfte barfuß zu ihm.

„Guten Morgen, Atashi!", ließ sich der Hüne neben dem Alten auf einer Holzbank nieder. „Du siehst gut aus!"

Atashi lachte. „Wenn du mich schön findest, kannst du mich ja heiraten!"

Gorlois erwiderte das Lachen und strich ihm liebevoll über den Rücken. Atashis trübe Augen suchten in der Ferne einen Fixpunkt. Seine Miene wurde ernster. „Du bist der Einzige, der mich nie fragt, wie es mir geht."

„Das tun alle anderen schon. Ich habe die Erfahrung gemacht, dass man an bestimmte Dinge nicht immer erinnert werden möchte." Gorlois warf einen flüchtigen Seitenblick auf Atashis linken Beinstumpf. Er stellte die Schuhe vor sich ab und zog sie sich an.

„Deshalb habe ich dich am liebsten", grinste der Alte. „Ich kann mich an den Krieg seltsamerweise kaum erinnern. Mein Großvater hatte den, in dem er kämpfen musste, nie vergessen. Meine geistigen Bilder an diese schrecklichen Tage verschwinden zunehmend."

Gorlois zog die Schnürsenkel straff und lehnte sich entspannt zurück. „Das ist gut. Ich habe viele Männer gekannt, deren Seelen nach dem Krieg schlimmer gelitten haben als während dem Feuer. Nach und nach wurden sie von den Erinnerungen innerlich zerfressen. Ich habe viele Männer mit Wahn in den Augen erblickt und Dinge tun sehen, von denen ich dachte, dass ein Mensch dazu nicht fähig wäre. Ich sah viele qualvoll sterben, bevor ich mich für *Schrei der Welt* entschied."

Atashis bleiche Haut war von Altersflecken überzogen. Die Wangenknochen traten deutlich hervor. Seine fast blinden Augen lagen in tiefen Höhlen, die rötlich umrandet waren. „Eines jedoch ist mir gegenwärtig, als wäre es erst vor wenigen Stunden geschehen."

Das Mädchen, das sich vorhin um den Fleck gekümmert hatte, kam angetippelt und brachte den beiden jeweils eine Klappstulle mit herzhaft duftendem Käse.

„Danke!"

„Lasst es euch schmecken!", verkündete sie und sprintete zur Meute zurück.

Gorlois biss in das Brot und riet schmatzend: „Du meinst deine Ankunft?"

Atashi grunzte bei dem Gedanken. „Damals hatte Ogamom den Clan geführt. Du warst in eine Prügelei verwickelt. Das war die Zeit der Unruhen. Die erwartete gänzliche Stille nach dem Krieg ließ Monate auf sich warten. Ogamom erzählte mir im Nachhinein, dass dich deine Füße mit deinen knapp zwanzig Lenzen zwei Monate vor mir nach Clifftown geleitet haben."

„Du wolltest dich in die Streitigkeit einmischen und hast uns angebrüllt, dass die Schlacht zu Ende ist und wir keine Ahnung haben, was es heißt, in einem Kampffeld zu stehen", berichtete Gorlois lebhaft.

Atashi wollte sein rechtes Bein ausstrecken. Es fühlte sich an wie eingerostet und er half mit den Händen nach. „Du warst sturzbetrunken und hast mich einen *Krüppel* genannt. Einen Krüppel, der seine Fresse halten sollte."

Gorlois holte tief Luft. Sein muskulöser Brustkorb hob sich dabei. Auf die Bezeichnung, die er Atashi frech um die Ohren geworfen hatte, war er nicht stolz. Er erzählte die Geschichte weiter: „Daraufhin hast du mich mit deinem Krückstock geschlagen. Das tat weh!" Beide grienten. Gorlois verspürte einen kurzen Stich am Hinterkopf, dort, wo Atashi ihn damals getroffen hatte.

„Das war das erste und letzte Mal, dass ich dich betrunken erlebt habe."

„Auch ich war im Inbegriff in meinem Inneren zerstört zu werden. Dein Schlag hat mich wach gerüttelt, mein Freund. Von da an hat sich mein Leben verändert. Du bist schuld!"

Atashi kicherte. Er tastete nach seinem Krückstock und Gorlois half dem Greis auf.

„Du stehst wacklig."

„Das rechte Bein ist kraftlos im Vergleich zum Stab."

Umsorgend fragte Gorlois: „Brauchst du einen zweiten Stock? Ich lasse gleich einen holen! In den Hütten für die Verwundeten haben sie genügend."

Atashi winkte die gut gemeinte Geste ab. „Dies würde keinen Unterschied verschaffen. Es ist das Leben, das aus meinen Knochen weicht. Ich bin alt, Gorlois. Das ist das Rad des Schicksals."

„Du bist doch nicht alt! Du wirst uns noch viele Jahre erhalten bleiben!", kündete der Anführer überzeugt an.

Raise stand neben den beiden. „Du irrst dich, Gorlois. Es tut mir leid", wisperte er schweren Herzens. Die winzige Flamme verblasste vor der Stirn des Alten. Raises geballte Hand öffnete sich widerwillig, um die Feder fallen zu lassen. Der Name Atashi Jarz brannte sich in das Pergament ein. Der Greis würde die Reise zu Gevatter Tod antreten – noch heute.

Zu Fleisch geworden saß Raise betrübt an der Theke. Er hatte den Eindruck, Gorlois das zu nehmen, was für ihn das Wichtigste war – Atashis Halt. Raise, der diesen Hünen bewunderte und gern an seiner Seite gedient hätte, riss ihm in den sich nahenden Minuten den Boden unter den Füßen fort. Womit hatte Gorlois das verdient? Warum musste Raise diese Entscheidung treffen?! *Entscheidung… Es gab keine Wahl!*

Der Wirt schenkte ihm reinen Alkohol nach. Raise schüttete diesen in einem Zug herunter.

Gorlois betrat die kleine Schenke am Rande von Clifftown und begrüßte frohgemut seine Landsmänner. Bald würde ihm das Lachen vergehen …

Raise gab dem Wirt ein Zeichen, dass er das leere Glas erneut füllen sollte. Unerwartet stand Gorlois neben dem Zweitgeborenen. „Hallo Neuer, hast du einen Namen?" Das Oberhaupt stützte sich auf den Schanktisch und stierte Raise an. „Du bist sehr durstig", spielte der Hüne auf den Alkoholverbrauch an. Der Wirt hatte Gorlois heimlich eine volle Hand gezeigt. Fünf Gläser hatte der junge Bursche demzufolge intus.

„Was belastet dein Gewissen, dass du es ertränken willst?"

Erst jetzt schaute Raise ihn an. In Gorlois ehrlichem Blick lag die Unendlichkeit der Zuversicht und des Vertrauens. Die gleiche Tiefe empfand er stets in Fins Augen.

Raise kämpfte mit den Tränen. Er sprang ungeschickt vom Hochsitz auf und versuchte trotz des Spiritus in sich klare Gedanken zu formen und diese ebenso deutlich auszusprechen: „Was *er* dir gegeben hat, kann dir keiner nehmen. Vergiss das nicht! Wenn *er* nicht mehr da ist, bist du dennoch der, zudem er dir geholfen hat, zu werden. Enttäusch ihn nicht! Nun geh, geh zu ihm! Er braucht dich!"

Raise torkelte bei den ersten Schritten. Gorlois hielt ihn fest und drehte ihn zu sich. Besorgnis spiegelte sich in seinem sonst besonnenen Antlitz: „Von wem sprichst du?"

„Geh!", hauchte Raise mit einer Fahne. Gorlois erfuhr die Antwort in seinem Herzen, die ihm wie ein Blitz einkam. Er schubste Raise aufgebracht zur Seite, um freie Bahn zu haben und rannte in die hereinbrechende Nacht hinaus.

Die Männer in der Schenke hatten Gorlois verwundert nachgesehen. Im Anschluss wollten sich die Blicke auf den fremden Burschen richten. Dieser war plötzlich weg. Eine schwarze Feder fiel zu Boden, an der Stelle, wo er gestanden hatte und ein klägliches Krähen war vom offenen Fenster her zu hören – ebenso wie ein lauter Ruf nach Atashi.

Vierundzwanzigster des Ambros im Jahre des Einhornschweifes 55.

Opal war die prächtige, reiche Hauptstadt des Landes Xander. Hier residierte die junge Königin Victri im zarten Alter von nicht einmal zwanzig Jahren. Ihr blondes, makelloses Haar wurde jeden dritten Tag mit dem flüssigen Inhalt eines orientalischen Flakons, welcher die wundervolle Bezeichnung *Aventures* trug, aus Andúl gewaschen. Dann schäumte ihr Haar in einer Vielfalt von Seifenblasen, wie es die Zofen und selbst Victri zuvor nie kennengelernt hatten. Ein Fläschchen kostete so viel wie eines der seltenen Einhörner, die einst von fernen Kontinenten angeschifft wurden. Wenn jemand endlich einmal wieder eines fangen und ihr verkaufen würde! Die letzten drei schneeweißen Geschöpfe, zu diesem Zeitpunkt war Victri sechs Jahre jung, hatten es gewagt, kurz nach der Ankunft im *Paradies der Raritäten*, wie Victri ihren hoch gesicherten Trakt für seltene Rassen nannte, zu sterben. Sie würde schon noch ein Einhorn als Trophäe präsentieren können, irgendwann. Das war bloß eine Frage der Zeit, definitiv keine Frage des Geldes.

Carlos Delore, der überaus beliebte Händler, hatte zwei der *Aventures*-Flakons zu einem Schnäppchenpreis ergattern können. Beide kosteten ihn so viel wie seine eigene Villa. Aber Geld war ohnehin genug vorhanden, deshalb war dieses Sümmchen zu verschmerzen. Wüsste er allerdings, dass die Flüssigkeit in den Flaschen in Wirklichkeit preislich einem Sack Äpfel auf dem Markt entsprach, würde er sich gewiss zu Tode ärgern.

Ein Fläschchen schenkte er der Königin Victri. Wie erwartet stieg dadurch ihre Gunst für ihn zunehmend. Das zweite Wundermittel, kündigte er prahlerisch der vornehmen Gesellschaft der Hauptstadt Opal an, würde er dem bedeutendsten Menschen in seinem bescheidenen Leben überreichen, seiner Frau.

Carlos Delore hatte am Ersten des Ambros dieses Jahres geheiratet. Die Hochzeit war *das* Gesprächsthema in Opal. Sie war prunkvoll und von Herrlichkeiten überhäuft gewesen, wie es sich ein König für seine eigene Trauung gewünscht hätte. Fast alles, was Rang und Namen sein Eigen nennen durfte, war anwesend gewesen. Sogar die Königin hatte dem Paar unmittelbar nach der Eheschließung eine Audienz zur persönlichen Aussprache ihrer herzlichsten Glückwünsche gewährt.

Das gemeine Volk tratschte hinter vorgehaltener Hand, dass Carlos sich seine Gattin wie einen Wandteppich erworben hatte. Sie war wunderschön, schlank und zurückhaltend. Sehr lobenswerte Eigenschaften, wenn ihre Bescheidenheit gemäß bösartigen Gerüchten nicht eher eine Art Abscheu gegen ihren Gemahl wäre. Aber wer konnte das schon wissen, außer den beiden … Wenigstens gab diese Heirat genügend Stoff, um interessante Geschichten und Spekulationen daraus zu stricken. Dies genügte dem Pöbel, um sich für die nächsten Wochen bestmöglich das Maul darüber zu zerreißen.

Thaisen hatte schlechte Laune und es war ihm unmöglich, diese zu verbergen. Raise verglich ihn gedanklich mit einem Hund, der angekettet im strömenden Regen der Dinge, die da kamen, harrte. An praktisch jeder Ecke hörte er eine neue Anekdote über die legendäre Hochzeit. Ihm war flau im Magen, richtig übel, und zugleich verspürte er neben einer gewissen Hilflosigkeit unendliche Wut. Auf was? Oder auf wen? Dass es so kommen würde, war selbstverständlich. Es nun zu erleben, zu vernehmen, war grausam und bereitete ihm im Herzen Höllenqualen.

„Ich würde deine Liste gern übernehmen, doch das kann ich leider nicht", sprach Raise ihn vorsichtig an. Thaisen murrte. Er reagierte ungewöhnlich schroff: „Haut ab! Ich muss eine Weile für mich sein!" Nachdem er dies ausgesprochen hatte, besann er sich sofort auf sein wahres Wesen: „Tut mir leid! Das war nicht für eure Ohren bestimmt. Es ist einfach … Es ist …"

„Violett. So heißt sie, nicht wahr?"

Fin verbesserte den Zweitgeborenen mit schneidendem Ton: „Violett *Delore*."

Thaisen massierte mit zwei Fingern seine Schläfen und Augenbrauen, dass man den Eindruck hätte gewinnen können, er habe Kopfschmerzen. „Was soll ich tun, Raise? Ich stehe innerlich in Flammen und gleichzeitig empfinde ich eine Leere wie nie zuvor."

„Ich wünschte, ich könnte sagen: Werde glücklich mit ihr."

Fin ergriff entsetzt das Wort: „Nein!"

Raise zischte ihn an. Fin sollte ruhig sein! „Das Problem ist, Thaisen: Sie lebt und du bist tot. Wir haben nicht viele Möglichkeiten, die uns bleiben. Und es schmerzt mich, dir mitteilen zu müssen, dass es, wie es ist, wohl das Vernünftigste ist."

Thaisen setzte sich, bevor seine Beine ihm den Dienst versagen würden. Er winkelte sie an und vergrub seinen Kopf zwischen den Knien.

Eine auffällige Kutsche hielt am Ende der Straße vor einem der teuersten Weinläden Zirons. Ein rundlicher Mann in edlem Anzug, einem zylindrischen Hut und einem mit Edelsteinen besetzten Gehstock zum Imponieren stieg aus. Fin erkannte Carlos Delore. Geistesgegenwärtig stellte er sich vor Thaisen, um ihm die Sicht zu versperren. Zum Glück schaute dieser ohnehin nicht auf. Und Raise? Hatte er es bemerkt?

Raise sah Fin an. Ihm wurde an den nervösen Augen seines kleinen Bruders, die nach Ablenkung in der Umgebung suchten, ziemlich rasch klar, dass sich etwas verändert haben musste. „Was ist los?"

„Nichts", stammelte Fin. Sein Gesicht wurde rot. Er hatte nie gut lügen können! Und wenn er log, was sehr selten vorkam, dann aus einem Grund: Das zu bewahren, was ihm am wichtigsten war, seine Familie. Es gab nur eines, wovor er hätte Thaisen schützen wollen, um ihn halten zu können: Violett.

Raise benötigte keine Worte und keine härteren Maßnahmen. Ein ausschlaggebender Blick und eine wegschiebende Handbewegung genügten, damit Fin entmutigt und wehmütig, allerdings bereitwillig, zur Seite trat.

Raise tippte Thaisen an. Dieser schaute schluchzend auf. Er sichtete Carlos und im nächsten Moment dessen angetrautes Weib, dem er seine Hand reichte, um ihr elegant aus der Kutsche zu helfen.

Thaisen erhob sich fassungslos. Das war *nicht* Violett! Es war eine andere Frau, die Carlos küsste und der er seinen Arm um die Hüfte legte.

Raise und Fin guckten ebenso verdattert wie der Älteste. Thaisen spürte, wie groß die aufsteigende Erleichterung in ihm war. Doch dann hielt er mit sich Rat. Die Ehe war arrangiert gewesen, warum hatte Carlos nicht wie geplant Violett geheiratet? Ihr Wille hatte vorher niemanden interessiert und würde auch heute gewiss nicht zählen. Thaisens Gedanken formten furchtbare Vermutungen. War sie vielleicht gestorben?

Er ersehnte die Stunde herbei, die ihn sichtbar machte. Thaisen schnappte sich die erstbeste Verkäuferin, die gerade ihre Waren für den Abschluss des Tages zusammenpackte, und löcherte sie: „Ihr habt sicherlich von Carlos Delores Hochzeit gehört? Wisst Ihr, was aus seiner eigentlichen Braut Violett DaCapo geworden ist?"

Aus der korpulenten Frau sprudelte überschwänglich: „Wer hat das nicht gehört, Schätzchen? Es wäre eine Sünde, dies nicht zu wissen! Aber … Pst. Königin Victri hat verboten, darüber zu reden. Carlos Delore ist ein einflussreicher Mann. Wer will schon einen Schandfleck auf seiner reinen Weste erdulden?"

„Wie meint Ihr das?", beschwor er sie um eine Antwort. Seine Augen klebten förmlich an ihren Lippen. Jeder Satz wurde begierig aufgesaugt.

Sie stülpte die leeren Körbe übereinander. „Du weißt wohl gar nichts?" Sie stierte ihn eindringlich an und beugte sich zu ihm vor. „Oder willst du mich aushorchen, um Königin Victri davon zu berichten? Wirst du bezahlt, jene zu finden, die sich nicht an ihre Gesetze halten?!"

„Ich flehe Euch ohne jede böse Absicht an, gute Frau. Ich bin bloß ein Mann, der die Liebe kennenlernte, um von ihr Abschied zu nehmen." Sein verzagter Ausdruck erweichte ihr Herz und spülte das Misstrauen fort.

Sie flüsterte ihm zu: „Die Kleine soll fortgelaufen sein, um der Eheschließung zu entkommen. Ihr Vater hat sie danach enterbt. Das Mädchen ist nun mittellos, eine Bettlerin."

Die Händlerin schüttelte verständnislos ihr Haupt. „Wie dumm kann man sein … Sie hätte alles haben können. Die Welt lag ihr zu Füßen."

Elfter der Liviane im Jahre des Einhornschweifes 55.

Thaisen flog unaufmerksam neben Raise. Seine Gedanken kreisten seit Wochen einzig um Violett. In jeder Stadt, in jedem Dorf, in dem sie bislang Halt gemacht hatten, hatte der Älteste nach ihr gefragt. Ein paar Hinweise konnte er dadurch sogar sammeln.

Er überlegte laut: *Wo will sie hin? Sie hat keine weiteren Verwandten und ist auf sich allein gestellt. In Maniek hat man jemanden gesehen, auf den ihre Beschreibung passen würde. Das bedeutet, sie reist nach Osten.*

Raise hörte ihm zu. Da Thaisen ihm keine Fragen stellte, sondern in ein Selbstgespräch vertieft war, verzichtete der Zweitgeborene darauf, seine Ansicht kundzutun. Eventuell lag er mit dieser am Ende falsch …

Fin flog ein Stück vor ihnen. Er fand kein Interesse daran, Thaisen den gesamten Flug über von Violett reden zu hören. Das Thema war nervenaufreibend für ihn. Warum konnte Thaisen sie nicht endlich vergessen?

Urplötzlich durchfuhr ein ohrenbetäubender, grässlicher Schrei ihre Glieder. Das tiefe Gebrüll hallte wie ein Echo durch den Himmel.

Was war das?, winselte Fin erschrocken und schlug mit den Flügeln auf der Stelle.

Raise konnte die Richtung des schauerlichen Rufes nicht orten und sah sich in der Dunkelheit besorgt um. *Es klang nach einem Tier.*

Thaisen fügte hinzu: *Nach einem großen Tier.*

Wind kam auf, der stetig stärker wurde. Er brachte einen ekelerregenden Geruch mit sich, der die einstige Übelkeit, welche das Dorf Moras mit seinem Gestank ausgelöst hatte, tatsächlich übertrumpfen konnte. Es roch nach Verwesung.

Raises Instinkt schlug Alarm. Ein widerwärtiges Gefühl beschlich ihn, als wenn das abscheulichste Wesen dieser Welt sich die drei einverleiben wollte. Er forderte Fin energisch auf: *Flieg! Flieg weiter! Los!*

Kurz darauf schubste Raise seinen kleinen Bruder derb an. *FLIEG!*

Fin flatterte los, ziellos und voller Panik. Thaisen stürzte ihm hinterher. Raise flog bewusst an letzter Stelle und sah immer wieder zurück.

Trotz der Nacht glaubte Raise, einen noch schwärzeren Punkt in dieser Finsternis zu erkennen. Je näher er kam, und dies geschah recht schnell, desto größer wurde er. Es war ein Tier, wie vermutet – ein legendäres Wesen, vor dem er enormen Respekt hatte. Aber diese Kreatur war kein gewöhnlicher Drache aus den berühmten alten Geschichten. Raise hatte mehr Angst als Ehrfurcht, riesige Angst – vor einem Monstrum, das die Unterwelt selbst hervorgebracht zu haben schien.

Es spie Feuer ins dunkle Firmament. Die furchtbare Erinnerung an den Brand kehrte zurück und Raise erspürte, ähnlich dem Geschehen in Moras, die sengende Hitze auf seinen Flügeln. Mit einem Mal kollidierte er mit einem Baumstamm, da er mehr nach hinten als nach vorn geblickt hatte, und trudelte einige Meter nach unten, bevor das dichte Blattwerk und die starken Äste ihn auffingen. Leicht benommen von dem Treffer nahm er wahr, wie der Drache über ihn hinwegflog. Der entsetzliche Laut des Tieres vibrierte gigantisch in seinem Körper, vor allem in den Ohren, dass er fürchtete, taub zu werden.

Dieser gräuliche Geruch ... Warum sollte ein Drache nach Fäulnis riechen?

Raise rappelte sich mit müden Knochen auf. Ein hoher Ton summte dominant in seinem Kopf. Er konnte nichts anderes hören. Taumelnd erhob er sich in die Luft und warf einen letzten Blick zum Drachen, der sich stetig entfernte.

Vor seinen Augen formte sich für den Bruchteil einer Sekunde das Bild von Mirelle, dem Mädchen aus Xi. Was hatte das zu bedeuten? Zufall? Es gab keine Zufälle.

Alles in ihm drängte danach, sich fliehend in die Gegenrichtung aufzumachen. Zugleich war er davon überzeugt, dass Mirelle ihm ein Zeichen gesandt hatte. Hier und jetzt müsste er sich entscheiden. Inzwischen vermutete er, worum es sich handelte.

Entgegen seiner eigenen Intuition nahm er die irrsinnige Verfolgung des Drachen auf. Er preschte voran in einer Geschwindigkeit, die er nicht lange durchhalten würde. Zum Glück war er *kein* normaler Rabe. Sonst hätte er den Drachen unter keinen Umständen auch nur ansatzweise einholen können. Die besonderen Fähigkeiten als Todbringer erwiesen sich nun vorteilhaft. Auch wenn er im Vergleich zum Drachen winzig war, gelang es dem Zweitgeborenen für wenige Sekunden, ihm so nah zu kommen, dass er der festen Auffassung war, einen Menschen auf dem Rücken des Untiers zu erspähen. Nicht irgendeinen, sondern einen Drachenreiter. Und Raise wusste, er spürte es mit jeder Faser seines Leibes, dies war der gesuchte Mörder.

Was sollte er tun? Seine Kraft verließ ihn. Der Abstand zwischen ihnen wurde rasch gigantisch.

Unvermutet schwebte der Gevatter höchstpersönlich vor ihm. Raise stoppte sofort seinen Flug, um nicht in diesen hineinzusegeln.

Das ist er! Das ist die Bestie, die sich an den Mädchen vergangen hat! Ihr müsst ihn aufhalten!, kreischte Raise mit seiner Rabenstimme. *Er fliegt gen Norden. Noch ist er nicht fern. Tut doch etwas!*

Der Tod warf seine Kapuze zurück und guckte den Vogel streng an. „Dies ist nicht deine Aufgabe, Raise! Darum kümmern sich andere. Du fliegst in die falsche Richtung. Mach kehrt!"

Wer wird sich darum kümmern? Wann? Das ist DIE Gelegenheit! Nehmt ihm das Leben! Auf der Stelle! Er wird noch viele, viele schlimme Taten begehen, wenn ihr nicht reagiert.

„Er wird geholt und gerichtet, wenn seine Zeit gekommen ist."

Solange darf er weitermachen? Solange darf er kleine Mädchen bestialisch zugrunde richten? Solange darf er Familien in tiefem Schmerz trennen? Solange darf er Wut und Rache streuen? Was hat das für einen Sinn?

„Über den Sinn einer Existenz entscheiden nicht wir."

Wer dann? Wer lässt so jemanden am Leben und opfert dafür Unschuldige? Warum greift Ihr nicht ein? Ihr habt die nötige Macht!

„Kehr um, Raise! Verweigerst du meine Anweisung, weißt du, was euch allen droht! Willst du, dass Fin leidet? Willst du, dass dein zartfühlender Bruder für deine übertriebene Gerechtigkeit in der Unterwelt schmort?"

Raise presste seinen Schnabel überaus fest zusammen. Wäre an dessen Stelle sein Gebiss gewesen, wäre mindestens einer seiner Zähne abgebrochen.

Für solche Ungeheuer solltet ihr uns Todbringer entsenden – nicht für Menschen wie Atashi, die noch gebraucht werden würden. Raise wandte sich mit grenzenlosem Zorn, den er kaum zügeln konnte, vom Gevatter ab und machte sich auf den Weg nach Kukos.

Sechster der Vil Cemie im Jahre der Katzenkralle 55.

Ein letztes Mal sollten sich die Brüder zur steinernen Stadt Xi begeben. Raise hatte seit der Begegnung mit dem Drachen ein seltsames Gefühl im Bauch – als wenn etwas Bedrohliches in der Luft liegen würde.

Betont gewissenhaft absolvierte er seine Aufträge. Aber in seinem Herzen lauerte er auf einen bestimmten Moment. Denn das Gefüge, mit dem sie arbeiteten, bröckelte seiner Ansicht nach zunehmend. Er setzte keinerlei Glauben in diese Art der *Einmischung*, wie er es nannte, wenn sie von der Größe der Flamme ableitend über Leben und Tod urteilten. Auf welchen Augenblick er auch warten mochte, dieser würde kommen …

„Ich habe ihn gesehen", sagte Raise zum wiederholten Male und rief die Szene vor seinem geistigen Auge ab. Er lehnte an der Tischkante, während Mirelle sich im Haus ihrer Großmutter um den Abwasch kümmerte. „Es ist mir unverständlich, warum *er* untätig blieb." Die Wut packte ihn erneut und seine Faust schlug auf das Holz.

Mirelle schaute über die Schulter zu ihm. „Wenn du den Tisch kaputt haust, wird meine Großmutter mich bis ins Jenseits jagen."

„Entschuldige. Das war keine Absicht. Es ist nur so – auswegslos."

Sie trocknete ein nasses Glas mit einem sauberen Tuch ab. Danach waren die Teller an der Reihe. „Ich musste oft an dich denken, Rabenjunge. Wie lange wirst du der Schatten des Todes sein?"

„Bis zum Vierzehnten der Wikim im Jahre des Schlangenbisses 55."

„Eineinhalb Jahre noch. Das hältst du nicht durch."

„Wieso denkst du das?"

Sie sortierte die Gläser und die Teller in das Regal ein. Das Besteck legte sie geordnet in das Schubfach. Das feuchte Tuch schüttelte sie kräftig mit einem Knall aus und breitete es auf dem Fensterbrett aus, um es in der Sonne zu trocknen. „Ich habe dank meiner Gabe einige von deiner Sorte erblicken müssen. Solche, die ähnliche Aufgaben hatten wie du. Manche wurden geschickt, um als Schutzschild zu dienen, andere um Frieden zu finden und abzuschließen. Doch du bist anders, Raise. Sie haben ihre Aufträge niemals hinterfragt. Sie haben bloß gehandelt – einen Befehl ausgeführt, wie ein Hund dem Wort seines Herrn Folge leisten würde. Sie haben dies mit einer Selbstverständlichkeit praktiziert. Das tust du nicht. Du empfindest Hass gegenüber deinem Schicksal."

Sie wollte das Zimmer wechseln, da stand er erzürnt vor ihr. „Das ist NICHT mein Schicksal. Das ist eine Laune von irgendwem, die wir ausbaden müssen. Und du hast recht. Ich verachte das, zu was ich gezwungen werde. Ich verachte mich für die Entscheidungen, die ich treffen muss. Durch meine Hand wurden viele Leben ausgehaucht, weil eine Flamme Auskunft über Fortbestand oder Auslöschung gewährt."

Erst jetzt bemerkte er, dass seine Hände wiederholt zu Fäusten geballt waren, die vor Anspannung zitterten.

Sie nahm seine beiden Hände zwischen die ihrigen. „Ich mache mir Sorgen um dich Raise, denn ich hatte eine Vision von dir." Ihre goldfarbenen Augen suchten seine Aufmerksamkeit. „Du bist unmittelbar davor, dich ins Verderben zu stürzen. In deinem Inneren gewinnt der Rebell stetig an Macht. Er wird genährt von dem Gerechtigkeitssinn, den du mit tiefen Wurzeln in dir trägst, und von einer atemberaubenden Leidenschaft. Höre gut zu! Hältst du dich nicht unter Kontrolle, werdet ihr alle brennen."

Seine Miene war unverändert ernst. Mit ruhigem Ton äußerte er: „Wir standen schon im Feuer, Mirelle. Das würde man selbst seinem größten Feind kein zweites Mal zumuten."

„Du bist dumm!", schlug sie seine Hände beleidigt fort. „Von wegen deine Brüder sind dir übermäßig wichtig! Warum willst du dein und ihr Seelenheil riskieren?!" Sie rempelte ihn im Vorbeigehen unwirsch an. Mirelle marschierte in das Schlafzimmer ihrer Großmutter und trudelte dabei ihre geflochtenen Zöpfe auf.

Pancho lag gelangweilt in einer Ecke und gab bei Raises Anblick ein kurzes Murren von sich. Der träge Hund akzeptierte ihn inzwischen zwangsweise, mögen musste er ihn nicht.

„Meine Brüder sind die Ursache dafür, warum ich mich zurückhalte. Ich werde mich hüten, damit ihnen kein Unheil widerfährt."

Mirelle kämmte sich die Haare glatt und flocht sie neu. „Pass dich den Regeln an! Du hast ein Talent dafür, Ärger an Land zu ziehen. Ich entbinde dich von deinem Versprechen. Ein Subaru meinte, König Richard und König Hakuroll von Ismahl haben Söldner entsandt, um das *Problem* zu beseitigen."

„Dafür ist es zu spät", entgegnete er trocken.

Sie fixierte ihn mit Schlitzaugen. „Raise, verstehst du eigentlich worum es geht? Die Vision ist eine Warnung! Der Kurs, den du in naher Zukunft einzuschlagen drohst, wird dich und die Deinen zerstören!"

Es machte durch sein tiefes Atmen den Anschein, Panscho würde schlafen. Insgeheim war der Hund hellwach und lauschte jeglichen Geräuschen.

Raise beruhigte sie: „Ich habe es begriffen. Du wirst zudem *gesehen* haben, dass ich meine Arbeit trotz der Ablehnung meistere. Sonst wären wir gar nicht hier."

Sie lief in die Küchenstube zurück und kramte aus einem mit sinnlosem Plunder vollgestopften Schrank eine Umhängetasche. Jene Stunde war gekommen, die sie lange vorbereitet und sorgfältig durchdacht hatte. In der Tasche waren die wenigen Habseligkeiten, die ihr gehörten – eine Schachtel mit Bonbons, die der Großvater ihr geschenkt hatte, ein dünnes Kleidchen, ein uraltes Buch über magische Rituale und ein Tuch, in dem getrocknete Heilkräuter eingewickelt waren.

Mirelle packte sich zwei Brote ein, die sie geschmiert hatte. Der braune Trinkbeutel aus Leder, der zum Besitz des Großvaters zählte, den die Großmutter der Enkelin nicht überlassen wollte, war mit frischem Wasser gefüllt und verschwand ebenfalls in der Tasche, die sie sich dank dem langen Riemen diagonal überhängen konnte.

Raise beobachtete sie verwundert: „Was soll das werden? Machst du einen Ausflug?"

„Einen ohne Wiederkehr."

„Du willst gehen? Für immer? Wohin?"

„Großmutter will mich loswerden. Sie wird mich in ein paar Wochen an irgendeinen Tölpel verheiraten wollen. Oder sie verkauft mich einfach, um mehr Gewinn zu machen. Deshalb kann ich nicht bleiben. Ich bin viel zu lange in Xi. Ich weiß nicht, an welchen Ort mich meine Füße tragen. Vielleicht sollte ich dem Pfad meiner Gabe folgen."

„Du willst dich dem *Roten Nebel* anschließen?"

„Wenn sie etwas mit mir anfangen können …"

Raise gefiel diese Idee nicht. Aber was sollte er dagegen sagen? Ihre Aussichten hier zu verweilen waren ernüchternd.

Sie öffnete die Haustür und die warmen Sonnenstrahlen begrüßten ihr Gesicht.

„Werden wir uns wiedersehen?", trat er an ihre Seite.

Sie blickte ihn liebevoll an und erwiderte aufrichtig: „Nicht in diesem Leben." Mirelle verabschiedete ihn mit einem Lächeln. Sie reichte ihm die Hand und sprach: „Es war mir eine Ehre dich kennenzulernen, Raise, Rabenjunge. Sei auf der Hut! Sollte mein Name jemals auf deiner Liste stehen, mache dir keine Mühe vorbeizukommen. Ich suche mir selbst aus, wann ich das Zeitliche segne." Sie grinste ihn keck an.

Er nahm ihre Hand, zog Mirelle an sich heran und umarmte sie. „Was du für Babettea getan hast, ist in Gold nicht aufzuwiegen. Was sie dich auch immer im Clan des *Roten Nebels* lehren werden – bleibe dir treu!"

„Mein Versprechen an Babettea gilt. Ist meine Macht ausreichend, zerfetze ich das Monstrum. Dank dir weiß ich, worauf ich achten muss. Der Schlüssel ist sein Untier. Es gibt nicht mehr viele Drachen und erst recht keinen, der nach Verwesung stinkt. Ich werde den Drachenreiter finden, sollte das Problem dann noch bestehen."

„Das wird es … Das wird es …", hauchte Raise prophezeiend.

Mirelle rief in den Flur hinein: „Pansch, komm! Es ist an der Zeit, sich aufzumachen." Der Hund kam gähnend angetippelt.

„Lebe wohl, Raise!" Mirelle marschierte an diesem wundervollen Tag in eine für sie ungewisse Zukunft. Pansch trottete ihr brav hinterher.

Zweiundzwanzigster der Märäne im Jahre der Katzenkralle 55.

Wie sollten Söldner jemals jemanden einfangen oder besiegen können, wenn derjenige wie ein Gespenst durch die Lande wandelte – mal hier erschien, mal dort und nur Gräuel sowie hunderte Fragen hinterließ. Er war ein unbarmherziger Geist, der sich frei bewegen konnte, für den Distanz bedeutungslos war. Mirelle hatte Raise das Gefühl geben wollen, dass diese Söldner das *Problem* bewältigen könnten oder sie selbst zu einem späteren Zeitpunkt dazu in der Lage wäre. Er wusste, warum sie das gesagt hatte. Es stand in Zusammenhang mit ihrer Vision. Sie wollte ihn beschützen. Allein darum ging es. Das Problem blieb eisern bestehen, das war ihr durchaus bekannt – so lange, bis ihn tatsächlich irgendwann jemand aufhalten würde oder er sein Ziel erreicht hätte. Was war sein Antrieb?

Mittlerweile kursierte überall Panik, unabhängig davon, wohin die Brüder kamen. Die Angst, wann und wo dieser *Geist* wieder auftauchen würde, verursachte Wahn und blanke Nerven unter den Menschen.

König Richard hoffte die Angelegenheit längst erledigt, was jedoch nicht der Fall war. Er musste sich mit schwerem Gewissen eingestehen, dass er viel eher hätte reagieren müssen. Nicht nur er! Der Sultan Arrak Smura el Rabbat des Westens verzichtete bis zum heutigen Tag darauf, seine Unterstützung anzubieten. Victri gab hochnäsig zu bedenken, dass der *Fettmops*, wie sie ihn bezeichnete, ohnehin nicht (offiziell) zu den Herrschern Zeders zählte. Die junge Königin erweiterte Richards Heer um einige ihrer Soldaten erst, als in ihrem eigenen Land Xander die gefürchteten Morde begannen. König Hakuroll vom südwestlichen Ismahl wartete alle ihm zur Verfügung stehenden Gelder und Krieger auf, um der Gefahr ein Ende zu bereiten. Leider verfügte das verarmte Ismahl über beiderlei Güter bloß in geringsten Mengen.

Der Feind war *ein* Mann, darin waren sich die Hellseher, Berater und Spurenleser einig! Wie konnte es folglich dermaßen schwer sein, ihn zur Strecke zu bringen? Richard hätte seine ganze Armee in die Schlacht geschickt. Aber wohin? Wohin sollte er sie entsenden? Einzig die Taktik, mit vielen, vielen Kämpfern und Spähern an mehreren Orten zu agieren, könnte sich bewähren.

Der Gegner war schlichtweg unterschätzt worden – als handle es sich um irgendeinen Verrückten, den man einfach an den Pranger stellen und exekutieren würde. Gewalt gab es gelegentlich allerorts. Das war nichts Neues. Diese markante Art zu töten dagegen wiederholte sich in einer erschreckenden Anzahl, die sich niemand hätte träumen lassen.

Es käme der Tag, an dem sie es alle bereuen würden, zu spät gehandelt, der Gefahr zu lange die Türen geöffnet zu haben. Wäre ihnen der Hintergrund dieser Schändung vertraut, hätten sie alles — ausnahmslos alles — getan, um den Drachenreiter zu stoppen.

Die elfenbeinfarbenen Hörner des Drachens bogen sich nach hinten. An deren Enden war von einem Horn zum nächsten ein dicker Strang mit einer festen Verankerung angebracht. Dieses Seil ermöglichte dem Reiter ein sicheres Festhalten während des Flugs. Wollte er die Richtung wechseln, pochte er gegen das entsprechende Horn.

Der Drache setzte zur Landung an. Unten wartete man bereits auf die beiden. Der Drachenreiter rutschte von dem smaragdfarbenen, schuppigen Rücken seines Gefährten hinab. Sein festes Schuhwerk erreichte den bergigen Grund.

Es war eine kalte Nacht. Drei Männer, in Kutten gekleidet, die Kapuzen übergestülpt, empfingen den Reiter. Zwei von ihnen trugen Fackeln, mit deren Licht der Wind nach Belieben spielte.

„Bringst du, was verlangt wird, Tandor?", fragte der vorderste Mann, welcher der Ranghöchste war.

„Ich komme mit derselben Antwort wie immer: Nein. Die Richtige war nicht dabei."

„*Er* wird verärgert sein."

„Ich kann es nicht ändern. Mehr als eintausend Mädchen habe ich ihm zu Willen aufgeschnitten. Ich habe sie schnellstmöglich ausbluten lassen und bei keiner hat sich das Blut verfärbt. Bei keiner."

Der warme Atem des Drachen drang aus seinen Nasenlöchern und schob die Kälte für einen kurzen Moment zur Seite.

Tandor winkte den Drachen mit einer geringen Handbewegung heran. Der Kopf des Tieres neigte sich zu ihm. „Lasst einen anderen die Aufgabe übernehmen. Möglicherweise hat er mehr Erfolg."

Der schwarz gekleidete Mann erinnerte mit scharfem Ton: „Du weißt, dass du der Einzige bist, der ihm dafür dienen kann."

„Ich hoffe, er weiß nach den ganzen Jahren, die ich inzwischen für ihn unterwegs bin, was er mir als Gegenleistung für meine Treue versprochen hat."

„Vorsicht, Tandor! Strapaziere seine Geduld nicht ungemein! Er könnte dich und deinen Drachen genauso gut zurück in die Unterwelt holen. Du bist ein Portal. Er kann dich gebrauchen, wie es ihm gefällt."

Tandor kraulte den Drachen, der es sichtlich genoss. „Nur kann er nicht durch mich durchmarschieren, um die Welt mit seiner Anwesenheit zu beglücken. Portal heißt in diesem Fall Verbindung. Nicht mehr und nicht weniger. Ich kann ihm etwas durch meinen Körper hinunterschicken. Aber wer weiß, ob ihm das Blut des richtigen Mädchens tatsächlich beim Aufstieg in das Reich der Lebenden helfen kann."

„Dann werden wir ihm also berichten müssen, dass du erneut versagt hast."

Tandor zog flink einen Dolch aus seinem Stiefel hervor und hielt ihn drohend dem vordersten Mann entgegen. „Sei gewarnt, Schwarzer Wolf, meinst du deinem Herrn in die Unterwelt folgen zu wollen, scheue ich es nicht, dir an Ort und Stelle die Kehle aufzuschlitzen. Du scheinst vergessen zu haben, dass eure verdammten Prophezeiungen bislang unerfüllt blieben. Wegen euren Voraussichten bin ich von Kontinent zu Kontinent gereist und habe geschlachtet. Ihr habt mir die Wege gewiesen, wo ich suchen sollte – ohne guten Abschluss."

Etwa vier Meter Abstand lagen zwischen Tandor und dem Mann. Für den Drachen, der in Angriffsstellung lauerte, wäre es ein leichtes Spiel gewesen, den Mönch mit seiner Flamme zu grillen.

Eine Weile war Ruhe. Dann antwortete der ranghohe Mann betont freundlich: „Ich danke dir, Tandor, dass du uns daran erinnert hast."

„Sag ihm, er wird sein grandioses Blut bald haben. Dafür wollen wir zwei, wie abgemacht, unsere Freiheit, die Entbindung aus dem Pakt."

„Ich richte es ihm mit Freuden aus."

Dreiundzwanzigster der Märäne im Jahre der Katzenkralle 55.

In einer kleinen Hütte in Erasol ging es laut her, wie jeden Tag. Hier wohnte eine Familie bestehend aus den Eltern und ihren sieben Töchtern.

„Vater, die blöde Kuh hat mich getreten!", beschwerte sich eines der Mädchen. Ihre Schwester trat sie für das Petzen gleich noch einmal. „AUAAAA!", brüllte die Kleine und heulte los.

In einer Ecke des Raumes zankten sich drei der Gören um eine Puppe. An dem Püppchen wurde so lange gezerrt, bis ihr ein Bein ausgerissen wurde. Zur Strafe schlug das Mädchen, welches den Rumpf der Puppe in den Händen hielt, ihre Schwestern damit.

Ein weiteres Kind stand am Herd bei der Mutter. Es war gierig auf den Brei, den die Frau kochte und quengelte: „Lass mich kosten!"

„Nein!", verbot die Mutter forsch. Als diese nicht hinsah, langte die Tochter hungrig mit dem Finger in den heißen Topf und verbrannte sich. Vor Schreck riss sie ihren Arm zurück, wodurch der Topf herunterfiel und der Brei sich über die siebente Schwester ergoss, die vor dem Herd spielte.

Der Vater saß verzweifelt am Tisch und hielt sich wegen dem Gekreische die Ohren zu, bis er den Unfall bemerkte. Laut stark war es immer. Da konnte man leicht mal etwas Ernsthaftes überhören.

Die Mutter schrie wütend ihre Kinder zusammen. Der Vater lief mit der verunglückten Tochter nach draußen und überschüttete sie abkühlend mit einem Eimer kalten Wassers aus dem Brunnen.

Die Kleine weinte und drückte sich an ihren Vater. Zwei der Mädchen standen gaffend an der Tür. „Holt den Medikus!", rief der Vater ihnen ungestüm zu. Warum kamen sie nicht allein auf diesen Gedanken? Zögerlich tippelten sie los.

Der Vater lehnte sich erschöpft an den Brunnen, die siebte Tochter saß tränenüberströmt auf seinem Schoß. Sein Kopf hämmerte vor Lärm und Schmerzen. Es war ihm zu viel. Jeden Tag eine neue Katastrophe. Jeden Tag Stress, Zankerei und Hektik. Er konnte nicht mehr. Das war nicht das Leben, das er sich mit seiner Frau hatte aufbauen wollen. Er wusste, sie war schwierig, weshalb sie recht abgeschieden wohnten, aber dass es so werden würde … Nein, das hatte er sich nicht gewünscht. Er fühlte sich am Ende seiner Kräfte. Er liebte seine Familie, hatte allerdings den Eindruck, dass der Atem des Lebens ihm aus dem Körper wich. Bald würde ein achtes Kind hinzukommen. Bei seinem Glück gewiss wieder ein Mädchen.

Der Medikus kam, behandelte die verletzte Tochter und ging. Der Vater stierte in den Geldbeutel, den der Besuch des Heilers geleert hatte. „Wir haben nichts mehr", sprach er hoffnungslos zu seinem hochschwangeren Weib. Die Kinder waren in Decken gehüllt auf den Holzdielen eingeschlafen.

„Ich weiß nicht, wie ich euch ernähren soll. Ich arbeite den ganzen Tag, komme nach Hause, um eigentlich Schlaf aufzuholen und … Ich … Ich kann nicht mehr."

Sie setzte sich zu ihm, streichelte seine Hände. „Wir schaffen das. Du packst das! Ich verlasse mich auf dich."

„Renta, hörst du mir zu? Ich fühle mich mehr tot als lebendig. Ich bin vollends kraftlos." Sie erwiderte leichtfertig: „Das geht vorüber. Hab dich nicht so! Wir sind schließlich eine Familie."

Er schüttelte sprachlos sein Haupt. „Ich tue, was ich kann, aber es erscheint mir wie ein Fass ohne Boden." Sein Blick fiel auf ihren prallen Bauch. Er legte seine Hand darauf. „Und dann kommt noch eines. Nach dem vierten hast du mir versichert nicht mehr schwanger werden zu können."

Sie unterbrach ihn: „Das hätte auch so sein müssen. Die Zauberin hat immerhin genügend Tegs von mir für den Trank bekommen! Es ist halt passiert. Dein lieber Gott beschenkt uns mit Kindern. Daran ist nichts Verwerfliches."

„Doch, wenn sie verhungern müssen, weil wir ihnen nichts zu essen geben können."

Sie wurde sauer. „Seit wann bist du verbittert? Ist es wegen dem achten Kind, das ich in Kürze gebäre? Sollen wir es im Brunnen ertränken? Ist dir das lieber?"

Entsetzt starrte er sie an und zog seine Hand von ihrem Bauch zurück. „Was sagst du? Bist du von allen guten Geistern verlassen? Es ist unser Kind, das in dir heranwächst!"

Schnippisch kommentierte sie: „Du willst es ja gemäß deiner Äußerung nicht!"

„Das habe ich nie gesagt. Unterstelle mir so etwas nicht! Ich meinte, wie willst du noch ein Maul mehr stopfen, als die neun, die wir jetzt schon nicht mehr durchfüttern können?!"

Sie erhob sich, begann den Fußboden zu fegen und plapperte dabei: „Du willst uns lieber tot sehen. Ich habe verstanden. Ohne uns wärst du besser dran."

Er schaute sie an und wusste nicht, was er sagen sollte. Wollte oder konnte sie seine Sätze nicht begreifen? Was war aus ihr geworden? Der Vater erhob sich zornig. „Ja, das stimmt, Renta. Ohne euch wäre ich besser dran. Du wirst mich nicht mehr sehen. Genießt euer furchtbares Dahinscheiden!" Dabei zeigte er auf ihren Leib und verließ das Haus.

Er stampfte geradewegs auf die Schenke in Erasol zu. Nach etwa zwanzig Minuten hatte er sie erreicht und setzte sich an den Tresen. Der Wirt kam zu ihm. „Kanui, welche Laus ist dir über die Leber gelaufen? Du siehst verdammt schlecht aus. Willst du dich nicht eher ein bisschen hinlegen und schlafen?"

„Nein", brummte dieser, „ich will vergessen. Kannst du dafür sorgen?" Der Vater blickte den Wirt niedergeschlagen an. Der Besitzer der Schenke wog ab, ob das wirklich von Vorteil für Kanui war. Schließlich tat er seinem Freund den Gefallen.

Bevor der Wirt ihm den Alkohol ins Glas goss, beichtete der Vater: „Ich habe kein Geld. Kannst du es mir anschreiben?"

„Brauchst du Geld? Soll ich dir welches leihen? Was ist los bei euch? Mann, das sieht sogar ein Blinder, dass es dir dreckig geht."

Der Vater winkte ab. Über Sorgen wollte er nicht reden. Der Wirt schenkte ihm die Flüssigkeit ein.

Raise betrat unsichtbar die Schenke. Er ging von Tisch zu Tisch, tippte jedem Gast an die Stirn und hoffte auf das Erscheinen der Liste. Bei einem Mann am Tresen landete er seinen zweiten Treffer. Kanui Selver. Seine Flamme war klein. Unter dem Durchschnitt. Raise warf die Feder, seinem Auftrag gerecht, beiseite und der Name des Angetrunkenen brannte sich auf dem Papier ein.

Auf der Suche nach der dritten Person begab Raise sich wieder nach draußen.

Der Wirt kam so oft wie möglich zu seinem Freund. Er versuchte ihn aus der Reserve zu locken: „Ich habe mich mit Elsbeth heute ziemlich gestritten. Sie will, dass ich eine zweite Köchin einstelle, weil sie sich von mir vernachlässigt fühlt. Ich blaffte sie an, sie könne diesen Part ja übernehmen und mithelfen. Da wirft die Trulla mit einer Bratpfanne nach mir. Nur weil sie einen Humpelfuß hat, ist sie der Überzeugung, sich das leisten zu dürfen. Daraufhin habe ich sie übers Knie gelegt."

Der Vater schaute den Wirt skeptisch an. „Seit wann humpelt Elsbeth? Das klingt nach einer neuen Geschichte." Er hickste.

„Pst. Es geht weiter. Wir haben uns gezofft, dass die Federn geflogen sind. Mein Kopfkissen ist hinüber. Danach kiekte ich sie an und überlegte, ob ich sie verdreschen oder küssen solle. Ich entschied mich für Letzteres."

Der Vater musste ungewollt grinsen. „Du und deine Geschichten. Würde deine Nase für jede Lüge einen Zentimeter wachsen, würde sich dein Riecher bis zur nächsten Stadt erstrecken."

„Lügen nennst du das!", echauffierte sich der Wirt gespielt, „Ich wollte dich aufmuntern. Dich erheitern. Deine Trübseligkeit aufbrechen."

„Hm … Hättest du gesagt, du wolltest mir zeigen, worauf es im Leben ankommt, hätte ich gemeint, du bist tatsächlich manchmal schlau."

Die beiden Männer lachten herzhaft. Sie reichten einander die Hand. Der Wirt klopfte seinem Freund wohlwollend an die Schulter und ermutigte ihn: „Nach Dunkelheit folgt stets Sonnenschein. Lauf zu deiner Saubande und misch die Trinen auf!" Der Vater erhob sich, fühlte sich seltsamerweise überzeugend gestärkt. Ihm war leichter ums Herz. „Danke, mein Freund."

Raise hörte Schreie und lief schneller, bis er kurz darauf rannte. Die Hütte abseits der Stadtmitte von Erasol war das letzte Haus, dessen Bewohnern er seine Aufwartung machte. Die dritte Person konnte bloß hier leben. Sonst hatte er sie verpasst, was ihn zeitlich in Bedrängnis bringen würde, denn dann müsste er noch einmal anfangen.

Er schritt durch die Wand hinein. Kreischend stand die rundliche Frau mit gespreizten Beinen am Ofen. Die Mädchen drängten sich aufgeschreckt, verunsichert und ängstlich in einer Ecke dicht aneinander. Eine Wehe kam, die Frau schrie. Sie atmete stoßweise und fauchte die Kinder an, ihr gefälligst zu helfen. Keines traute sich, zu reagieren.

Raise bemühte sich, die Situation neutral aufzufassen, marschierte zu ihr, berührte die Stirn der gebärenden Frau und entdeckte eine dominante Flamme. Renta Selver durfte leben. Er wollte gerade gehen, als das Kind aus ihrem Körper glitt und sie das kleine Wesen auffing.

Ein innerer Impuls ließ Raise verweilen. Die Frau sank erschöpft nieder und saß mit dem Kind in den Armen in ihrer Blutlache. Sie keifte die Mädchen mehrfach an, bis sie endlich das gewünschte Messer bekam. Lieblos schnitt Renta die Nabelschnur durch, nachdem sie diese vorher abgebunden hatte, legte das Neugeborene in die Lache und zog sich die Nachgeburt aus dem Unterleib.

Die Mädchen machten lange Hälse, um das Geschwisterchen begutachten zu können. Raise unterdrückte gewaltvoll jeglichen Anflug von Mitleid für das Baby. Er beugte sich zum kleinen Kerl hinab und strich sanft über seine Stirn. Die Augen des Kindes fixierten Raise prompt und in der nächsten Sekunde schoss eine beeindruckende Flamme von einer mächtigen Intensität, außergewöhnlichen Ausstrahlung und absoluter Klarheit hervor, wie Raise solch eine bisher nie zuvor hatte erblicken dürfen. In dieser Flamme loderten unbändige Stärke, tiefstes Vertrauen und die uralten Geheimnisse einer Seele, die allzu oft inkarniert war.

Raise war vor Ehrfurcht zurückgewichen. Verblüfft schaute er auf den Jungen hinab.

„Diese Missgeburt ist schuld, dass euer Vater uns verlassen hat", offenbarte die Mutter den eingeschüchterten Mädchen unversöhnlich. Sie drehte den Griff des Messers zwischen ihren Händen. „Ist das Balg tot, kommt er zurück." Sie holte zum Stich aus, da erstrahlte etwas neben ihr und blockte den Angriff. Sie sah Raise vor sich und hielt ihn für einen Engel, wodurch seine Worte bei ihr enormes Gewicht fanden: „Tötest du dieses Kind, begrüßt Tadur dich in seinem Reich."

Raise verließ fluchtartig das Haus und schnappte nach Luft. Was hatte er getan? Er wollte sich doch unter allen Umständen beherrschen, Fin und Thaisen zuliebe! Um Gottes Willen, hoffentlich bedeutete diese Handlung nicht das Aus! War es richtig, dieses fremde Kind zu schützen? Was wäre falsch daran? Er wusste es nicht. Er wusste nicht, was richtig oder falsch war.

In einiger Entfernung erspähte er den Mann aus der Schenke, dessen Namen er auf der Liste belassen hatte. Erst jetzt realisierte Raise bewusst, dass er zwei gleiche Nachnamen hatte prüfen müssen. Kanui Selver. Renta Selver. Ein Ehepaar! Die Eltern. Der Mann der Frau, die im Glauben war, er hätte sie und die Kinder im Stich gelassen.

Raise sah, wie sich der Mann plötzlich schmerzgepeinigt ans Herz griff. Der Zweitgeborene stürmte zu ihm und stützte ihn, während der Vater niedersank. Gequält gab dieser von sich: „Ich darf nicht sterben. Bitte hilf mir! Meine Frau … Meine Kinder …" Raise tippte hastig erneut die Stirn des Mannes an. Die Flamme war nicht mehr mickrig, wie vorhin. Sie hatte eine normale Größe. Wie konnte das sein? War alles nur eine Momentaufnahme gewesen? Das sollte das scharfsinnige System sein, nachdem die Menschen ihr Leben verloren oder es behalten durften?

„HILFE!", rief Raise lautstark. Da verstarb der Vater und seine Seele wurde geholt.

Wie erstarrt bewegte sich Renta nach der Begegnung mit Raise minutenlang keinen Zentimeter. Das Neugeborene machte in der Zeit auf sich aufmerksam und weinte. Ihm war kalt. Mit dunkler Stimme verkündete sie: „So lange bis euer Vater über die Schwelle des Hauses tritt, ist dieses Kind unser Feind. Es ist schuldig. Wir sollen es nicht töten. Nun gut. Aber es wird leiden. Es wird unseren Zorn, unseren Hass zu spüren bekommen, bis Vater heimkehrt."

„Wie soll unser Bruder heißen?"

„Kianu."

Kapitel 8

Die Wahrheit über Rupert

Vierundzwanzigster der Märäne im Jahre der Katzenkralle 55.

Raise wirkte verstört. Er knabberte an seinen Fingernägeln und hockte wie ein verängstigtes Kind mit angewinkelten Beinen hinter einer Scheune. Thaisen hatte ihn seltene Male früher so erlebt. In der Regel dann, wenn er sich davor fürchtete, verprügelt zu werden, weil er ein Bastard war. Rupert hatte andere Kinder gegen Raise aufgehetzt, die ihn durch die Stadt trieben, gleich einem Rind, welches vor dem Metzger floh. Raise hatte damals gelernt, zurückzustecken, jedoch auch sich zu verteidigen und anzugreifen. Er bat weder Thaisen noch die Mutter um Hilfe. Der Zweitgeborene wusste, dass aufgrund seines Status ihm viele Anfeindungen begegneten und er müsste sich selbst um seine Angelegenheiten kümmern. Thaisen, der von den Übergriffen leider immer bloß die Ergebnisse bei seinem Bruder mitbekam wie geschwollene Augen und gebrochene Rippen, suchte Aussprachen mit den Eltern der Unholde. Diesen war es egal, was ihre reizende Brut an den Nachmittagen verursachte.

Selbst Drohungen an Rupert blieben ungeachtet. Das war eine schlimme Zeit. Thaisen fühlte sich machtlos gegenüber diesen grantigen Biestern und musste gezwungenermaßen mit ansehen, wie Raise zu zerbrechen drohte. Eines Abends warf Thaisen Rupert sogar aus dem Haus. „Komm nie wieder!", grölte er ihn an. Mutter sorgte dafür, dass der arme, ungerecht behandelte Rupert innerhalb weniger Minuten wieder freien Zutritt genoss.

Diese Art der Böswilligkeiten endete erst, als Rupert begriff, wie sehr der kleine Fin unter Raises Schmerzen litt. Von dem Zeitpunkt an ließen zumindest die anderen Kinder, auf Ruperts Anweisung hin, schlagartig von ihm ab.

Thaisen stand vor seinem Bruder, der nach wie vor nervös am Boden kauerte. „Sag uns endlich, was los ist! Wir müssen die Listen abarbeiten. Wir verweilen hier viel zu lange. Was ist gestern passiert? Sprich, Raise!"

Fin kullerten Tränchen von den Wangen. Raise in solch einem elenden Zustand zu erleben, brach ihm das Herz.

Thaisen griff dem Zweitgeborenen unter die Arme, um ihn hochzuziehen. Raise schubste ihn fort.

„Sei nicht dermaßen stur, Bruder!" Thaisen wurde allmählich unruhig. Ihnen blieben etwa zwei Stunden, um die Listen zu beenden. „Wir teilen uns auf", beschloss er zu Fin gewandt.

„Nein!", sprang Raise auf. „Ich will nicht … Ich will … nicht …" Er strich sich nach Worten suchend durch die Haare. Schweiß perlte ihm von der Stirn. „Allein sein. Ich will nicht allein sein."

Ungeduldig antwortete Thaisen: „Du willst nicht mit uns gehen und ebenso wenig allein unterwegs sein. Was dann, Raise? Was willst du?"

„Den Dreck nicht mehr machen!", platzte es aus ihm heraus. „Das ist alles Blendung. Purer Betrug. Wir sollen an einer Flamme, die wir *ein einziges Mal* sehen, erkennen, ob jemand genügend Willen aufbringt zu leben? Wir nehmen nicht einfach nur irgendwem damit eine Aufgabe ab. Wir spielen Gott! Uns wurden Entscheidungsgewalten in die Hände gelegt, die wir nie hätten haben dürfen." Es war ein Gemisch aus Wut, Tränen und Verzweiflung, welches er dem Ältesten entgegenbrachte. Für Fin war der Inhalt missverständlich und er schaute Thaisen irritiert an. Der schluckte wortlos, um das Gesagte zu verdauen, es sich deutlich zu machen und die Tragweite zu begreifen.

Raise brüllte jäh los – all das, was sich in ihm angestaut hatte, entlud sich endlich. Er trampelte ein paar Meter weiter, bis er eine riesige Energie vor Zorn in sich verspürte, er rannte los – mehr in der Erwartung sie dadurch abzuschütteln. Er wandte seine gesamte Kraft auf, um so schnell zu rennen wie nie zuvor. Das Tempo hielt er eine ganze Weile, bis ihm ein derber Geruch regelrecht die Luft aus den Lungen presste. Keuchend kam er zum Stillstand. Er guckte hinter sich. Fin und Thaisen waren nicht zu sehen. Wie weit war er gerannt? Diesen Umstand hatte er nicht realisieren können. Raise befand sich in einem der dunkelsten

Winkel der nördlichen Stadt Torsa. Hinzu kam, dass düstere schwere Wolken das Tageslicht gänzlich verdeckten. Hier und da zuckten Blitze am Firmament. Ein Unwetter kündigte sich an. Die Gasse war menschenleer.

Der Gestank, welcher Raise um die Nase wehte – er wusste sofort, zu wem dieser gehörte. Fort war die Wut. In seinem Kopf existierten einzig klare Gedanken und die wiesen ihm einen unumgänglichen Weg. Vielleicht war *das* seine Aufgabe.

Nahezu unempfindlich gegen die Welle der Verwesung marschierte er auf den Ursprung des bestialischen Geruchs zu. Er bog um die nächste Ecke. Seine weit aufgerissenen Augen erblickten eine grausame Tat, die ihn vor Schreck und Ekel versteinern ließ. Wie ein wölfisches Getier hockte ein Mann über einem kleinen Körper, der zwischen seinen Füßen lag. Er zerrte an dem Bündel unter sich, riss Stücke heraus, die er durch die Gegend warf. Gedärme landeten vor Raise. Mit starrem, entsetzten Blick schaute er darauf hinab. Eine eisige Kälte fraß sich durch seinen unsichtbaren Leib, schüttelte ihn und ließ die Nackenhaare wie bei einem Hund, der die Zähne fletschte, abstehen.

Der Drachenreiter flüsterte stetig lauter werdend, letztlich fanatisch triumphierend: „Das ist sie! Das ist sie! DAS IST SIE!" Ein kehliges Lachen verließ den wirren Geist. Tandor setzte sich mit seinem Gewicht auf den Unterleib des zerstückelten Mädchens, beugte sich vor und begann ihr Blut zu trinken, das sich grünlich verfärbt hatte. Sie war folglich ein menschlicher Nachkomme der Göttin Seraphin, der Schutzgöttin des Planeten, welche einst den legendären Feind Tadur in seiner teuflischen Festung versiegelte, damit er kein Unheil mehr anrichten könne.

Tandors Werk war vollbracht. Dadurch, dass er dieses Blut trank, würde es zu Tadur in die Unterwelt gelangen. Somit gab er ihm die Schlüssel, die das Tor zum Reich Zirons für ihn öffnen würden, wenn alles so lief, wie Tadur sich das gedacht hatte. Und er würde tatsächlich Erfolg haben, allerdings auf eine andere Art und Weise. Viele Jahre sollten vergehen, ehe wenigstens ein Teil des Plans im Jahre des Drachenblutes 56 in die Tat umgesetzt werden könnte.

Raise drehte es sinnbildlich den Magen um. Erneut brodelte Hass in ihm auf und dieses Mal würde er ihn nicht zügeln können. Er warf sich auf Tandor, fiel unerwartet durch ihn hindurch. Er hatte vergessen, dass er immer noch unsichtbar war! Er drehte sich zurück, plante voller Groll den nächsten Angriff, der wieder scheitern würde, als ihm jäh etwas auffiel. Eine Flamme loderte vor Tandor, strotzend vor Stärke und Unbesiegbarkeit. Da war noch mehr – die Liste samt der Feder.

Der Drachenreiter setzte sich auf, wischte die giftgrüne Flüssigkeit halbherzig von seinem Mund. Die lieblose Miene, mit der er das verunstaltete Mädchen betrachtete, wandelte sich in eine mitleidsvolle, denn die magische Substanz, die er vorher eingenommen hatte, um zu solchen Taten überhaupt fähig sein zu können, verlor an Wirkung.

Raise empfand kein Mitleid mehr – zumindest nicht für ihn. Sein Name prangte auf der Liste. Welcher war es? Raise schnappte sich die Feder und tippte jeden Namen an. Tandor Tarossa glimmte kurz auf.

„Tandor", wisperte Raise mit bedrohlichem Unterton. Der aufkommende Wind umsäuselte die Ohren des Drachenreiters, der seinen Namen glaubte gehört zu haben.

Die Flamme des Mannes war mächtig. Im Grunde müsste er ihn leben lassen. War das gerecht? Wie viele Mädchen würde er noch umbringen? Raise wusste nicht, dass dies die letzte abscheuliche Bluttat des Drachenreiters gewesen wäre, die letzte von tausenden.

Er könnte den Namen einfach auf der Liste belassen und Tandor wäre dem Tode geweiht. Er könnte dem Morden hier und jetzt ein Ende bereiten. Ein Gedanke hielt Raise in Zaum: Fin! Was würde aus Fin werden, wenn Raise die Regel brach? Die Unterwelt würde über ihn kommen, über sie alle. Raise war sich gewiss, dass der Tod über diesen Regelbruch nicht leichtfertig hinwegschauen würde, wie er es bei den anderen Kleinigkeiten getan hatte.

Fin würde brennen ebenso wie Thaisen. In den Feuern der Unterwelt würden sie vegetieren. Würde es jemals ein Leben nach der Unterwelt für sie geben?

Diese Fragen konnte Raise sich nicht mit absoluter Klarheit beantworten. Er wusste nur, der Tod würde auch Fin bestrafen.

Tandor erhob sich träge. Wie ein nasser Sack stand er auf wackligen Beinen über der Leiche.

Raise hielt die Feder verkrampft in seinen Händen. Er könnte dem Töten ein Ende bereiten, im Austausch gegen das Seelenheil seiner Brüder. Er zweifelte. Die schwerste Entscheidung stand ihm bevor. Das war der Moment, vor dem Mirelle ihn gewarnt hatte. Raise hörte Schritte und er spürte instinktiv, dass Fin und Thaisen ihn gefunden hatten. Der Älteste zog den Jüngsten geistesgegenwärtig schützend an sich, um dessen Sicht von dem Gemetzel abzuwenden.

Eine Erklärung, wer dieser Fremde war, war unnötig. Fin begriff es gleichermaßen rasch wie Thaisen.

Was machte Raise überhaupt hier? Diesen Mörder zu jagen war fernab ihrer Aufgabe! Der Zweitgeborene könnte ohnehin nichts ausrichten! „Raise, lass uns gehen!", jammerte Fin und drückte sein Gesicht an Thaisens Brust, um das Blutbad zu verdrängen.

Raise stierte wie in Trance zu den beiden.

„Die Liste ...", drang es Thaisen über die Lippen.

Die Spitze der Feder ruhte bereits an dem ersten Buchstaben, um den Namen durchzustreichen. Mit einer gezogenen Linie hätte Raise, laut den Anweisungen des Todes, *richtig* gehandelt. Ein Strich – und alles würde normal vonstattengehen. Er müsste bloß diesen Namen eliminieren.

Fin hob seinen Kopf. „Liste?" Die einzige Möglichkeit, in das Geschehen einzugreifen, war die Liste.

Vor Raises geistigem Auge flackerten Momente der Kindheit auf. Thaisen hatte ihm gezeigt, wie man mit Steinen Feuer entfachte. Daraufhin nahm der Zweitgeborene Fin begeistert mit in ein Wäldchen, um stolz ein Lagerfeuer zu entzünden, welches beinahe den gesamten Hain versengt hätte.

Der kleine Fin watete barfuß in einem seichten Gewässer. Er spielte herzhaft Fangen mit den Fischen, bis er im Wasser ausrutschte und sein Knie auf einen Stein schlug. Raise warf erschrocken die Angel beiseite und spurtete zu seinem weinenden Bruder.

„Das heilt", besänftigte er. „Guck mal Fin, so machen das die Tiere." Raise leckte das Blut vom Knie.

„Das tut weh", wimmerte der Jüngste herzzerreißend. Raise trug ihn huckepack nach Hause.

Ein Gewitter tobte mitten in der Nacht. Fin bibberte vor Angst unter seiner Decke. Raise bemerkte dies und rief ihm von seinem Bett aus herüber: „Ich beschütze dich, Fin. Komm zu mir!"

Fin lugte unter seiner Decke hervor. Mit klappernden Zähnen äußerte er: „Rupert meinte, ich wäre eine Memme, wenn ich jedes Mal zu dir gekrochen käme." Raise erwiderte schlagfertig: „Rupert sollte dahingehend mucksmäuschenstill sein. Er schlief fast jede Nacht bei Vater."

Fins wässrige Augen hellten sich auf. „Wirklich?"

Raise nickte und schlug seine Decke einladend für den Jüngsten auf. Fin sprintete sofort erleichtert zu ihm hinüber und schlief innerhalb weniger Minuten ein.

Rupert … Es gab eine Szene, damals war Vater noch bei der Familie, die Raise in seinem Inneren verwahrte. Mutter war ihr eigenes Geburtsdatum unbekannt. Deshalb suchten die Geschwister einen beliebigen Tag aus, an dem die Kinder sie überraschen wollten. Thaisen und Fin backten einen Kuchen. Rupert und Raise waren für Kerzen und Geschenke zuständig. Dies war eine der seltenen Situationen, in denen die beiden zusammen agierten. Rupert überredete Raise mit Engelszungen zum Stehlen. Geld hatten sie keines und Thaisens Vorschlag, eine Gabe zu basteln, war öde. Raise lenkte die Verkäufer ab und Rupert spielte den erfolgreichen Langfinger. Selig hüpften sie, den Arm auf der Schulter des anderen, nach Hause.

Zwei Tage später wurde Raise wegen dem Vorwurf des Diebstahls windelweich gehauen, genauso wie Rupert, der ihm zu Hilfe kam.

Fin. Thaisen. Und irgendwie auch Rupert. Sie alle waren *seine* Familie. Raise erinnerte sich an die wärmende Liebe, die ihn mit seinen Brüdern verband. Fin hatte es stets gepredigt und vorgelebt: Sie war das Bedeutsamste auf der ganzen Welt!

Was könnte er mit sich schwerer vereinbaren? Einen Mörder frei walten zu lassen oder seine Brüder und sich zu verdammen?

In jedem Fall dürften sie zusammenbleiben. War das nicht alles, was zählte?

Raise setzte an, um den Strich auf dem Pergament zu vollenden und Tandor demzufolge rechtmäßig am Leben zu belassen. Seine zittrige Hand weigerte sich.

Er hörte Fins glückliches Lachen in seinen Erinnerungen, sobald er den kleinen Jungen vergnügt in die Luft geworfen hatte.

Tränen ergossen sich gleich einem Wasserfall über seine Wangen. „Ich kann es nicht …", wisperte er kraftlos. „Es geht nicht."

Nun erst drehte Fin sein Haupt zu Raise und blickte diesen schluchzend an. Raises Augen richteten sich ausschließlich auf Fin. „Es tut mir leid", weinte er. „Das werde ich mir selbst nie verzeihen können …" *Nur einer weiß, wie viele dadurch gerettet werden. Und wir, wir sind zusammen. Das ist alles, was zählt.*

Raise weinte bitterlich. Tandor war bereits gegangen. Der Zweitgeborene sackte auf die Knie. Die Feder fiel aus seiner Hand, ohne den Strich ausgeführt zu haben. Der Name brannte sich auf dem Pergament ein. Tandor würde sterben.

Fin stürzte zu Raise, ungeachtet dessen, was auf der Distanz zwischen ihnen lag und ließ sich vor ihm niederfallen, sodass er auf Augenhöhe mit ihm war.

„Bruder", sprach er sanft, die Tränen strömten, „du hast recht gehandelt. Kein anderer wäre dazu imstande gewesen. Du hast sie gerettet, Bruder. Und wir sind zusammen."

„Es tut mir leid", winselte Raise. „Verzeih mir, Fin. Ich bin schuld, dass …"

„Ich liebe dich, Bruder. Ich werde dich immer lieben. Warum sollte ich dich verachten, wenn deine innere Natur, die ich seit jeher geschätzt, vergöttert habe, dir diesen Weg gewiesen hat? Du hast gehandelt, wie es anders für dich nicht möglich gewesen wäre. Raise, Bruder, ich liebe dich. Und denke daran, dass ich dir schon von Anfang an in die Unterwelt gefolgt wäre. Oder in alle anderen Welten, in die man dich hätte schicken wollen."

Raise küsste seinen kleinen Bruder, drückte ihn innig an sich.

„Ich werde bei dir sein, Raise. Seite an Seite – egal wohin wir entsandt werden."

Thaisen schloss die letzten Meter auf, die ihn von seinen Brüdern trennten. Bevor er etwas sagen konnte, brachte ein starker Wind den Tod mit sich. Wie ein Henker schwebte er über ihnen.

Raise schlang seine Arme bewahrend um Fin. Thaisen stellte sich, vergleichbar mit einem Schutzschild, vor seine Brüder. Sie waren bereit, das Urteil zu empfangen.

„Ihr Narren! Was habt ihr getan?", donnerte die tiefe Stimme des Gevatters. „Die Anweisung lautete, sich keine Fehler zu erlauben."

Raise korrigierte: „Der Fehler liegt beim Ablauf, nicht bei jenen, die eure Aufgaben ausgeführt haben."

„Pancho hat mir berichtet, dass ich auf dich besondere Obacht geben soll! Das Hexenmädchen und ihre Visionen ... Ich hätte dich viel eher aus der Sache herausnehmen sollen."

„Pancho? Was hat der Hund damit zu tun?"

„Unzählige Wesen arbeiten für mich und folglich für die höhere Gewalt. Sie sind meine Augen und Ohren, berichten mir von meinen *Schafen*, wenn sich etwas tut. Ihr seid Raben und er ist eben ein Hund – ein Späher."

Unnachgiebigkeit lag in Raises Tonfall: „Wozu soll das gut sein? Seid ihr nicht allwissend?"

„Gehorsam, Rabenjunge. Es geht um Gehorsamkeit. Um bloße Unterwürfigkeit", entschleierte der Tod mit geschwollener Brust.

„Schwachsinn!"

„Werde *ich* unterworfen, bin ich ebenso fähig, anderen Ketten anzulegen."

Thaisen wandte sich an Raise und verdeutlichte: „Er untersteht seinem Herrscher. Er wird geknechtet und will dafür anderen die gleiche Güte zuteilwerden lassen."

Raise sah mit neu gewonnener Kraft zum Tod. „Viele werden *uns* nacheifern! Die Lämmer werden sich erheben, immer und immer wieder, bis sie zu Wölfen werden! Denn jeder Mensch, jedes Wesen, sollte frei sein – über den Tod hinaus."

Unbeeindruckt klatschte der Gevatter. „Nun bitte, ihr habt euch eure Freiheit verdient. Vielmehr sie geschenkt bekommen."

Die Füße des Todes berührten den ebenen Boden. Hinter ihm erschien ein imposantes Portal.

„Die Unterwelt empfindet unbestreitbar niemand als Geschenk", bewertete Raise die spöttische Bemerkung.

„Von der Unterwelt habe ich nicht gesprochen." Die Miene des Gevatters veränderte sich und zeugte von purer Missgunst.

„Wohin wollt Ihr uns abschieben?", fragte Thaisen.

Fin fürchtete sich vor einer Welt, die vielleicht noch grauenvoller war als jene, in der Tadur die Macht besaß.

Verdrießlich äußerte der Tod: „Würde es nach mir gehen, wäre die Unterwelt eure neue Heimat. Sagen wir einfach, jemand hat eure Bürde auf seine Schultern genommen. Also haut endlich ab! Die Unterwelt wird noch ein paar Jahrhunderte auf euch warten müssen!"

Die Brüder warfen sich fragende Blicke zu. Raise löste den schützenden Griff um Fin. Der Jüngste wagte es kaum, seinen Satz auszusprechen: „Heißt das … Wir dürfen … In die Oberwelt?"

Zähneknirschend erwiderte der Gevatter: „Ja."

Fin befand sich in einem Freudentaumel. Raise und Thaisen jedoch waren argwöhnisch über die unverhoffte wundervolle Nachricht.

„Warum? Was verschafft uns die Ehre?"

„Das habe ich euch gerade erläutert. Ihr wurdet entlastet."

„Von wem?"

„Von einer Seele, die verdorbener ist als deine eigene, Raise. Den Namen wirst du von mir nie erfahren."

Das Tor öffnete sich knarrend und ein paradiesisches Land offenbarte sich ihnen.

Raise zögerte, weil er eine Falle dahinter vermutete. Fin hingegen war selig, hakte sich bei seinen Brüdern ein und zog sie schwungvoll mit sich.

Trocken sprach der Tod: „Wir sehen uns wieder."

Raise schaute ein letztes Mal zu ihm zurück und antwortete: „Dann haben wir einiges zu klären. Das verspreche ich dir."

Das Tor schloss sich hinter ihnen, die das große, herrliche Reich betreten hatten.

Am selben Tag, fünf Stunden zuvor.

Violett ließ ihren Beutel fallen. Endlich, nach dem monatelangen Marsch, hatte sie Estropus erreicht. Sie fühlte sich erschöpft und gleichermaßen munter, denn nun hätte sie eine ehrliche Chance, Thaisen zu finden. Thaisen aus Estropus. Für ihn hatte sie Carlos Delore verlassen. Für ihn und unzweifelhaft für sich hatte sie jenem entsagt, womit man sie binden wollte.

Violetts strähnige Haare waren zu einem Pferdeschwanz gebunden, bei dem vereinzelte Strähnen aus der Reihe tanzten. Früher roch sie nach Rosenöl, heute nach Schweinemist, neben dem sie in einer Scheune auf dem Weg hierher genächtigt hatte. Ihr Kleid war verdreckt. Trotzdem sie wie eine gewöhnliche Bedürftige aussah, verfügte sie über eine Ausstrahlung, welche nach wie vor bezaubernd war.

Sie streckte sich und nahm ihren Beutel wieder auf. Mit müden Beinen lief sie durch Estropus. Sie fragte verschiedene Menschen nach Thaisen, keiner konnte ihr weiterhelfen, bis sie am Nachmittag auf einen Schmied traf.

„Thaisen? Wenn du Thaisen Cautlet meinst, den findest du die Straße runter, bis ganz hinten bei der angrenzenden Wiese."

„Vielen Dank", freute sich Violett und machte sich mit nicht mehr ganz so bleiernen Füßen auf den gewiesenen Pfad. Ihr Herz pochte vor Freude, umso näher sie dem Ende der Straße kam. Die Wiese konnte sie sehen. Einen Wald auch. Aber kein Haus. Weit und breit waren vor ihr nur diese Wiese und etliche Grabsteine. Ein Friedhof. Ein Schauder durchfuhr sie. Das würde der Schmied doch wohl nicht etwa gemeint haben?

Mit mulmigem Gefühl schritt sie an jedem Grabstein vorbei und warf einen flüchtigen Blick auf die Namen. Was tat sie eigentlich? Thaisen war nicht verblichen! Er konnte nicht tot sein! Und dann wurde sie eines Besseren belehrt.

Sie stand vor einem Familiengrab. Thaisen Cautlet. Raise Cautlet. Fin Cautlet. 14/7/Jä54.

Violett traute ihren Augen nicht. Verstorben im Jahre des Jägers 54? Im Jahre des Einhornschweifes 55 war sie ihm zuletzt begegnet, bei der Anprobe des Hochzeitskleides! Konnte das mit rechten Dingen zugehen? Bei den guten Seelen, wer dachte sich solch einen bösen Streich aus?

Drei Brüder, die am selben Tag vom Herrn abberufen worden waren?

Im Stein eingemeißelt, las sie einen weiteren Namen: Marianna Cautlet. 2/10/Jä54.

Violett zog den gestrickten Überwurf enger um sich. Sie fröstelte. Was hatte das alles zu bedeuten? Sie musste es erfahren!

Violett machte sich umgehend zur nächstgelegenen Schenke auf, vorhin kam sie an einer vorbei. In einem Gasthaus erzählte man sich viel. Wenn tatsächlich drei Brüder an einem einzigen Tag starben, würde das noch irgendwer in Erinnerung haben – selbst wenn sie aufs Neue zum Schmied gehen müsste, worauf sie gern verzichtete.

Violett betrat die überfüllte Spelunke Teutos. Es war laut und stank nach Alkohol. Sie bahnte sich zaghaft einen Weg nach vorn bis zur Theke.

„Entschuldigt bitte!", rief sie dem Wirt vier Mal zu, ehe er sie wahrnahm.

„Was darf's denn sein, edle Dame?" Er musterte sie und schmunzelte. „Kannst du überhaupt zahlen oder bietest du einen anderen Ausgleich an?"

Violett verstand seine seltsame Frage zuerst nicht. Beleidigt erschloss sich ihr der Sinn. Sie umging seine Erkundigung. „Wisst Ihr, wo ich Thaisen Cautlet finde?", beugte sie sich an sein Ohr, damit er sie überhaupt bei dem Tumult verstehen konnte.

Der Wirt guckte sie überrascht an. Unerwartet hämmerte er mit der Faust auf den Tisch, bis nach etlichen Sekunden im Raum fast gänzlich Ruhe eingekehrt war.

„Hier wird nach einem Cautlet verlangt", amüsierte sich der Wirt. Ein Würfelspieler reagierte belustigt: „Ist ja nur noch einer übrig. Drei hat der Feuerschlund ja schon gefressen." Gelächter brach aus. Der Lärm kehrte zurück.

Der Wirt zwinkerte Violett zu, die mit der gesamten Situation überfordert war und sich wie ein scheues Reh unter Jägern fühlte. „Da hinten, der Letzte am Tresen!"

Violett zögerte, bevor sie sich zum beschriebenen Gast durchkämpfte. Hier und da wehrte sie die Hand eines Betrunkenen ab, der ihren Hintern oder sogar ihre Brüste erkunden wollte.

Der Letzte am Schanktisch sah heruntergekommen aus mit seinem langen, dunkelbraunen Mantel, der von Motten zerfressen war, dem struppigen Rotschopf, der ekelerregenden Fahne, den schwarzen Augenringen und dem Dreitagebart.

Der verwahrloste Junge, älter schätzte sie ihn nicht, gaffte sie missbilligend an. „Gib deinen Spott woanders preis!", schnauzte er und leerte sein Glas. Violett zählte die ausgetrunkenen Gläser vor ihm — acht.

Sie ließ sich durch sein ablehnendes Verhalten nicht beirren. „Ich suche Thaisen Cautlet."

„Hau ab!"

Sie war dermaßen nah an ihrem Ziel, dass sie nicht gewillt war, aufzugeben. „Ich suche Thaisen Cautlet. Wo finde ich ihn?"

„Mach dich vom Acker, du störrisches Weib!"

Sie war pikiert, so etwas hatte bislang niemand gewagt, zu ihr zu sagen. Sie schluckte eine bösartige Antwort herunter, sonst würde er am Ende womöglich kein Wort mehr mit ihr wechseln. „Ich bin monatelang von Xander aus hierher gelaufen, um ihn zu finden. Ich gehe nicht, ohne mit ihm gesprochen zu haben!"

„Das wird schwer. Keiner kann mehr mit ihm reden. Thaisen ist tot. Seit zwanzig Monaten tot."

Rupert lugte in sein leeres Glas und bestellte angetrunken Nachschub. „Tot. Mausetot", flüsterte er.

Violett, zuerst sprachlos, gab irritiert von sich: „Das kann nicht sein. Letztes Jahr habe ich ihn in Saphir getroffen."

„Wen auch immer du glaubst gesehen zu haben, Thaisen war es bestimmt nicht."

„Da war ein blonder Junge bei ihm und ein dunkelhaariger."

Jetzt erst schaute er sie richtig an. Er schien den Wahrheitsgehalt ihrer Worte abzuwägen. Wozu? Thaisen war unabänderlich fort. „Hat dich Rufus Saubzange bezahlt, um sich über mich lustig zu machen?"

Vom Tisch nebenan ertönte klopfend wie bei einer Ansprache: „Ein dunkelhaariger Cautlet. Da fällt mir dieser Bastard ein. Wäre er nicht im Brand gestorben, hätte ihm irgendwer irgendwann die Kehle zugedrückt." Dreckiges Lachen erklang.

Rupert drehte sich auf seinem Hochstuhl dem Großmaul zu. Mit erhobenem Zeigefinger versuchte er mit halbwegs nüchterner Stimme auszusprechen: „Sag nicht Bastard zu ihm! Sein Name war Raise."

Die Männer witterten Vergnügen und feixten mit dämlichen Gesten: „Hilfe, ich bin ein Bastard und brenne!"

„Der Bastard hat es verdient zu sterben. Ein Schandfleck weniger auf der Welt."

Rupert stand mit einem Ruck auf, wodurch sein Stuhl krachend umfiel. Violett wollte ihn instinktiv zurückhalten, aber er schubste ihre Hand von seinem Oberarm. Es fiel ihm schwer, sich aufrecht zu halten. Im ersten Moment schwankte die Umgebung.

„Nimm das zurück! Nimm das sofort zurück! Auch wenn er ein Bastard war, er war mein Bruder. Und einen besseren Bruder hätte man sich nicht wünschen können."

Der Mann, den er fixierte, spuckte verächtlich vor ihm aus. „Scheiß auf den Bastard!"

Rupert holte ungeschickt aus, um den Mann zu verprügeln, der sich wiederum im gleichen Atemzug erhob und Rupert seine Bierflasche auf dem Schädel zerschlug. Rupert fiel zurück, prallte mit dem Kopf an die Kante vom Tresen und sank blutverschmiert zu Boden.

„Um Gottes willen!", schrie Violett panisch auf und kniete sich zu ihm nieder. „Helft doch!", rief sie in die totenstille Menge. „Holt einen Arzt!"

Die Männer vom Tisch nebenan entschieden sich zur Flucht.

Rupert sah benommen zu Violett auf, die sich sorgenvoll über ihn beugte und ihren Überwurf an seine Kopfwunde presste.

„Der Medikus ist in Kürze bei dir. Ich bin da. Bleib wach! Hörst du?!"

Sein Sichtfeld verschwamm stetig und an ihrer statt erblickte er jäh eine leuchtende Gestalt – Raise, in Weiß gehüllt und von gleißendem Licht umgeben. Sein älterer Bruder lächelte ihm zu und reichte ihm versöhnlich die Hand, ein ersehntes Zeichen der Vergebung. Rupert nahm die Geste selig an, nichts hatte er sich mehr gewünscht und Raise zog ihn auf die Beine. Dies war der Moment, in dem seine Seele den Körper verließ.

„Ich habe dir viel Unrecht angetan", gestand Rupert unter Tränen. „Und du ... Du gibst mir deine Hand für die zig Erniedrigungen und Gemeinheiten, die du mir zu verdanken hast. Raise, wie kannst du jemandem wie mir verzeihen? Wie kann ich das Schlechte wieder gutmachen? Sag es mir und ich lasse es geschehen! Raise, warum schließt du mich in deinen Großmut ein?" Rupert fiel demutsvoll auf die Knie.

Raise legte seine Hand auf das Haupt des Bruders. „Wir sind eine Familie."

Diese Erkenntnis fuhr Rupert in die Glieder. Er weinte jämmerlich. Und als er sein Antlitz nach Minuten wieder erhob, umgaben Fin,

Thaisen und Mutter die beiden. Rupert kam wacklig, überwältigt von den Ereignissen, in die Höhe und weinte vor Glück, vor Freude.

Dann jedoch schwand die Helligkeit samt seiner Familie und die Dunkelheit nahm ihren Platz ein. Rupert rief fieberhaft nach seinen Brüdern.

„Raise? Raise! Wartet auf mich! Ich möchte mit euch gehen. Bitte nehmt mich mit! Raise! Antworte mir!"

„Ich antworte dir", erwiderte eine unbekannte Stimme. Rupert drehte sich dieser zu und entdeckte einen Mann, der eine schwarze Kutte trug.

Rupert schlussfolgerte: „Ich bin nicht im Delirium. Ich bin tot."

Sein Gegenüber scherzte: „Nein, ich bin der Tod." Er machte eine einladende Geste zu einem Holztisch.

„Wo sind meine Brüder?"

„Du wirst dich wundern, sie sind in keinem der beiden Totenreiche. Sie sind in deiner Welt unterwegs. Sie stehen in meinem Dienst."

Rupert folgte seiner Aufforderung und setzte sich an den Tisch. „Wie kann das sein? Gerade Fin müsste vom Himmel empfangen werden."

„Sie wollten unbedingt zusammenbleiben. Dies war die einzige Möglichkeit, ihnen die Bitte zu ermöglichen."

„Wer erfüllt solche Bitten? Warum wären sie getrennt worden?"

„Ich war so gnädig, ihnen zu helfen. Dein Bastard-Bruder war das Problem. Der Jüngste wollte nicht, dass er die Unterwelt kennenlernt."

Mit Schlitzaugen stierte Rupert den Gevatter an. Seine Wortwahl gefiel ihm nicht im Geringsten. „Und wem dienst du?", fragte er beiläufig.

„Vielleicht lernst du ihn kennen."

Ein Tintenfass, ein Stück Papier und eine Schreibfeder erschienen auf dem Tisch. Vor sich hin brabbelnd schrieb der Tod: „Rupert Cautlet. Gestorben am Vierundzwanzigsten der Märäne im Jahre der Katzenkralle 54."

Ruperts eiserner Blick weilte weiterhin auf ihm. Mit gefährlichem Unterton erkundigte er sich: „Weiß der, dem du dienst, dass du solche Wünsche erfüllst?"

Der Gevatter hielt im Schreiben inne und sah Rupert argwöhnisch an. „Ja."

Eine goldene Kugel mit weißen Flügeln von der Größe einer Haselnuss kam angeflattert. Zu Ruperts Erstaunen drang ein zartes Stimmchen aus dem Ball hervor: „Die drei Cautlet-Brüder haben einen Fehler gemacht."

Der Tod legte prompt die Feder fort, erhob sich und war im Begriff zu gehen.

Rupert stürmte ihm aufgeregt nach: „Was heißt das? Was tust du? Wohin gehst du?"

„Sie werden bestraft. Wer nicht gehorcht, wird bestraft."

„Wie fällt die Strafe aus?"

„Sie erhalten drei reservierte Plätze in der Unterwelt."

„Warte! Ich habe eine Bitte!", packte er den Gevatter am Arm.

Mit Gewalt warf dieser ihn zornig einige Meter von sich. „Halte niemals den Tod auf! Fasse niemals den Tod an! Wage es nicht …"

Rupert schnitt ihm den Satz ab und wiederholte eindringlich: „Ich habe eine Bitte."

Der Gevatter wetterte: „Interessiert mich nicht." Er marschierte weiter.

Rupert hatte eine letzte Chance, um seine Aufmerksamkeit zu gewinnen: „Höre mich an, wenn du nicht willst, dass ich dem, wo ich hingehen werde, verrate, was du für Wünsche erfüllst!"

Der Tod stoppte und kehrte sich ihm zu. „Du maßt dir an, solche Reden zu schwingen! Du bist ein Nichts! Nichts! Du bist vollkommen bedeutungslos."

„Ich vielleicht, du nicht. Dein Posten ist wertvoll. Es würde gewiss dauern, einen geeigneten Nachfolger zu finden."

„Du frecher Bengel weißt gar nicht, auf welche Seite du kommst!"

„Es kann nur die gute sein!", ließ Rupert überzeugt verlauten. „Im Endeffekt ist es egal. Der wahre, oberste Herrscher bleibt derselbe, richtig? Meine Bitte lautet: Lass meine drei Brüder ins Himmelsreich einziehen!"

„Niemals. Sie haben eine Regel gebrochen."

Nun war es Rupert, der sich bewusst abwandte und sich gemütlich auf den Stuhl sinken ließ. Gerissen plauderte er, als handle es sich um eine Nebensächlichkeit: „Tja, dann muss ich dein kleines Geheimnis wohl weitertragen. Zu schade."

Der Gevatter stampfte auf ihn zu, schlug mit der Faust auf den Holztisch und brüllte ihn an: „Ich bin der Tod! Einer befiehlt mir und das reicht!"

Rupert schaute ihn überlegen an. „Erfülle meine Bitte!"

Das Gesicht des Gevatters, platzend vor Wut, wurde spontan gelassener. Beherrscht und durchatmend setzte er sich gegenüber von Rupert und ließ die Gegenstände auf dem Tisch mit einer Handbewegung ver-

schwinden. „Gewinnst du gegen mich, wird deine Bitte erhört. Verlierst du, genießen deine Brüder die Gastfreundschaft der Unterwelt. In beiden Fällen dienst du mir jedoch bis in alle Zeiten. Ich werde nicht zulassen, dass du jemals wieder inkarnierst. Du bleibst ewiglich auf demselben Stand."

Ein Würfelspiel formte sich vor ihnen. Innerlich geriet Rupert in Panik. So oft wie er beim Würfelspiel verloren hatte, würde er wohl ausgerechnet heute nicht gewinnen.

„Würfel sind veraltet. Bloß weil du alt bist, müssen nicht die Methoden verstauben. Kannst du Karten zaubern? Oder hast du Angst zu verlieren?" Geschickter hätte Rupert nicht sein können. Der Tod pustete erzürnt den Würfelbecher samt Würfel vom Tisch und zog aus seinem linken Trompetenärmel ein Kartenset hervor.

Rupert reagierte: „Ein neues, bitte. Am Ende schummelst du noch."

Der Gevatter kochte vor Wut, warf das gebrauchte Set hinter sich und ließ ein nagelneues vor Rupert entstehen.

„Sicherheitshalber möchte ich einen Blick darauf werfen", informierte Rupert, schnappte sich den Stapel und betrachtete ihn prüfend. „Sieht gut aus. Nach welchen Regeln spielen wir?"

Der Tod murrte. „Jeder zieht drei Karten. Wer die meisten Könige darunter hat, gewinnt. Es gibt keine zweite Chance."

Rupert legte das Set auf dem Tisch ab. Wie von Geisterhand mischten sich die Karten und breiteten sich in einem Fächer aus.

Rupert zog zuerst drei Karten. Dann war der Gevatter an der Reihe. Dieser deckte einen König und zwei Asse sogleich auf.

„Pech gehabt, Cautlet", prophezeite der Tod vorfreudig.

„Pech, dir dienen zu müssen. Dafür sind meine Brüder in Sicherheit", deckte Rupert drei Könige auf. „Gewonnen."

Der Gevatter musterte konfus die Karten. „Was? Das kann nicht sein? Das ist unmöglich!"

„Gewonnen ist gewonnen. Meine Brüder sind frei."

Winzige Einkerbungen, welche er während der Begutachtung des Sets mit dem Fingernagel verursacht hatte, hatten Rupert zum Sieg verholfen.

In Gedanken raunte er: „Vergebt mir Brüder! Ich hoffe, hiermit Buße tun zu können. Werdet glücklich. Ich trage euch immer in meinem Herzen."

Epilog

Der Tod des Drachenreiters Tandor war unbedeutend, wenn man bedachte, dass er sein Werk hatte vollenden können. Tadur besaß, worauf er es abgesehen hatte, um in die Welt der Lebenden zurückzukehren. Doch die Göttin Seraphin war weise gewesen, als sie ihn damals versiegelt hatte. Der Bann war mächtig. Aber dies ist eine andere Geschichte …

Wir sollten nie erfahren, dass es Rupert war, der uns vor der Unterwelt bewahrt hatte. Ich vermute, Raise erahnte dies insgeheim.

Es kam im Endeffekt alles anders, als der Gevatter es eingefädelt hatte. Er wurde entmachtet und seine Stelle einem würdigeren Mann übergeben. Es war Ruperts List, die diesen Weg ermöglicht hatte. Er deckte die dunklen Machenschaften des Todes auf, der seinen wertvollen Dienst für die größte Macht nur als Knechtschaft empfand und den Zorn darüber die Schwächeren erfahren ließ. Zumal die Methode mit der Lebensflamme nie bewilligt worden war. Der Gevatter hatte eigenmächtig gehandelt und der große Herr hatte stets darauf vertraut, dass er aus eigenem Willen den richtigen Pfad einschlagen würde. Leider geschah dies nicht und Rupert gab den entscheidenden Anstoß, den Tod von seinem Thron zu entheben. Diese Tat ermöglichte unserem Bruder, zu uns aufzusteigen. Wir hatten ihn dermaßen lange nicht gesehen, dass es ein seltsames Gefühl war, in seine Augen zu schauen. Sein Blick hatte sich verändert – vor allem gegenüber Raise. Rupert lächelte ihn aus tiefstem, ehrlichen Herzen an und reichte ihm freundschaftlich sowie brüderlich die Hand, ähnlich wie er es zum Zeitpunkt seines Dahinscheidens visionär hatte erleben dürfen.

„Vergib mir für das Leid, welches ich dir zufügte", sprach er und Raise drückte seinen rothaarigen Bruder an sich. Die Familie war vereint. Mutter hatte hier oben bereits auf uns gewartet. Ihr Herz war einst zu schwach gewesen. Sie konnte den Kummer um den Verlust ihrer drei Kinder nicht verschmerzen.

Wir lebten glücklich zusammen, bis der Tag kam, an dem uns die Kunde offenbart wurde, dass die nächste Inkarnation in ein neues Leben anstehen würde. Thaisen war der Erste, der uns verließ – in dem Wissen, wir würden uns alle irgendwann wieder begegnen. Ich wusste, es würde so sein und das gab mir einen Frieden, um den ich während meiner Lebzeiten allzu oft bangte. Diese unschätzbare Sicherheit entfachte in mir ein unbeschreiblich wohliges Gefühl. Es war reines Urvertrauen.

Thaisen wurde als Violetts Sohn geboren. Er durfte an der Seite der Frau leben, die er liebte. Sie hatte sieben Jahre nach der Begegnung in der Schenke mit Rupert einen Schuster in Tiserne geheiratet. Auch wenn sie diesen Mann nie so sehr lieben konnte wie Thaisen, würde das Neugeborene ihr einen unerwarteten Segen bescheren und eine entscheidende Lücke in ihrem Herzen füllen.

Mirelle schloss sich tatsächlich dem Clan des *Rotes Nebels* an. Sie wurde zu einer begnadeten Zauberin. Manche munkelten, sie würde später die Nachfolge der Hexenmeisterin Nirva Soll antreten. Allerdings hatte Mirelle andere Pläne …

Mutter und Rupert wurden relativ zeitnah in ein neues Leben geschickt. Mutter durfte als die unbeschwerte Tochter eines Fischers in Kukos aufwachsen. Rupert wurde in eine weit entfernte Welt geschickt. Seine Fähigkeit, eine Masse von Menschen nach Belieben zu lenken, wurde hier gebraucht, denn das Volk war im Begriff auseinanderzufallen.

Raise und ich blieben übrig. Die Zeit verging und er erzählte mir, Mirelle mehrmals in der Oberwelt erspäht zu haben. Sie habe es sehr eilig voranzukommen und ließe sich bewusst schnell inkarnieren. Wir zwei jedoch hatten Zeit. Uns drängte nichts.

Raise spürte eines Tages einen Impuls in sich, gleich einem Ruf. Es war zur Zeit des Hirschgeweihes 56. Wobei Zeit hier oben keine Rolle spielte. Jedem wurde die zuteil, die er benötigte, um sich den bevorstehenden Aufgaben gewachsen zu fühlen. So konnten hier hunderte von Jahren vergehen und man inkarnierte bloß ein paar Jahre in der sterblichen Welt nach seinem eigenen Tod oder man fand sich gar in einer neuen Epoche wieder. Zeit ist bedeutungslos. Es ist überaus genügend von ihr vorhanden. Die Frage ist vielmehr, wie man sie nutzt.

Raise spürte, dass er diesem Impuls folgen musste. Die Stimme, die ihn zu sich rief, war die seiner Gefährtin. Jene, die in eine Welt eingeboren worden war, in der sie zu zerbrechen drohte. Sie brauchte ihn und er brauchte sie. Er machte von seinem Status gebrauch, ein Weltenwanderer zu sein. Er durchquerte sämtliche Dimensionen, um zu einem blauen Planeten zu gelangen, der von den Bewohnern dort Erde genannt wurde.

Und ich würde ihn finden, über sie. Denn mit ihrer Gabe würde sie in meine Welt eindringen, angelockt von der faszinierenden Geschichte rund um Tadur und die Auserwählten. So fand ich dich. Wieder einmal. Und dieses Mal konntest du meine Geschichte vollenden. Ich danke dir von Herzen.

Dies ist eine Hymne an meine Brüder, an die Wesen, mit denen ich eines der für mich prägendsten Leben verbringen durfte. Ich liebe euch und freue mich darauf, euch wiederzusehen. Geliebter Raise, eine Weile bleibe ich noch bei dir. Dann werde auch ich das nächste Leben antreten. Wer weiß, was es für mich bereithält.

Euer Bruder Fin, der diesen Namen noch eine Weile tragen möchte.

Liebster Fin,
ich danke dir dafür, dass du mich gefunden und
mich auserwählt hast, deine Geschichte aufzuschreiben.
Danke für deine Geduld und die heitere Begleitung.
Du bist wie ein kleiner Bruder
in dieser wertvollen Zeit für mich geworden.
Im Herzen werden wir alle immer bei dir sein.
Vergiss das nie!

Die Zeitrechnung

Eine komplette Jahresrechnung umfasst 12 Jahre.

Wenn geschrieben steht „Im Jahre des Einhornschweifes 74" erhöht sich die Rechnung auf 75 erst, wenn die weiteren Jahre (also 12) durchschritten sind.

Im Jahre des/der ...

Jahr	Bezeichnung
1	Einhornschweifes
2	Katzenkralle
3	Schlangenbisses
4	Hirschgeweihes
5	Pfauenrades
6	Wolfsschädels
7	Krebsschere
8	Drachenblutes
9	Krähenschnabels
10	Falkenflügels
11	Fuchspelzes
12	Jägers

Die Jahreszeiten

Der Kontinent Zeder verlor die Jahreszeiten unmittelbar nach der Versiegelung des Teufels in längst vergangenen Zeiten. Seither gibt es die Jahreszeiten nur noch auf den anderen Erdteilen. Jeder Monat wurde einem Gott oder einer Göttin gewidmet.

Magenta – Name der heiligen Schildkröte; Element: Wasser; meistens Regenschauer; Magenta unterstehen die ersten drei Monate im Jahr:

Vil Cemie	(Januar) Göttin der Neuanfänge
Fairus	(Februar) Gott der Freiheit
Märäne	(März) Göttin der Dämmerungen

Raspid – nach dem ersten Drachen benannt; Element: Feuer; trockenes, warmes Klima; vierter bis sechster Monat:

Thoras	(April) Gott des Schweigens
Mireyu	(Mai) Göttin der Unbefangenheit
Jukos	(Juni) Gott der Verführung

Hospeia – legendäres Flugtier; Element: Luft; Stürme, zunehmende Frische; drittes Quartal:

Wikim	(Juli) Göttin der Herrlichkeiten
Ambros	(August) Gott der Abenteuerlust
Samue	(September) Göttin der Natur

Zasra – Schlange des Erdengottes Miolus; Element: Erde; Erdbeben, Kälte; letzte drei Monate:

Rauvo	(Oktober) Gott der Ungezähmtheit
Liviane	(November) Göttin des Schabernacks
Xagan	(Dezember) Gott der Unnahbarkeit

Die einmalige Weltkarte zu den Romanen „Vereint als Rabenbrüder" und „Festung des Teufels"

Welche Orte hat Fin mit seinen Brüdern besucht? Wie nah kamen sie ihrem Zuhause? Welche Geheimnisse umgeben diese Welt?

Die detaillierte Weltkarte lässt dich noch tiefer in die ergreifende Geschichte eintauchen.

Die Weltkarte ist im DIN-A3-Format in Farbe gedruckt.
Sie ist exklusiv erhältlich über: info@elfator.de
Preis: 3,50 Euro
Die Bezahlung erfolgt per Vorkasse zuzüglich Versandkosten.

EIN HERZ FÜR AUTOREN A HEART FOR AUTHORS À L'ÉCOUTE DES AUTEURS MIA KAPΔIA ΓIA ΣΥΓΓP.
HJÄRTA FÖR FÖRFATTARE UN CORAZÓN POR LOS AUTORES YAZARLARIMIZA GÖNÜL VERELIM SZÍV
CUORE PER AUTORI ET HJERTE FOR FORFATTERE EEN HART VOOR SCHRIJVERS TEMOS OS AUTO
SZÍVÜNKET SERCE DLA AUTORÓW EIN HERZ FÜR AUTOREN A HEART FOR AUTHORS À L'ECOUT
OAÇÃO BCEЙ ДУШОЙ K ABTOPAM ETT HJÄRTA FÖR FÖRFATTARE Á LA ESCUCHA DE LOS AUTOR
EURS MIA KAPΔIA ΓIA ΣΥΓΓPAΦEIΣ UN CUORE PER AUTORI ET HJERTE FOR FORFATTERE EEN H
YAZARLARIMIZA GÖNÜL VERE... SZÍVÜNKET SERCE DLA AUTORÓW EIN HERZ FÜR
VOOR SCHRI... OAÇÃO BCEЙ ДУШОЙ K ABTOPAM ETT HJÄRTA FÖF

Die Autorin

Elisabeth Vinera wurde 1988
in Deutschland geboren und
arbeitet als Medium und Reiki-
Meisterin/-Lehrerin. Sie schreibt
seit ihrer Kindheit und veröffent-
lichte ihren ersten Roman bereits
mit 13 Jahren. Die Geschichten
ihrer Bücher sind die Schauplätze
ihrer geistigen Wanderungen.
Ihre Gabe des „Kontakts" ermöglicht ihr einen
Blick in ferne Welten und in die Seele anderer
Menschen. In Ihrer Freizeit betätigt sich die
Autorin gerne sportlich oder unternimmt etwas
mit Familie und Freunden.

Elisabeth Vinera

Festung des Teufels – Band 1

ISBN 978-3-99038-443-5
316 Seiten

„Teufel", so nannten die Völker ein Wesen, das Grauen um sich
scharte, um die Weltherrschaft an sich zu reißen. Eine Legende
berichtete von seinem Erwachen und die alten Schriften be-
hielten Recht. Zudem besagten diese, dass die Zukunft der Welt
in den Händen von jungen Menschen liegen würde.

Elisabeth Vinera

Festung des Teufels – Band 2

ISBN 978-3-99010-699-0
282 Seiten

Mehr als sechs Jahre sind vergangen. Der Feind ist nicht länger der Teufel, sondern der Mensch selbst. Während Sarai als mehrfache Mörderin gesucht wird, kehrt die Kunde von Akiras Rückkehr ins Land. Doch Karkara würde ihn in dieser Welt nie mehr dulden.

Zeitfracht Medien GmbH
Ferdinand-Jühlke-Straße 7
99095 Erfurt, Deutschland
produktsicherheit@kolibri360.de